KB262503

黑獅子 魔王

흑사자
마왕

김운영 판타지 장편 소설
FANTASY FRONTIER SPIRIT

흑사자마왕 1

김운영 판타지 장편소설

초판 1쇄 찍은 날 § 2010년 10월 19일
초판 1쇄 펴낸 날 § 2010년 10월 26일

지은이 § 김운영
펴낸이 § 서경석

편집팀장 § 서지현
편집 § 주소영

펴낸곳 § 도서출판 청어람
등록번호 § 제1081-1-89호
등록일자 § 1999. 5. 31
어람번호 § 제1-1192호

주소 § 경기도 부천시 원미구 심곡2동 163-2 서경B/D 3F (우) 420-822
전화 § 032-656-4452 팩스 § 032-656-4453
http://www.chungeoram.com
E-mail § chungeoram@chungeoram.com

© 김운영, 2010

ISBN 978-89-251-2324-0 04810
ISBN 978-89-251-2323-3 (세트)

黑獅子 魔王

흑사자 마왕

도서출판 청감

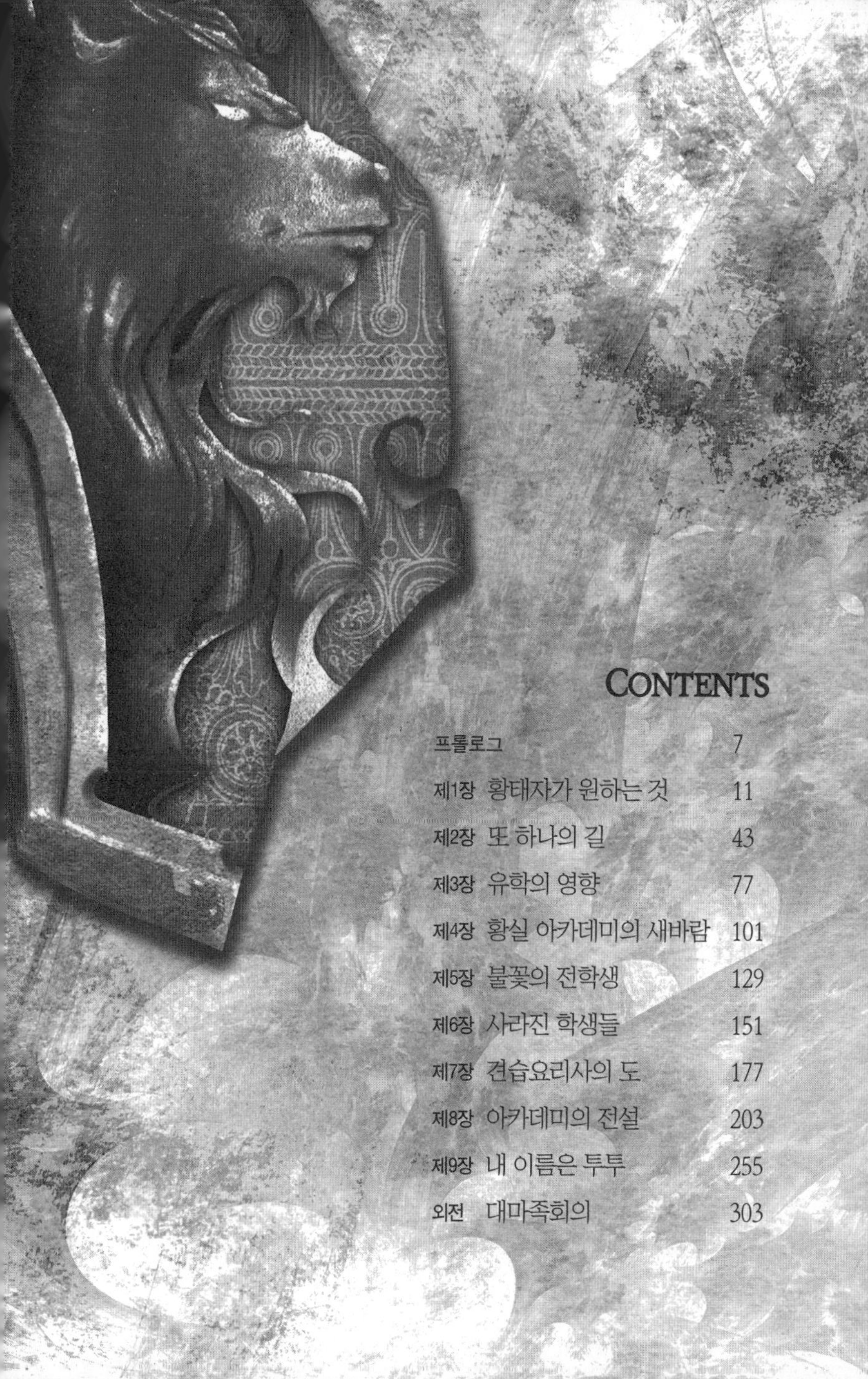

CONTENTS

흑사자
마왕

디온의 나이 다섯 살, 그들이 처음 나타났다.

한참 침대에서 잠을 자고 있을 때 옆쪽에 검은 공간이 열리며 붉은 빛깔로 빛나는 세 개의 눈이 나타났다.

세 개의 눈은 서로 제각각 움직이며 무엇인가를 찾았다.

[왕자님, 왕자님.]

이 세상에 존재하는 어떤 것과도 다른 느낌, 너무나도 멀리서 들려오는 소리임에도 머릿속까지 울리는 선명함에 디온은 잠이 깨어 그 눈을 보았다.

이윽고 눈이 디온을 발견했는지 일제히 그를 보며 말했다.

[왕자님, 왕자님께서 저희를 부르시면 언제라도 달려와 물질계의 모든 것을 바치겠습니다. 세상의 모든 미녀와 온갖 진귀한 보물, 모든 것은 왕자님의 것이옵니다. 모든 것…….]

"으으으."

상대방이 무슨 소리를 하는지 이해하기도 힘든 다섯 살 디온은 그저 겁에 질려 대답도 못하고 벌벌 떨었다.

디온의 나이 열 살, 그동안 그놈들은 틈만 나면 나타났다.

[왕자님, 왕자님께서 저희를 부르시면 언제라도 달려가 왕자님께 물질계의 모든 것을 바치겠습니다. 세상의 모든 미녀와 온갖 진귀한 보물, 모든 것은 왕자님의 것이옵니다. 모든 것…….]

디온은 하품을 하며 잠이 덜 깬 목소리로 대답했다.

"알았다. 내 필요하면 부를 테니 이만 들어가라."

[왕자님, 언제든지 불러주십시오. 언제든지…….]

세 개의 눈동자가 사라지자 곧 검은 공간 자체가 잠겼다.

디온은 다시 침대에 누우며 중얼거렸다.

"아웅, 저놈들은 잠도 없나. 꼭 밤에 나와서 사람 잠을 깨우네."

곧 디온은 모든 것을 잊고 잠에 빠져들었다.

이미 디온은 적응을 했기에 두려움은 사라진 지 오래고, 이제는 지겹고 귀찮기만 하다.

현실감도 없고 다른 목격자도 없는 그들의 존재는 말 못할 괴로움이기도 했다.

Chapter 01
황태자가 원하는 것

흑사자
마왕

새롭게 조직에 편성되면 선배들의 짓궂은 길들이기 행사
를 감수해야 한다. 그것이 황궁의 로얄 나이트라고 해도 예외
는 없다.

그런데 이건 너무 심하지 않은가!

"잘해보라구!"

"10분만 버티면 합격이다!"

"어이, 신참, 얼지 말고 어서 공격을 하라고! 언제까지 서
있을 거야?"

영광스러운 로얄 나이트에 편성된 기사 줄리앙은 사방에
서 쏟아지는 선배 기사들의 음성조차 제대로 들리지 않을 정

도로 당황하고 있었다.

건장한 체격의 줄리앙의 앞에 내세워진 대련 상대는 15세의 소년이었다. 또래에 비해 키는 약간 큰 편이지만 거구라고는 할 수 없었다.

사실 이 정도는 그냥 지도 대련이라고 생각하고 가볍게 처리할 수 있다.

그런데 문제는 상대의 신분이다.

황태자라니, 황궁에 입성해서 첫 대련 상대치고는 너무나도 벅차다. 강해서 벅찬 게 아니라 어떻게 대해야 할지 모르는 게 문제다.

'그냥 대충 얻어맞아 주라는 건가? 아니지. 그건 기사의 자세가 아니야. 오히려 황태자 전하께서 실망하실 수 있어. 그럼 제대로 싸워? 그랬다가 생채기 하나라도 나는 날이면 내 장래는?

혼란의 극치이다. 상대의 실력도 전혀 모르니 공격의 강도를 잘못 설정했다가 황태자가 감당을 못하는 사태가 벌어지면 그야말로 난리다.

한 방은 버틸 줄 알았다고 변명을 해도 소용이 없는 것이다.

'으으, 차라리 황태자 전하께서 적극적으로 공격을 해주시면 좋은데.'

일단 상대가 공격하는 걸 보면 대충 솜씨에 대한 견적이 나온다. 그러면 그다음에는 어떻게든 수준을 맞출 수 있다.

하지만 줄리앙의 바람과는 달리 황태자 디온은 전혀 선공을 할 생각이 없는 듯했다.

오히려 줄리앙보고 먼저 공격을 해보라는 식이다. 주변 선배들도 그걸 종용하고 있었다.

줄리앙은 이번 한 번의 공격에 자신의 모든 것을 걸어야 하는 도박꾼의 심정이 되었다. 등에서 식은땀이 줄줄 흘렀다.

디온은 그의 반응이 재미있는지 생글생글 웃었다.

크고 푸른 눈동자에는 장난기가 가득했다. 어깨에 약간 못 미치는 검은 머리카락이 조금만 길었다면 여자로 착각할 정도로 아름다운 얼굴이다.

디온 팔라주니어 레이어스, 암흑제국의 황태자는 오늘도 일어나자마자 근위기사의 수련장으로 나와 신입기사에게 반강제적으로 대련을 요청한 것이다.

아무리 신입이라고 해도 근위기사가 될 정도면 그 실력이 전국에서 손꼽힐 정도이지만 디온은 신입 근위기사의 공격을 기다리며 여유로운 표정을 짓고 있었다.

"그럼 가, 갑니다."

결심을 한 줄리앙은 당황스러움을 애써 감추려고 했지만 자신도 모르게 말을 더듬었다.

디온은 그런 그의 반응이 마음에 드는지 한층 짙은 웃음을 보이며 붉은 입술을 열었다.

"응, 어서 시작하자고."

줄리앙이 각오를 하고 진심으로 검을 겨누자 과연 황궁 근위기사다운 기세가 전신에 흘렀다.

디온 역시 웃음을 거두고 검을 살짝 들어 올려 상대의 공격을 유도했다.

그러나 줄리앙은 결국 공격을 하지 못했다. 본인은 하려고 해도 몸이 말을 듣지 않는 모양이다.

'흠, 처음엔 하나같이 저렇다니까. 이 녀석도 근면성실한 성격인 모양이군.'

감히 공격할 엄두를 내지 못하고 있는 상대의 마음이 훤히 짐작된다. 자칫 잘못했다가 황태자의 눈썹 하나라도 빠지면 그 뒷감당을 할 자신이 없을 터.

그걸 각오하고 대담하게 선공을 가할 수 있는 상대는 인생을 대충 사는 기분파여야 하는데, 그런 성격을 가진 사람을 근위기사로 뽑을 가능성은 그리 많지 않다.

'뭐, 당연한 일인가? 할 수 없지. 내가 먼저 가야겠군.'

디온은 속으로 생각하면서 검을 높게 들어 올렸다. 기본적인 상단 내려치기 자세이다.

"차앗!"

힘차게 기합을 내지르며 앞으로 나가면서 위에서 아래로 검을 내리그었다. 정직하고도 평범한 공격이다.

이에 줄리앙은 가장 무난한 대응을 했다. 자신의 검을 살짝 들어 내려오는 공격을 흘려 막은 것이다.

따악!

"크윽!"

무난한 방어가 될 것이라 생각하던 줄리앙은 손아귀에 전해오는 충격을 느끼며 자신도 모르게 신음성을 냈다. 공격을 흘려내기는커녕 손목에 충격이 그대로 전해져 검을 놓칠 뻔한 것이다.

'이런 실수를!'

줄리앙은 생각보다 디온의 힘이 강하다는 것을 깨달았다. 그는 디온의 공격을 15세의 소년의 힘이라고 생각하고 단순하게 방어를 했기에 손목에 충격을 받자 동작에 허점이 크게 드러났다. 이때 연속 공격이 들어왔다면 단숨에 패할 수밖에 없다.

하지만 디온은 공세를 지속하지 않고 살짝 물러섰다.

'으흠, 그래도 진지하게 실력을 발휘할 기회는 수어야겠지?'

주위에서는 야유와 격려가 이어지고 있었다.

"우우, 봐주시기 없습니다!"

"저하! 10분이라구요!"

"신참, 정신 차렷!"

졸지에 황태자의 대련 상대가 된 오늘의 희생자 줄리앙은 이 순간 마음을 가다듬고 있었다.

상대가 황태자이며 소년이라고 해서 섣불리 생각한 것이 오산이었다.

첫 공격으로 미루어볼 때 힘만으로도 충분히 버거운 상대다.

'농담이 아니었단 거군.'

황태자를 상대로 10분만 버티면 신입기사들이 해야 하는 허드렛일에서 제외시켜 주겠다는 선배들의 제안이 생각났다.

굳이 그게 아니더라도 오늘은 자신이 이곳에 발을 들인 첫날이다. 처음부터 형편없는 모습을 보일 수는 없었다.

줄리앙은 최선을 다해야 한다고 스스로 다짐하며 공격에 나섰다.

"차앗!"

"50점."

디온은 앞에서 날아오는 검을 보며 작게 중얼거렸다.

빠른 판단에 20점.

강력하면서도 날카로움에 20점.

그러면서도 무릎과 발목을 이용해 언제라도 힘을 뺄 수 있도록 제어한 것이 10점.

'신입기사치고는 꽤 높은 평점이지만 아직 부족하지.'

디온은 침착하게 한 걸음을 옆으로 내디디며 반격을 가했다. 위에서 내리 베는 것도 아니고 옆으로 휘두르는 것도 아닌, 정규 검술에는 없는 동작이다.

그러나 용병들의 마구잡이식 실전 검법과는 또 다른 품격이 있는 변칙 기술이었다.

타탁

"어헉!"

얼핏 보면 여유롭고 느려 보이기까지 하는 동작 하나에 달려들던 줄리앙의 빈틈이 크게 노출되었다.

"역시 50점으로는 한 번 흔들리면 끝이로군."

디온은 자신의 평가가 옳았다는 판단을 내리며 그 위로 사정없는 검의 세례를 퍼부었다.

이번에는 검술교본에 나올 만한 정식기사의 검법이다. 그러나 속도와 힘이 상상을 초월했다. 흐트러진 자세로는 도저히 피할 수 없을 정도로.

따다다다닥

"큭!"

줄리앙은 신음 소리를 내며 애써 자세를 잡았다. 갑옷 위로 맞았는데도 엄청난 통증이 느껴졌다.

맨몸으로 맞았다면 갈비뼈 서너 개는 너끈히 나갈 만한 타격이었다.

'이거야!'

디온은 손에 닿는 검의 감촉이 좋았다.

검을 휘두를 때면 온몸에 쾌감이 느껴진다.

유독 검만이 아니다.

그것은 주먹이나 발길질을 할 때도 느껴지곤 했다.

정확하게 말하면 남을 때리거나 공격할 때 흥분이 되는 것이다.

나는 사디스트인가?

디온은 계속 검을 휘두르면서 만날 하는 고민을 좀 했다.

"버텨랏! 버텨랏!"

누군가 시작한 것이 어느새 구호처럼 모두의 입에서 합창이 되어 나왔다.

디온은 그 속내를 알 만하기에 속으로 혀를 내둘렀다.

'실컷 버텨서 두들겨 맞으라는 건가?

뭐, 모두가 원하는 바라면 그렇게 하는 것도 나쁘지 않다.

첫날 호되게 당할수록 수련에 목숨을 걸고 임하는 것이 기사들 아니던가?

디온은 갑자기 줄리앙의 머리 위로 크게 뛰어올랐다. 갑옷의 무게 따위는 전혀 느껴지지 않는 가벼운 점프였다.

딱, 따다닥!

검이 투구 위를 빠르게 치고 지나갔다.

단순히 뛰어드는 속도뿐만 아니라, 공중에 뜬 순간에 여러 차례 내려치고는 사뿐히 내려선다.

점프 공격을 성공시킨다는 것은 실력 차이가 확연하다는 뜻이다.

다시 한 번 크게 휘청거린 줄리앙은 찡하게 울려오는 머리를 부여잡고 싶은 것을 억지로 참고 있었다.

'65점. 꽤나 근성이 좋은걸?'

디온은 다시금 자세를 잡는 신입기사를 보면서 속으로 점수를 고쳤다.

아까의 공격 점수도 50점은 됐는데, 맷집과 근성에 15점이나 가산점이 들어갔다.

오늘 신참은 꽤 수준이 괜찮은 편이다.

"에잇!"

디온이 공격을 멈추자 자세를 잡은 상대가 다시 공격을 가해왔다.

사력을 다한 마지막 일격.

하지만 디온에게는 그의 움직임이 너무나 선명하게 보이고 있었다. 여유롭게 공격을 흘리면서 자세를 허물며 다시 양쪽 다리를 몇 번 때려주면 뼛속까지 울릴 것이다.

그러나 그때,

―베어라! 파괴해라!

미소를 머금고 상대를 향하던 디온의 몸이 한순간 움찔했다. 마치 검이 말을 걸어오는 것처럼 선명하게 느껴졌다.

'이런!'

퍼뜩 정신이 든 디온은 자신도 모르게 기사의 갑옷 틈새를 노리고 나가던 찌르기를 순간적으로 전환했다. 죽이거나 적어도 큰 부상을 입힐 뻔한 것을 가까스로 막았다.

따악!

"으윽!"

검과 검이 부딪치는 순간, 상대는 손아귀가 찢어지는 듯한 통증을 느끼며 자신도 모르게 검을 놓치고 말았다.

하늘로 높게 날아오르는 검을 허탈하게 바라보던 줄리앙은 곧바로 정중하게 허리를 굽혀 자신의 패배를 인정했다.

"졌습니다."

"괜찮은 승부였다."

디온은 자세를 바로잡고 답례를 했다. 그가 비록 황태자라고는 하지만, 지금은 기사로서의 대련 시간이다. 승자로서의 태도 또한 중요하다고 배웠다.

"수고했어."

디온의 말이 끝나기가 무섭게 누군가가 선언했다.

"3분!"

"오오, 꽤 버텼는데?"

그 외에도 디온에 대한 찬사와 탄성이 쏟아졌다.

디온은 환하게 웃으면서 손을 흔들어 답례한 후 수련장 가장자리에 마련된 전용 좌석으로 향했다.

'애고, 까딱했으면, 사고 칠 뻔했군.'

반쯤 장난으로 벌인 일로 근위기사 하나를 죽여 버리면 이건 큰일이다.

무엇보다 디온은 살인을 즐기는 성격이 아니다. 물론 이렇게 가끔씩 본능적으로 살인의 충동을 강하게 느끼기도 하는데, 이건 본의가 아니다. 디온은 그렇게 믿고 싶었다.

시종의 도움을 받아 갑옷을 벗은 디온은 새삼스럽게 날이 뭉툭한 철검을 들여다보았다.

다시 보아도 기사 수련장에 비치되어 있던 그저 그런 철검일 뿐, 아까의 그 음성이 검에서 들린 것일 리는 만무하다.

"이거, 병인가?"

마치 자신의 안에 또 다른 무언가가 있는 느낌.

디온은 살짝 모습을 드러낸 불안감을 억지로 지우려고 고개를 세차게 흔들며 보이지 않는 무언가에 도전하듯 중얼거렸다.

"실수로 사람을 잡을 수는 없지. 가볍게 즐겁게 사는 거야."

*　　　　*　　　　*

회의를 마친 귀족들은 각기 상석을 향해 예의를 표하고 자리를 떴다.

사비녀는 마지막 귀족이 나가는 것을 확인한 후 약간 피곤한 얼굴로 자리에서 일어났다.

"디온은 어디 있지?"

"황태자 저하께서는 수련장에 계십니다."

도노반의 대답이 곧바로 돌아왔다.

황실기사단장인 그는 제국의 미래라 할 수 있는 황태자가 자발적으로 단련을 하는 것이 못내 흐뭇하다는 표정을 감추지 못했다.

"또?"

그러나 정작 여황제의 표정은 그다지 밝지 않았다.

도노반은 그것이 회의로 인한 피곤 때문이라 생각하며 얼른 황태자에 대한 칭찬을 늘어놓았다.

"저하께서는 천부적인 재능을 타고나셨습니다. 거기에 늘 노력을 게을리 하지 않으시니 우리 제국의 미래는 탄탄대로일 것입니다."

살짝 들뜬 도노반과는 달리 사비녀는 한숨이 나오는 것을 참지 못했다.

도노반의 생각을 모르는 건 아니지만 세상은 그렇게 단순하지가 않다.

'제국의 미래가 아니라 물질계의 미래가 문제지. 도대체 세상이 어찌 되려고 이러누.'

사비녀는 도노반이 눈치채지 못하도록 재차 터져 나오는 한숨을 삼키며 짐짓 평온한 어조로 대꾸했다.

"무력이 뛰어나다고 꼭 좋은 황제가 되는 건 아니지."

도노반은 그녀의 약간 심드렁한 말을 잘못 해석하고는 크게 웃으면서 말했다.

"하하하! 역시 폐하께서는 생각이 깊으십니다. 저도 황태자 저하께서 자만하지 않도록 드러내고 칭찬은 하지 않고 있습니다. 아무래도 그 나이에는 조심해야 하겠지요."

'별걸 다 조심하는군. 그게 조심한다고 될 일이야, 어디?'

굳이 칭찬하지 않는다고 자신이 뛰어나다는 것을 모를 디온이 아니다.

이미 황실기사단에서조차 디온을 이길 수 있는 사람이 몇 안 되는 실정이 아닌가?

차라리 실컷 칭찬하고 띄워줘서 검에 대한 집착이 좀 사라진다면 나을지도 모른다.

'문제는 그 아이가 그걸 진심으로 좋아한다는 데 있지.'

사비너는 겉으로는 별다른 내색을 하지 않고 살짝 몸을 돌려 움직일 뜻을 밝혔다.

노노반은 곧바로 경호하는 자세를 취했고, 그의 뒤로 근위병 몇 명이 자리 잡았다.

"수련장으로."

"넵!"

사비너가 수련장에 도착했을 때 본 모습은 디온이 신나게 상대를 두들기는 장면이었다.

"누구지?"

"오늘 근위기사로 임명된 줄리앙입니다."

도노반도 확실한 모습을 볼 수는 없었지만, 충분히 짐작할 수 있는 사실이었다.

사비너는 멀리서 그 모습을 보면서 속으로 혀를 찼다.

말이 대련이지 일방적으로 한쪽이 맞다가 순식간에 끝나버린 것이다. 더군다나 마지막엔 날카로운 살기까지 보였다.

다른 근위기사들은 눈치채지 못했지만 고위마법사인 사비너는 오히려 그런 쪽에 민감했기에 디온이 지금 사람을 죽일 뻔했다는 걸 눈치챘다.

황태자가 대련 중에 기사를 죽였다고 해도 큰 문제가 될 건 없다. 단지 디온이 사람을 죽이면 문제가 된다.

'하아, 저 녀석의 살기를 어떻게 제거하지?

사비너는 대련을 마치고 자리로 향하는 디온을 보며 속으로 중얼거렸다.

그녀는 착잡한 속내를 감추고 수련장 안으로 들어갔다.

황궁 안이라 간소하다고는 해도 경비병을 대동한 여황제의 행차를 알아보지 못할 이는 없다.

남들보다 뛰어난 시력을 가진 디온은 멀리서부터 모친의 모습을 확인하고 빠른 속도로 다가와 스스럼없이 말을 건넸다.

"어마마마, 회의는 잘 끝나신 거예요?"

"그럼, 당연하지. 그래, 수련은 재미있니? 힘들진 않고?"

사비너는 옷자락으로 아들의 땀을 닦아주는 시늉을 하면서 물었다.

시늉이라고 할 수밖에 없는 것이, 디온의 얼굴에는 땀을 흘린 흔적조차 없었기 때문이다.

디온은 그런 어머니의 손길에 더욱 밝은 미소를 지으면서 씩씩하게 대답했다.

“전혀 힘들지 않아요. 검을 휘두르면 이상하게 힘이 솟는걸요.”

“그래? 그래도 너무 무리하지는 말거라.”

“네, 염려 마세요.”

누가 보더라도 다정한 모자의 대화였다.

황실 안에서, 그것도 황제와 황태자의 대화라고 하기엔 어떤 격식도 찾아볼 수 없었다.

이는 사비너가 디온과의 관계에서 가장 중요시하는 점이기도 했다. 그녀는 황제와 후계자가 아닌 어머니와 아들로서의 관계를 늘 강조하고 있었다.

모자는 자연스럽게 후원으로 자리를 옮겨 오순도순 이야기를 나누었다. 적어도 남들의 눈에는 그렇게 보였을 것이다.

“그나저나 이번 생일에 가지고 싶은 건 결정했니?”

“음, 별로 생각나는 게 없는데요?”

“어머, 그럼 안 되지. 설마 네 선물 생각하다 내 얼굴에 주름살이 생기는 걸 원하는 건 아니겠지?”

"핫, 그럴 리가요."

"꼭 물건이 아니어도 되니까 뭐든 생각나는 게 있으면 말하려무나."

"아, 그럼 생일 파티가 끝난 후까지 생각해 보고 말씀드릴게요."

"호호호, 그러려무나."

디온은 밝게 웃는 사비너의 모습에 속으로 미안한 생각이 들었다.

아마 자신이 요구할 선물은 아무리 배포가 큰 어머니라고 해도 쉽게 승낙하기 어려울 것이기 때문이다.

'하지만 어쩔 수 없지.'

디온은 자신이 한계에 달한 상황임을 인식하고 있었다.

두 사람은 겉으로는 아무런 걱정이 없는 것처럼 보여도 사실은 둘 다 속으로 심각한 고민을 안고 있는 것이다.

그날도 둘은 민감한 이야기는 일절 하지 않은 채 시종일관 부드러운 미소를 지으면서 즐겁게 대화를 나누었다.

하지만 서로 헤어진 이후부터는 전혀 웃지 않았다. 요즘은 항상 그랬다. 사비너는 디온을 볼 때마다 가슴이 무거웠고, 디온 역시 사비너에게 어떻게 하면 충격을 주지 않고 자신의 요구를 관철시킬까 고민해야 했다.

그런 상황이 계속되면서도 시간은 흘러 드디어 디온은 16세의 아침을 맞이하게 되었다.

15세와 16세는 느낌부터 다르다.

보통 만 18세가 되면 성인식을 치르는 것이 대륙 전체의 풍토였지만, 귀족들은 16세를 실질적인 성인식 나이로 치는 것이 요즘 추세다. 일종의 조기교육인 셈이다.

하물며 일개 귀족이 아닌 황태자의 16세를 기념하는 파티인만큼 그 규모 또한 대단했다.

초대된 귀족들이 자리를 잡은 후 여황제와 오늘의 주인공인 황태자가 등장하자 자리를 채운 귀족들은 저마다 찬사를 늘어놓았다.

굳이 아부를 하지 않더라도 이 모자의 모습은 절로 감탄이 터져 나올 만큼 아름다웠다.

붉은 드레스를 입은 여황제의 모습은 아무리 뜯어보아도 20대 초반으로밖에 보이지 않는다.

깊게 파인 등과 아슬아슬하게 가려진 가슴 선 위로 드러난 희고 고운 피부, 그 어디에서도 세월이 좀먹은 흔적 따위는 없었다.

황금과 같이 빛나는 머리카락은 굽실거리게 손질하여 자연스럽게 늘어뜨렸는데, 그러한 머리 모양으로 인해 한층 더 젊은 느낌을 주었다.

귀부인들은 저마다 틀어 올린 머리를 매만져 보며 자신도 다음에는 꼭 머리를 늘어뜨려 보리라 속으로 다짐했다.

또한 여황제를 에스코트하며 들어선 황태자 디온 또한 그녀의 외모에 한 치도 떨어지는 감이 느껴지지 않았다.

황태자는 보통 남성의 의복에는 거의 쓰이지 않는 붉은색을 포인트로 한 검정 바탕의 성장을 하고 나타났다.

남성이 하기엔 지나치게 요염해 보이는 색이 분명한데도 아직 완전한 성인이 아니어서 그런지, 아니면 워낙 미모가 뛰어나서 그런지 전혀 어색해 보이지 않는 모습이다.

아니, 어색하기는커녕 저절로 한숨이 쉬어질 정도로 아름답다.

사비너에 이어 디온의 간단한 인사말로 이날의 파티는 시작되었다. 하지만 여타의 파티처럼 곧바로 연회의 분위기가 된 것은 아니었다.

16세 생일을 맞은 황태자에게 선물이 빠질 리 없다. 귀족들은 호명이 될 때마다 한 사람씩 나와 인사말과 선물을 전했다.

"으윽, 어마마마. 저래도 되는 거예요?"

디온은 아주 작은 목소리로 투정하듯 중얼거렸다.

그러면서도 그는 환하게 웃으며 인사를 하는 귀족 일가에게 고개를 끄덕이는 것을 잊지 않았다.

사비너 또한 아들과 비슷한 동작을 하면서 입을 거의 움직이지 않고 맞장구를 쳤다.

"그러게 말이다. 저건 아동 학대에 가깝구나."

"아무리 봐도 열 살도 안 된 것 같죠?"

"음, 여덟 살이란다."

"어휴. 해도 너무하네."

디온은 아슬아슬하게 뒤뚱거리면서 어머니의 손을 잡고 걸어가는 귀족 영애를 보며 중얼거렸다.

포동포동한 몸매에 성인풍의 허리를 죄는 드레스를 입고 굽 높은 구두를 신은 어린 여아는 디온 앞에 끌려 나왔을 때는 거의 반쯤 졸고 있었다.

황태자의 나이 16세. 아직까지 관심을 보인 여성은 없지만 이제 한창 이성에 눈을 뜰 때라는 것은 누구나 짐작할 만한 사실이다.

이런 이유로 오늘 자리에 참석한 귀족의 거의 대부분은 젊은 아가씨를 한 명씩 대동하고 있었다.

딸이 있다면 딸, 없을 경우 조카딸, 아예 촌수를 따질 수 없이 먼 친척뻘 아이라도 그럴듯한 외모와 나이가 되는 저녀가 있다면 동행으로 데려온 것이다.

그나마 그것도 안 되는 이들은 도저히 디온의 상대가 안 될 만한 이들을 들이밀다시피 했는데, 종전의 여아도 그런 희생자 중의 하나였다.

사실 디온의 나이가 열여섯 살이니 나이를 먹은 후라면 여섯 살 차이는 크게 문제가 없을 수도 있다. 하지만 여덟 살짜리 아이를 밤늦게 어른들이 즐기는 파티에 데려오는 것은 평소라면 있을 수 없는 일이다.

이런 눈물 나는 귀족들의 시도에도 불구하고 이날 디온의 시선을 끈 여인은 단 한 명도 없었다.

예의상 최고위 귀족 몇 명의 영애와 춤을 추었을 뿐이다.

결국 기대를 안고 파티에 참석했던 귀족들은 그만큼의 실망을 안고 돌아가야 했다.

파티가 끝난 후 디온은 여황 사비너와 둘만의 자리를 마련했다. 시종이 두고 간 차를 손에 들고 한 모금 마신 그녀는 기대에 찬 표정으로 입을 열었다.

"그래, 생각은 해봤니?"

"네."

디온은 곧바로 고개를 끄덕였다.

"어? 정말? 말해보렴."

"물건이 아니라 부탁이어도 된다고 하셨지요?"

"그럼, 물론이지. 뭔가 하고 싶은 일이라도 있니?"

사비너의 기뻐하는 표정을 보면서 디온의 마음은 더욱 착잡해졌다. 하지만 그것도 잠시, 피할 수 없는 일이기에 그는 입을 열어 단호하게 말했다.

"황궁을 나가 인적이 드문 숲에서 혼자 수련을 하고 싶어요."

부탁이라는 게 하필 수련이라고? 사비너의 안색이 눈에 띄게 어두워졌다. 다른 건 몰라도 그것만은 막고 싶었다.

더군다나 황궁을 나가겠다니? 이건 황태자로서 할 수 있는 행동의 한계를 넘어선 일이다.

그래도 화를 낼 수는 없다. 사비너는 곧 안색을 회복하고 그녀가 내놓을 수 있는 최선의 대안을 제시했다.

"수련이라……. 그건 황궁 내에서는 할 수 없는 것이니? 사람이 문제라면 통제를 하고 수련할 공간을 마련하는 건 어렵지 않은 일이란다."

하지만 디온은 고개를 저으며 거부했다.

"그게 아니에요. 꼭 황궁을 나가서 수련을 해야 할 필요가 있어요."

"으음, 이유를 물어도 대답을 해줄 수 없는 거니?"

"예."

디온은 짧게 대답하고 고개를 숙였다.

한참을 고민한 사비너는 약간은 슬픈 표정을 지으면서도 고개를 끄덕였다.

"그래, 어쨌든 약속한 것이니 당연히 들어줘야겠지."

그러자 디온은 다시 말했다.

"가장 중요한 건 저 혼자여야 한다는 거예요. 호위기사도 따라오지 않도록 해주세요."

"아!"

사비너의 눈에 놀란 빛이 역력히 드러났다.

사실 이 무리해 보이는 요구를 간단히 승낙한 것은 아들의 주변에 붙여놓은 호위들을 믿었기 때문이다.

'그들의 존재를 알고 있었다니, 디온 너는……!'

어머니의 동요를 직접 보고 있는 디온 또한 마음이 좋을 리가 없었다.

디온은 자신의 부탁이라는 게 얼마나 억지스러운 일인지 잘 알고 있었다.

세상에 황태자가 호위도 없이 혼자 수행을 위한 여행을 떠나겠다니? 다른 왕가 같았으면 신관과 마법사가 쌍으로 달려와서 정신 감정을 할지도 모른다.

그렇다고 디온은 지금에 와서 자신의 요구를 철회할 생각은 없었기에 묵묵히 대답을 기다렸다.

잠시 갈등하는 듯 보이던 사비너는 결심한 듯 입을 열었다.

"무사히 돌아올 거지?"

"네."

"꼭 필요하단 말이지?"

"네."

사비너를 향한 디온의 시선은 한 점의 흔들림조차 없었다.

"그래도 나는 걱정이 되는구나."

"어마마마!"

디온이 뭐라고 하려는 순간 사비너의 하얀 손이 그의 머리 위로 내려와 앉았다. 실크 같은 머리카락을 쓸어내리면서 사비너는 말을 이었다.

"하지만 나는 안단다. 자식의 뜻을 가로막는 것은 부모가 할 일이 아니라는 걸 말이야. 걱정이 되고 가지 말라고 말리고 싶은데 그러면 안 되겠지. 너의 뜻을 꺾는 일은 하지 않기로 결심했으니까."

"죄송해요."

디온은 머리를 쓰다듬는 손길에서 작은 떨림을 느낄 수 있었다.

"아니야. 나도 나이가 든 탓인지 걱정만 느는구나. 오늘 아침에 보니 눈 아래가 거뭇거뭇하지 뭐니?"

갑자기 밝아진 목소리에 디온이 고개를 번쩍 들어보니 사비너가 장난기 어린 표정으로 웃고 있었다.

"그건 그렇고, 너무 오래 걸리지 않았으면 좋겠구나. 혹시나 모르는 사이 후계자까지 만들어놓고 오는 건 아니겠지? 아, 생각해 보니 그것도 나쁘진 않겠군."

"에이 참, 어마마마도."

디온은 자신을 편한 마음으로 보내려는 뜻을 눈치채고 장단을 맞추어 웃어 보였다.

"음, 그럼 언제 떠나는 거니?"

"내일 날 밝으면 곧바로 가려구요."

"그래, 준비는 다 되었니?"

"대충요."

　말로는 대충이라고는 하지만 이 일을 생각한 후 여행과 노숙에 관한 책을 보고 나름대로 열심히 준비해 놓은 터였다.

　시종이나 호위없이 한 번도 혼자 움직인 적이 없는 디온 자신도 약간의 불안감조차 없지는 않았기 때문이다.

　사비너는 대견하다는 표정으로 아들을 바라보며 도와줄 것이 없는지 물어보고 일찍 쉬라고 하며 돌려보냈다.

　디온이 나간 방문을 한동안 하염없이 멍하게 바라보던 사비너는 혼잣말처럼 중얼거렸다.

　"어느새 너무 커버렸구나. 이제 너의 능력을 넘어서 호위를 할 사람이 있을 것 같지도 않으니……."

　"죄송합니다."

　기다렸다는 듯한 대답이 어디에선가 들려왔다. 사비너는 살짝 고개를 흔들어 보이고는 미소를 지으며 말했다.

　"아니다. 너희들은 최선을 다해주었다."

　"그럼 저하의 말을 따르라는?"

　비밀호위들은 사비너의 의도를 짐작할 수 없기에 재차 확인했다. 그들은 왜 사비너가 디온의 부탁을 순순히 들어주는지 이해할 수 없었다.

　그러나 사비너는 태연한 표정으로 말했다.

　"그래. 이게 과연 옳은 것인지 판단할 수는 없지만 난 일찍이 디온과의 약속은 절대로 지키기로 했다. 그러니 너희들은 일단 디온이 돌아올 때까지 쉬고 있도록 해라."

"…알겠습니다."

약간 주저하는 듯한 대답이 돌아왔으니 사비녀는 개의치 않았다.

잠시 후 혼자가 된 사비녀는 먼 곳을 보는 눈빛으로 중얼거렸다.

"아무리 생각해도 그 아이가 왜 혼자 여행을 떠나려고 하는 것인지 이해할 수가 없어. 만약 내가 생각하는 최악의 상황이라면 어떻게 하지?"

디온이 스스로의 힘과 운명을 깨닫고 각성을 하기 위해서 혼자가 되려는 것이라면?

일단 각성을 하면 모자라는 인간의 가장 끈끈한 굴레조차도 계속 의미를 가질지 장담할 수 없다.

사비녀는 자신도 모르게 눈에서 한 방울의 눈물을 흘렸다. 곧 한 방울은 줄기가 되어 그녀의 뺨을 적셨다.

생각하면 생각할수록 정말 아들을 잃을시도 모른다는 불안감과 공포가 사비녀의 전신을 짓누른다.

사비녀는 정말 디온을 막고 싶었다. 하지만 그럴 수 없다. 디온의 행동을 막을 자격은 애초부터 사비녀에겐 주어지지 않았다.

디온이 가고 싶으면 가는 것이고, 머물고 싶으면 머물 수 있다. 사비녀가 그걸 허락하는 것은 일종이 요식행위로 절대 반대를 못하는 게 진실이다.

아무리 아들이라고 해도 맹약으로 낳은 아들에 대한 권한
은 부친에게 있는 것이다.

"아들아, 미안하다. 난 네가 태어나기도 전에 왕국을 위해
너를 팔았다."

그것이 사비녀가 디온에게 말할 수 없는 가장 슬프고도 괴
로운 비밀이었다.

하지만 곧 사비녀는 눈물을 닦으며 중얼거렸다.

"난 여황이야. 조국을 위해서 무슨 일이든지 할 수 있어."

이윽고 사비녀는 다시 부드러운 미소를 입가에 드리운 암
흑제국의 여황으로 되돌아왔다.

사비녀는 조용히 벨을 흔들어 시종장을 불러 말했다.

"그를 부르도록."

*　　*　　*

방으로 돌아온 디온은 자신의 주위를 따라오던 기척 하나
가 없어진 것을 알 수 있었다. 그리고 얼마 지나지 않아 다른
이들의 존재감 역시 사라졌다.

"역시 어마마마시군."

주위 기척이 사라진 것을 느낀 디온은 꾸려놓은 짐에서 책
두 권을 꺼내 들었다.

"그래도 큰 사고가 나기 이전에 해결할 방법을 찾아서 다

행이야."

디온은 스스로에게 다짐하듯 입 밖으로 소리 내어 말했다.

검을 들면 생기는 충동이 날이 갈수록 심해지고 있었다.

이대로라면 언젠가 누군가를 크게 다치게 할지도 모른다. 단순한 실수로 사람을 상하게 하는 것도 괴로운데 어쩌면 사람을 죽이는 것에 쾌감을 느끼는 살인마가 될 수도 있다.

"일단 마스터의 경지에 올라야 해."

여러 자료를 두루 찾아본 결과 디온은 자신의 증상이 마스터의 경지 직전에 나타날 수 있는 것이라고 단정 지었다.

책에는 그것을 마경이라고 했다.

만약 이 단계에서 벗어나지 못하고 폭주할 경우, 자신의 주위에 있는 모든 것을 파괴하는 광전사가 될지도 모른다.

눈에 띄는 모든 것을 대상으로 기운이 다해 죽을 때까지 검을 휘두르는 것이 광전사다. 마스터의 실력이 어디 가는 것도 아니니 주변의 모든 생명체를 말살시킬 가능성이 크다.

만약에 친모인 사비너를 만나도 검을 멈추리란 보장이 없는 것이다.

호위들을 모두 물리친 것도, 인적이 드문 숲을 엄선한 것도 모두 이 때문이다.

만약 폭주할 경우 주변의 피해를 최소한으로 줄여야 했다.

특히 사비너와 마주치는 상황은 절대로 벌어지면 안 된다. 그러려면 디온이 날뛰는 걸 아예 모르게 하는 수밖에 없다.

디온은 이 모든 것을 혼자 고민하고 결정해야 했다.

아무에게도 마경의 이야기는 하지 않았다.

책에 쓰여 있기를, 일단 마경에 빠진 사람이 그걸 넘어서 지고의 경지인 마스터가 될 확률은 삼 할 이하란다.

그런 만큼 디온처럼 황태자라던가 다른 중요한 가문의 정식 후계자들은 목숨을 걸고 마스터의 경지에 도전을 하기보다 마법으로 몸에 제약을 걸어 반 강제적으로 마경을 벗어나는 방법을 쓰곤 했다.

그럴 경우, 영원히 마스터의 경지에는 들지 못하지만 그 바로 전 단계에 안주할 수는 있는 것이다.

만약 여황 사비너가 디온의 비밀을 안다면 틀림없이 마법을 사용하려 할 터이다.

"애초에 어마마마는 내가 강해지는 것을 좋아하지 않았지."

디온은 씁쓸하게 웃었다.

사비너는 항상 디온에게 여러 가지 놀이나 유흥거리를 제시하며 인생을 즐기라고 권했다.

어떤 때에는 대놓고 말할 적도 있다.

"이 어미는 네가 검 이외에 다른 것에 인생의 의의를 찾았으면 하구나. 검만 아는 사람은 결국 검에 죽기 쉬우니 말이다."

그때 디온은 사비너에게 약속한 바 있다. 가능하면 검이 아닌 다른 길을 찾아보겠다고.

실제로 디온은 노력을 했다. 그러나 그 시도는 너무나도 허망하게 실패했다. 디온은 지금까지 살면서 검보다 더 흥미가 가는 놀이 도구를 찾을 수 없었다.

정확하게 말하면 검 이외의 어떤 것에도 흥미를 느끼지 못했다. 그 결과 검의 실력은 하루가 다르게 올랐고, 이제 마스터의 경지가 눈앞에 있다.

"죽든 살든 가봐야지."

디온은 굳게 결심했다.

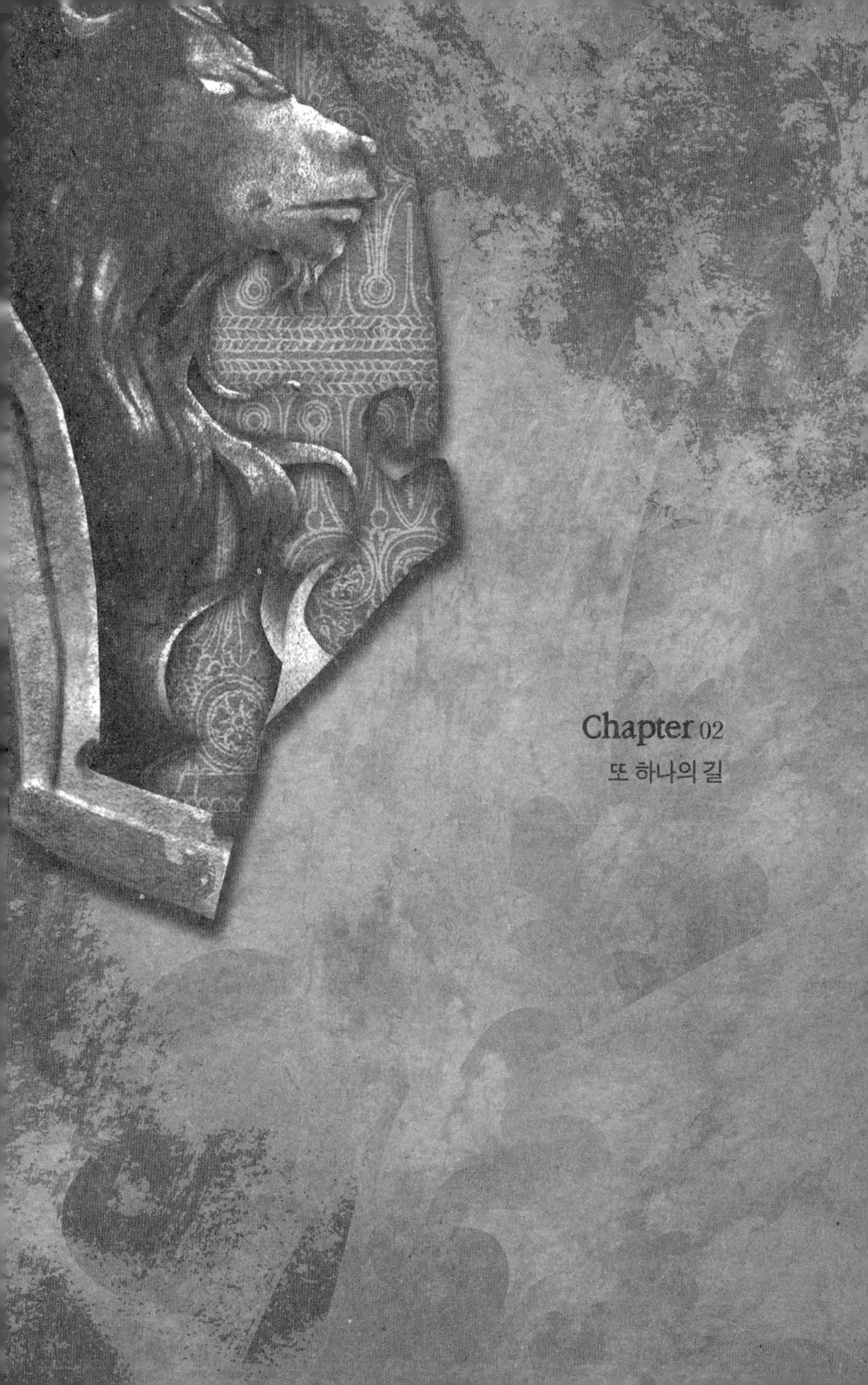

Chapter 02
또 하나의 길

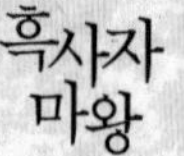
흑사자
마왕

디온은 황궁을 나와 북쪽을 향해 일직선으로 나아갔다. 그렇게 가다 보니 국경으로 이용되는 빅노스 산이 나타났다.

너무 높고 험해서 관문도 없는 곳이다. 거의 사람이 살지 않고 단지 소규모의 화전민이나 사냥꾼 촌락이 군데군데 있을 뿐이다.

산에는 당연히 계곡이 있고, 계곡에는 물이 흐르는 곳이 있다.

디온은 며칠에 걸쳐 산을 뒤진 끝에 운 좋게도 폭포를 찾을 수 있었다.

"여기가 좋겠군."

이야기책에 나오는 그림 같은 수련 장소가 아닌가!

디온은 이 완벽한 환경을 찾아낸 자신의 행운에 나름대로 자부심을 느꼈다.

"일단 아무도 들어오지 못하게 주변을 다 막아야 해."

그것이 만약의 경우 조금이라도 피해를 줄이는 길이다.

디온은 먼저 그곳으로 들어오는 산의 길을 모두 막았다.

중요한 길목에는 통나무와 바위 등을 옮겨놓고, 또 그 앞에는 황궁에서 가져온 마법의 함정을 설치해 놓았다.

최강의 흑마법 수준을 자랑하는 암흑제국의 마법 함정. 그것도 황궁 경비용이다.

하나같이 강력한 것들로 최고 수준에 이른 기사가 아니면 무사히 살아서 나갈 수 없을 정도다.

"좋아, 이렇게 해놓으면 나는 마스터가 되던가 이곳에서 죽게 되겠지."

디온은 비장한 각오를 했다.

마경을 벗어나지 못하고 이성을 잃게 되면 어떻게 될지는 상상도 하기 싫었다. 그럴 바에야 여기서 발광을 하다가 마법 함정에 걸려 죽는 것이 나을 것이다.

과거 대륙 중에 이름을 날렸던 마스터 맥클라인의 저서에는 이렇게 쓰여 있었다.

검을 비롯한 각종 병기는 결국 살생을 하기 위해 만들어진 물건이다. 그렇기 때문에 기사라는 직업을 가진 자는 항상 무엇인가를 죽이는 훈련을 하고 있는 셈이다.

그렇기 때문에 오랫동안 검을 다룬 자는 언제부터인가 항상 마음속에 살기를 품게 된다. 살생을 당연한 것으로 여기고 그것을 자신의 숙명으로 삼는다.

이것은 검의 실력이 늘어나고, 실전을 경험하면서 점점 더 강해지는 경향이 있다. 물론 검을 다루는 자의 마음가짐은 그 단계에서 머무르지 않는다.

검을 통해 무엇인가를 이루기 위해서는 살검이 아닌 활검의 길을 걸어야 하는데, 이것은 어떻게 보면 검이라는 병기의 본질을 스스로 속이는 일이기도 하다.

하지만 그런 속임의 길 속에 진리가 숨어 있으니, 마스터가 되어 오러의 힘을 터득하려면 마음속의 살기를 완전히 지울 수 있어야 한다.

마스터의 경지에 다다르기 전에 넘어야 할 가장 큰 고비가 바로 이 살기를 지우는 일이다.

때로는 스스로의 살기를 주체하지 못하게 된 자도 있다.

이것을 '마경'이라고 하는데, 일단 마경에 빠진 자는 벽을 깨고 앞으로 나아가지 못하면 결국 살인의 유혹을 참지 못하고 자아를 상실하게 된다.

완전히 마경에 빠진 자는 이미 인간이라 볼 수 없다. 피에 굶주린 광전사이자 살인귀로 변해 버린다.

이것이야말로 기사가 가장 조심하고 경계해야 할 일이다.

"결국 난 미치거나 마스터가 되어야 한다는 거지. 좋아, 이제 시작하자."

디온은 다시 한 번 결심을 다지고는 폭포가 떨어지는 곳으로 갔다. 육체적인 것보다는 정신적인 수련에 중점을 두기로 했으니 일단은 폭포 수련이 정석이다.

콰콰콰콰!

듣기만 해도 가슴속이 시원해지는 소리다. 하지만 그 안에 들어가 있으면 결코 시원한 것만으로는 끝나지 않는다.

그러나 디온은 그저 폭포에 들어가 앉아 있는 것만으로는 부족하다고 생각했다.

"깨달음을 얻기 위해서는 천 일간 폭포 물에 머리를 얻어맞으라고 했지. 하지만 난 천 일이나 마음 편하게 앉아 있을 수는 없거든."

이 점에 있어서 디온은 이미 생각해 둔 바가 있었다.

황궁에는 적지 않은 무공수련서가 있었고, 그중에는 마스터의 경지에 도달한 자가 남긴 것도 존재했다.

디온은 그것들을 샅샅이 뒤져 결국 몇 개의 적당한 수련법을 찾아냈다.

그런데 지금 폭포를 보니 그중 하나인 '원 포커싱' 수련법에 딱이라는 생각이 들었다.

그는 서슴없이 폭포 아래로 들어가 그곳에 있는 뾰족한 바위 하나를 잡고 물구나무서기를 했다, 그것도 두 손이 아닌 한 손으로.

"크으윽! 쉽지 않군."

가만히 앉아 있어도 압력 때문에 목과 머리가 흔들리는 게 바로 폭포의 압력이다. 위에서 조용히 내리누르는 것이 아니라 물의 흐름에 따라 힘의 방향이 전후좌우로 격렬하게 바뀐다.

그런데 그걸 물구나무를 서서 버티려니 보통 힘이 드는 게 아니다. 디온은 전신의 감각을 극도로 끌어올려 끝까지 중심을 잡으려 했지만 얼마 못 가 쓰러지고 말았다.

"첫 번째 실패."

디온은 검을 뽑아 폭포의 안쪽에 있는 바위를 한 번 그었다.

"물의 흐름을 온몸으로 받아들여야 해. 그리고 그 힘을 모두 이 손에 집중시켜 땅으로 흘려보내야 몸이 안정되지."

그리고 그와 함께 모든 잡념과 살기도 폭포 아래로 흘려보낸다.

한 가지에 몰두하면 다른 모든 것을 잊을 수 있다고 했다. 폭포 속에서 한 손으로 물구나무서기를 하는 것에 집중하면 가슴속에 끓어오르는 살기를 잊을 수 있다.

실제로 방금 전까지 정말로 그의 의식은 폭포의 흐름에 집중되었다.

"확실히 효과가 있었어."

디온은 드디어 막혀 있던 길을 뚫은 것 같은 기분에 사로잡혔다.

'원 포커싱'은 단순하지만 정말로 뛰어난 수련법이었다.

디온은 곧 다시 물구나무서기를 했다.

넘어지면 바위 위에 하나의 자국을 내고 다시 시도를 한다. 단순한 것 같으면서도 결코 쉽지 않았다.

하지만 그렇게 삼 일이 지나자 디온은 드디어 한 손으로 물구나무서기를 한 채 폭포의 흐름 속에 버틸 수 있게 되었다.

삼 일 전에 그토록 어려웠던 일이 이제는 의식을 하지 않아도 되는 것이다.

별로 힘도 들지 않았다.

오히려 힘을 주면 줄수록 몸이 굳어 힘들어진다는 것을 깨달았다.

그저 발바닥으로부터 자연스럽게 폭포의 기운을 받아들여 조절을 한다. 그때 디온은 자신의 몸속에 있는 기운에 변화가 생겼다는 것을 알았다.

몸 전체에 퍼져 있는 힘과 폭포로부터 받은 기운이 자연스럽게 손바닥으로 모이니 그 힘이 극히 강해졌다. 손바닥이 뜨거워질 정도여서 혹시 문제가 있는가 하는 생각까지 들었다.

그래서 급히 자세를 풀고 손바닥을 떼어보니 바위 위에 그의 손바닥 자국이 새겨져 있었다.

"이것은?"

타격을 가하지도 않고 그저 대고만 있었는데 바위가 파였다. 어쩌면 오러의 힘일지도 모른다.

"그렇다면 힘을 더욱 모아야 해. 그래야 정말 오러의 실체를 알 수 있을 거야."

디온은 이제 스스로 나아갈 길을 알았다.

그는 곧 주먹을 쥔 채 물구나무서기를 했다. 손바닥이 아닌 주먹은 몸을 지탱하기에 더욱 힘들었다.

그러나 이미 디온은 폭포의 힘을 거꾸로 이용해 오히려 몸을 안정시킬 수 있었다.

몸은 전혀 흔들리지를 않고, 다시 주먹 끝으로 디온의 모든 힘이 모였다.

파팍!

바위가 너욱 깊게 파였다. 이번에는 확실히 느꼈다. 그리고 눈으로도 보았다.

주먹 끝에서 붉은 기운이 생겨나 바위를 파괴했다.

"이것이 바로 오러인가?"

자신의 몸속에서 나온 힘인데도 믿기지 않았다.

"이번에는 손가락 세 개로 해보자."

디온은 흥분되는 가슴을 안정시키며 다시 새로운 시도를 했다. 그리고 그 시도는 곧 손가락 한 개로 진전되었다.

파파팍!

손가락 끝에 힘이 모이자 그 순간 바위에 구멍이 생겼다. 이제는 힘을 모으는 데 시간도 얼마 걸리지 않았다.

디온은 자신의 손을 보았다.

이번에는 손을 앞으로 뻗어 물구나무서기를 하지 않은 채 힘을 모아보려 했다. 서 있는 자세에서 오러를 만들어낼 수 있다면 그것은 마스터의 경지라고 들었다.

그러나 생각했던 것처럼 일이 쉽게 진행되지는 않았다.

힘이 모이기는 모이는데, 아무래도 아까보다 모자랐다. 그리고 손가락 끝에서 더 이상 외부로 나아가지 않았다.

"으윽, 안 되는가? 그럼 지금 난 거꾸로 선 상태에서만 마스터인 건가?"

디온은 한숨을 내쉬었다. 그리고는 다시 '폭포에서 한 손가락 물구나무서기'를 했다.

그런데 문제가 생겼다. 손가락이 자꾸 바위 속으로 파고들어 가버리는 것이다.

푹!

"앗! 또!"

바위에는 이미 몇 개의 구멍이 뚫렸다. 손가락이 이렇게 파고들면 더 이상은 수련을 하는 의미가 없다.

"이걸 어떻게 하지? 여기다가 구멍 안 뚫리게 미스릴 판이라도 대야 하나?"

미스릴 판이라면 어설픈 손가락 오러에 구멍이 뚫리진 않는다. 하지만 그건 황궁에 있지, 이곳에는 없다.

손가락이 바위 속으로 파고들지 못하게 하는 방법은 뭘까? 디온은 고민에 고민을 거듭했다.

그러던 중 그는 문득 뭔가가 잘못되었다는 생각을 했다.

"오러를 일으키지 않으면 되잖아? 아니지. 이 수련법 자체가 힘을 모아 오러를 일으키기 쉽게 하는 건데, 안 일으키면 무슨 소용이 있어?"

오러를 일으키는 것은 아주 중요하다.

익숙해져야 하기 때문이다.

그렇지 않으면 언제까지나 '거꾸로 서서만 마스터'로 남을 수밖에 없다.

"아!"

어느 순간 디온은 무엇이 문제인지 깨달았다.

"오러를 일으키면 무조건 바위에 구멍이 뚫린다. 살기가 일면 그것을 주체하지 못하고 살생을 하고 싶어진다. 살기를 제어하지 못한다. 오러를 제어하지 못한다……."

디온은 다시 손가락을 펴서 진지하게 노려보았다.

그러니까 오러를 마음대로 다룬다는 것은 바로 오러를 일으키고 일으키지 않고 하는 것이 중요한 것이 아니라, 오러로 무엇이든 파괴할 수도 있지만 반대로 그 무엇도 파괴하지 않을 수 있어야 하는 것이 아닐까?

가슴속의 살기를 없애는 것은 의미가 없다.

왜냐하면 없어진 살기는 언젠가는 다시 생겨날 것이기 때문이다. 중요한 것은 바로 살기가 일어도 그것에 정신이 영향을 받지 않게 되는 것이다.

"결국 모두 같은 거야. 힘을 하나로 모으는 걸로 끝나는 게 아니라, 그걸 자연스럽게 다룰 수 있어야 해."

너무 많으면 오히려 모자람만 못할 수 있다.

디온은 그 이치를 이제야 알 수 있었다.

그걸 안 이상 이제는 수련법도 바꿔야 했다.

디온은 옆에 놔두었던 검을 잡았다. 그리고 검집에서 검을 뽑았다.

디온의 검은 여황인 사비너가 특별히 구해준 최상급 마법검인데, 마법사들의 전문 평가 용어로 +10 트리플 블레스드 샤프니스 엘레멘탈로드 미스릴 콜드아이언 롱소드 오브 헤이스트라고 한다.

부여 마법 전문 마법사들인 인챈터들은 마법무구의 가치를 +1부터 +10까지 구분해서 등급을 정하는데, +10이니 신급 무기 이외에는 가장 강한 힘을 가졌다는 뜻이고, 트리플 블레스드는 신성력에 의해 축복을 건 것 중에 가장 강력하게 걸린 걸 의미하는데, 보통 십 년에 한두 번 나올까 말까 하는 축복 등급이다.

또한 샤프니스란 검날의 예리함이 상상을 초월한 무기에

붙이는 명칭, 엘레멘탈로드는 검을 들고 있는 자는 불, 얼음, 독, 전격의 공격으로부터 엄청난 저항력을 얻게 해주는 궁극의 방어 능력을 의미한다.

마지막으로 미스릴은 주재료이고 콜드아이언은 제련 방식인데, 드워프 중에서도 원로들만이 겨우 할 수 있다는 궁극의 방법이다.

그야말로 명검 중의 명검이라 바위를 대상으로 식빵에 끼울 버터를 자르듯 슬라이스 커팅할 수 있다.

더군다나 마지막으로 붙은 헤이스트는 이 검을 든 자는 언제든지 단순한 명령어로 헤이스트 마법을 사용할 수 있다는 뜻인데, 폼멜로 쓰는 최상급 마정석이 있기에 소유자의 마나를 전혀 소모하지 않는다.

디온은 그 검의 날을 보며 잠시 정신을 집중하고는 천천히 검끝을 바위에 대었다.

스윽.

검끝이 바위에 닿기가 무섭게 바위에 구멍이 생겼다. 디온은 살짝 인상을 찡그리며 중얼거렸다.

"이런, 시작부터 이러면 안 되는데."

그는 다시 한 번 심호흡을 하며 자신의 힘을 검끝에 모았다. 그리고 그 힘으로 검끝을 막아 바위가 뚫리지 않게 하려 했다.

이런 시도는 결코 쉽지 않았다.

　이론적으로 원 포커싱 수련법을 거꾸로 한 것인데, 단순한 원 포커싱 수련법보다 몇 배나 어렵다고 할 수 있었다.

　디온은 이걸 '더블 포커싱 수련법' 이라고 이름 붙였다.

　하루를 꼬박 노력한 끝에 디온은 겨우 검끝을 바위에 댄 채 물구나무서기를 할 수 있게 되었다.

　보통 사람은 평생을 해도 안 될 것 같은 일이지만 이미 마스터의 문턱에 도달한 디온에겐 익숙해지면 가능한 일이었다.

　"이제 이 검에 오러를 일으키고도 바위가 멀쩡하게 되면 나는 오러를 완벽하게 제어할 수 있다는 소리가 된다."

　조금만 마음이 흐트러져도 검은 바위 속으로 파고든다.

　디온은 잠시도 방심하지 못하고 집중에 집중을 계속했다.

　그러는 과정에서 점점 디온의 머릿속에 잡념이 사라져 갔다.

　이제 그는 가슴속에 살기가 일어나는지 아닌지도 돌아보지 않았다. 그저 마음대로 일어났다가 알아서 사라지라는 심정으로 검끝에만 마음을 모았다.

　그러자 살기는 관심을 받지 못한 아이처럼 토라져서 오히려 움직이지를 않았다. 그리고 소외된 존재끼리 하나로 뭉치듯 점점 모여들어 하나의 형태를 이루었다.

　그것은 하나의 검이었다. 디온의 가슴속에는 자신도 모르는 사이에 살기로 이루어진 검이 하나 생겨났다.

그사이 디온의 모든 힘은 검을 타고 자연스럽게 모여들었다. 검이 모여드는 힘에 비명을 지르듯 떨렸다.

우우우웅!

기묘한 소리와 함께 검날에서 피처럼 붉은 기운이 뿜어져 나왔다. 그 빛은 처음에는 검끝에서 조금씩 흘러나오다가 곧 검날 전체로 퍼졌다.

오러의 힘!

무엇이든 파괴할 수 있다는 마스터의 상징이 드디어 디온의 손가락이 아니라 검에서 발현된 것이다.

그러나 그런 오러 블레이드로 누르고 있는 바위는 조금도 상처 입지 않았다.

바로 디온이 목표하던 완벽하게 제어된 오러가 아니면 절대 불가능한 일이다.

디온은 맑은 눈으로 자신의 검과 바위를 바라보고 있었다.

마음속에 감농이 떨어지는 폭포수보다 더욱 거세게 일어났지만, 그의 정신은 여전히 잔잔했다.

디온은 천천히 거꾸로 선 자세를 풀고 두 다리로 바위를 디뎠다. 그리고 검을 들어 올려 자신의 눈앞에 세웠다.

붉은 오러 블레이드는 여전히 타오르고 있었다. 이제는 물구나무서기를 하지 않아도 오러를 발현시킬 수 있는 것이다.

"이제 되었군. 나는 마경을 벗어난 거야."

그는 확신할 수 있었다. 이제는 아무리 강한 살기가 가슴속에 일어나도 그것을 잘못 휘둘러 사람을 헤치지 않게 되었다.

그렇게 디온은 하나의 벽을 뚫었다.

꼬로록.

문득 느껴진 허기는 마치 배를 찌르는 것처럼 고통스럽게 텅 빈 위장 상태를 호소해 왔다. 디온은 빠른 속도로 자신의 거처로 정한 동굴로 향했다.

"헉? 뭐야, 이게?"

동굴 한쪽에 얌전히 놓아두었던 짐 꾸러미는 처참히 헤집어진 모습으로 바닥에 나뒹굴고 있었다. 음식이 있었던 흔적은 바닥에 약간 남은 찌꺼기뿐, 그나마도 푸른곰팡이가 피어나 역한 냄새가 나고 있었다.

사실 디온은 명상을 하느라 시간의 흐름을 잊었다.

동굴에 먹을 것을 놓고 보름씩이나 방치해 두었으니, 멀쩡하면 오히려 이상한 일이다.

경험있는 여행자였다면 들짐승들이 건드리지 못하도록 땅에 묻거나 여러 조치를 취했을 테지만, 난생처음 혼자 나선 디온은 미처 거기까지는 생각지 못했다.

자신이 먹을 음식을 다른 존재가 건드릴 수 있다는 것조차 디온에게는 생소한 일이었다.

망연자실한 얼굴로 한동안 멍하게 서 있던 디온을 깨운 것은 선명하게 울리는 허기의 증표.

꼬르륵.

이대로 있으면 그야말로 아사할 것이 확실시 되는 순간이었다.

"까짓것, 내가 직접 만들면 되지, 뭐."

디온은 스스로에게 들려주듯 소리 내어 말하고는 허기진 배를 움켜쥐고 동굴 밖으로 나섰다.

사실 보름이나 굶은 인간이 멀쩡하게 움직이고 있다는 것 자체가 어불성설이다.

그럼에도 디온은 그저 허기만 느낄 뿐 평소처럼, 아니, 마스터의 깨달음을 얻어 그보다 더 빠르고 힘차게 움직이고 있었다.

다행히 사냥감의 흔적은 쉽게 찾을 수 있었다.

"으흠, 네 녀석이 내 음식을 먹은 놈이 틀림없겠다? 억울하게 생각하지 마라. 내 걸 네가 먹었으니 배고픈 나는 너를 먹을 수밖에."

동굴 앞에서 선명하게 이어진 발자국을 따라가 보니 작은 동굴이 나타났다.

발자국 모양을 보아 곰은 아니고, 돼지쯤 되는 것 같았다.

그때 마침 낯선 냄새를 맡은 동굴 주인의 주둥이가 비죽 고개를 내밀었다.

"오옷, 멧돼지다!"

디온의 짐작은 정확하게 맞아떨어졌다.

황실 주최로 사냥대회가 열리면 마지막에 준비되는 메인 요리가 보통 멧돼지 바비큐다.

디온에게 있어 멧돼지는 맛의 상징인 셈이다.

거기에 드러난 몸체만 해도 꽤 거대한 것이 푸짐한 요리가 될 거라는 마음에 벌써부터 침이 고여왔다.

조심스럽게 상대를 확인한 멧돼지는 자신있게 온몸을 드러냈다. 크기로 보아 그다지 센 상대로는 보이지 않았기에 정면으로 덤벼보기로 결정한 것이다.

두두두두!

멧돼지는 그야말로 저돌적인 공격이 장기인 동물답게 일직선으로 총알같이 달려들었다.

쿵!

꾸웨에엑!

폭신한 생물의 몸 대신 거목과 정다운 해후를 한 멧돼지의 비명 소리가 숲 안에 메아리쳤다.

달려들던 충격이 고스란히 전해진 탓에 이 불쌍한 동물은 하늘을 향해 네 발을 뻗고 실로 오랜만에 하늘을 올려다보게 되었다.

푹!

꿱!

하늘이 눈에 제대로 들어오기도 전에 훤히 드러난 목으로 한 자루의 검이 쏙 들어와 박혔다.

무엇이 어찌 된 것인지 알지도 못하는 상태에서 감히 황태자의 음식을 맛있게 훔쳐 먹은 멧돼지는 그 대가로 세상을 하직하는 신세가 되었다.

멧돼지의 돌격을 살짝 피해 목에 검을 찌르는 것은 마스터가 되기 전의 디온이라 해도 힘든 일은 아니었다.

전에도, 지금도 디온의 머릿속에는 이 멧돼지를 어떻게 먹을까 하는 생각만으로 가득 차 있었다.

그는 배가 무척 고팠다.

"일단 땔감을 준비해야겠지?"

나무를 모으는 것쯤이야 그다지 어렵지 않은 일이다. 대뜸 근처의 나무 하나를 검으로 베어내어 그럴듯한 장작들을 만들어내는 데까지 걸린 시간은 그야말로 순식간이었다.

마법 물품을 이용하여 불을 붙이는 것까지도 의외로 쉽게 성공했다. 하지만 생나무를 잘라낸 장작은 엄청난 연기를 뿜어내기 시작했다.

"콜록콜록! 쿠울럭! 캑캑!"

디온은 뒤늦게 마른 나뭇잎을 가져와 열심히 넣어 마침내 생나무로 그럴듯한 모닥불을 만드는 데 성공했다.

사실은 생나무가 아닌 주변에 쌓인 잔가지가 타는 것이었지만 그래도 쓸 만했다.

"자, 그럼 다음은……."

다시 한 번 완성된 바비큐의 모습을 떠올린 디온은 자신이

본 것과 비슷한 상태까지의 준비를 끝낼 수 있었다.

먼저 굵은 나무를 잘라 끝을 다듬어 멧돼지의 중앙을 관통하게 만들고 Y 자 모양으로 세워놓은 두 개의 나뭇가지에 이것을 걸쳐 놓았다.

지글지글, 치익!

불 위로 기름기가 떨어지면서 먹음직한 소리가 나기 시작했다. 고기가 익는 구수한 냄새도 났지만 머리카락이 타는 듯한 약간 역한 냄새도 함께 났다.

사실 요리를 조금만 아는 사람이라면 이 모습을 보고는 기겁을 했을 것이다.

사후 경직은 급해서 어쩔 수 없더라도, 이 멧돼지는 피를 빼고 내장을 제거하는 기본 절차조차 거치지 않은 상태였던 것이다.

거기에 가죽을 벗겼을 리 만무하니 털이 타들어가 역한 냄새마저 풍기고 있다.

활활 타는 불 위에 털과 가죽을 처리하지 않은 고기를 욕심껏 가까이 올려놓는다면?

대답은 한 가지다. 까맣게 타버린 가죽과 모래처럼 씹히는 재가 된 털을 함께 음미하는 엄청난 경험을 하는 것.

"욱, 퉤퉤! 이거 맛이 왜 이래?"

급한 마음에 불에 가까운 부위를 검으로 살짝 베어 입에 문 디온은 곧 정색을 하면서 도로 뱉어내었다.

이건 도저히 인간이 먹을 음식이라 할 수 없었다. 아니, 오크도 피해갈 수준이다.

날것이라면 모를까 화기를 직접 받아 까맣게 타버린 짐승 가죽을 누가 먹는단 말인가?

디온은 생각처럼 맛있기는커녕 독약에 가까운 음식을 먹게 되자 짜증이 치밀어 올랐다.

꼬로로로로로로로록.

일단 뭔가를 입에 넣었다가 다시 뱉으니 뱃속에서 대규모 반란을 일으켰다. 마스터의 경지도 빈 위장의 경련을 이길 수는 없었다.

"으, 안쪽은 좀 나으려나?"

디온은 일말의 희망을 가지고 검으로 멧돼지의 배를 갈랐다.

역한 냄새가 확하고 올라오는데, 내장의 쓴맛이 장난 아니었다.

"미치겠네."

디온은 태어나서 여태까지 평균적인 음식도 먹어볼 기회가 없었다.

늘 최상의 요리만을 먹었던 그의 입맛으로 간을 논하기에 앞서 피와 내장의 냄새가 그대로 남은 고기는 인간이 먹을 것이 못 되었다.

하지만 디온도 고집이라면 한 고집 한다.

생애 처음으로 스스로 한 요리를 그냥 포기할 수는 없었다.

이번에는 다리 쪽 살에 도전해 보았다.

하지만 한 입 먹고 역시 뱉을 수밖에 없었다. 제대로 피를 빼지 않아 중앙 아래쪽으로 피가 고여 역한 맛이 났기 때문이다.

다음에는 아예 중앙 부분의 살점을 떼어냈다.

이쪽은 불길이 닿지 않은 생고기가 딸려 나오는 바람에 차마 입을 대지 못하다가 이것만 따로 꼬챙이에 꿰어 불 위에 들이댔다.

하지만 작은 고기는 그대로 까맣게 숯덩이로 승화됨으로써 디온의 시도는 순식간에 좌절되었다.

이래도 저래도 역시 먹을 만한 맛을 얻어내지 못하자 디온은 결국 애꿎은 멧돼지 탓을 하기 시작했다.

"이 멧돼지 도대체 뭘 먹었기에 이렇게 고기가 맛이 없는 거야?"

짜증이 극에 달한 디온이 막 재를 고기 위쪽으로 차올리려는 순간 누군가의 음성이 울려 퍼졌다.

"그만두게!"

"엑?"

디온은 갑자기 튀어나온 낯선 남자를 쳐다보았으나 그는 이쪽은 보지도 않고 곧바로 불 위의 탄 멧돼지에 달려들었다.

순식간에 화마로부터 고기를 구해낸 남자는 들으란 듯이

말했다.

"이 좋은 재료를 이렇게 못 쓰게 만들다니, 자네 지금 뭘 하는 겐가?"

디온을 향해 책망을 말을 던지면서도 남자는 여전히 등을 보인 채 분주하게 손을 움직이고 있었다.

디온은 경계심을 늦추지 않은 채 남자의 등을 노려보았다.

'감지하지 못했다, 마스터인 나의 감각으로도.'

그러고 보니 이 일대의 모든 진입로에는 암흑제국표 특급 마법 함정이 설치되어 있다. 그런데 이 남자는 어떻게 이곳에 들어왔을까?

'나를 노리고 온 어쎄신?'

황궁 쪽에서 자신이 사라진 것을 안 누군가가 어쎄신을 보내온 것일지도 모른다. 아무리 제국의 정국이 안정되어 있어 디온에게 정적이라고 할 만한 사람이 없다고 해도 세상일은 모르는 것이다.

그런데 어쎄신이라고 하기에는 좀 이상하다. 상대는 분명이 디온의 감각을 자극하지 않고 접근했다. 공격을 하려면 그 상태에서 해야 한다.

그런데 갑자기 기척을 드러내고 저러고 있다.

왜일까?

'고민하지 말고 직접 물어보자.'

디온은 갑자기 나타난 불청객에게 이름과 목적을 대놓고

물어보기로 했다. 그런데 막상 입을 열려고 하던 디온은 남자의 신기에 달한 손놀림에 자신도 모르게 입을 다물었다.

'고수다!'

물론 고수가 아니면 디온이 쳐놓은 마법 함정들을 통과해서 이곳까지 올 수 있을 리가 없다.

하지만 디온이 감탄한 부분은 그쪽이 아니었다.

마치 마법처럼 그의 짐에서는 요리 도구들이 끊임없이 나타났다. 냄비와 국자, 식칼은 물론이고 향신료와 야채까지 없는 게 없었다.

"뒷다리 쪽은 아직 쓸 수 있군."

불청객은 안타까운 듯 멧돼지의 사체를 이리저리 조사하다가 그렇게 중얼거리며 조심스럽게 고기를 떼어냈다.

어느새 어설픈 모닥불은 주위를 가지런히 쌓아올린 돌로 인해 훌륭한 야외용 화덕이 되어 있었다. 그리고 그 위로 형언할 수 없을 정도로 맛있는 향기를 풍기며 냄비 속에서 무언가가 보글보글 끓기 시작했다.

꿀꺽.

디온은 어느 순간인가부터 입에 고이는 침을 삼키기 바빴다.

꾸꾸꾸꾸꾸!

항의라도 하는 듯 디온의 배에서 우렁찬 소리가 났다.

분주하게 움직이던 남자는 그제야 고개를 들고 디온을 보면서 손짓을 했다.

"배가 많이 고픈 것 같은데, 이리 와서 앉게."

"네? 네."

어머니를 제외하고는 누구에게도 듣지 않던 평대다.

하지만 노인이라기엔 아직 정정하고 중년이라기엔 나이가 들어 보이는 남자의 눈에 디온은 그저 손자뻘의 아이로 보였을 뿐이다.

그 스스럼없는 태도에 디온은 자신도 모르게 존대로 응하며 남자가 가리키는 자리에 순순히 앉았다.

"자, 좀 들게나."

"감사합니다."

어느 사이에 엉망진창이던 멧돼지 고기는 맛있는 향을 폴폴 풍기는 스튜로 둔갑해 있었다.

그릇을 건네받은 디온은 조심스럽게 한 숟가락을 떠서 맛을 보았다.

"화아! 이게 대체?"

이것은 마법인가!

도저히 먹을 만해지지 않을 것 같던 음식 쓰레기는 어느새 최고의 스튜로 바뀌어 있었다.

황궁 안에서 먹어본 그 어떤 스튜도 이러한 맛을 내지는 못했다.

디온은 자신도 모르게 허겁지겁 숟가락을 놀리기 시작했다.

역시 스튜를 먹고 있던 남자는 순식간에 바닥을 드러낸 디온의 그릇을 보고 아무 말 없이 몇 번을 더 채워주었다.

"이래도 멧돼지 탓을 할 텐가?"

"아, 아니, 그게……."

"보아하니 바비큐를 하려고 했나 본데, 막 잡은 고기를 요리하면서 피도 안 뺐더군. 내장도 그대로고. 덕분에 쓸 만한 고기가 몇 덩이 나오질 않았네."

"아!"

"요리를 처음 해보나 보군. 뭐, 그럴 수도 있겠네만, 내 직업 때문인지 먹을 것을 함부로 취급하는 것을 보면 나도 모르게 잔소리가 나온다네."

아무래도 이 사람은 멧돼지가 타고 있는 모습에 은신을 풀고 뛰어나온 듯하다. 디온은 지금에서야 그런 사실을 깨달을 수 있었다.

"혹시 전문 요리사신가요?"

"후훗, 그런 셈이지. 외길로 죽 걸어오다 보니 이젠 어느 정도 성공했다고 할 수 있네. 아참, 내 소개가 늦었군. 던컨이라 불러주게."

"디온이라고 합니다. 정말 감사합니다."

"뭐, 덕분에 나도 오랜만에 야외 요리를 해보았으니 좋은 인연인 셈이지. 덕분에 오다가 채집한 허브들도 제대로 사용할 수 있었고."

디온은 새삼스럽게 조금 남아 있는 자신의 스튜 그릇을 보았다. 처음 보는 모양의 이파리 몇 가지가 보였는데 아마도 그것이 던컨이 말하는 허브 같았다.

달그락.

디온은 마치 처음 먹는 느낌으로 허브와 고기를 함께 숟가락 위에 담아 입에 조심스럽게 넣었다.

쏴아아.

마치 입 안으로부터 행복함이 온몸에 퍼지는 듯한 느낌이 들었다.

조심스레 맛을 음미하는 디온의 입가에는 전에 없이 즐거운 웃음이 한가득 피어나기 시작했다.

"좋지 않은가? 요리란 누군가를 행복하게 만든다네. 먹는 순간 즐겁고, 몸에 들어가면 또한 영양이 되지. 좋은 음식이란 그런 것일세."

던컨은 디온의 표정을 보며 흐뭇하게 미소 지으며 자상하게 말했다.

'이 맛이야. 바로 이거야!'

디온은 너무나 즐거웠다.

검을 휘두를 때와는 또 다른 느낌이 전신에 퍼지고 있었다.

마스터의 경지에 드는 순간 이후로 그의 인생에서 두 번째로 진심으로 즐거움을 느끼게 하는 것을 찾아낸 것이다.

'검 이외에도 나를 끌리게 만드는 것이 있을 줄이야!'

그것도 검의 최고 경지라는 마스터가 된 바로 직후이다.

'어쩌면……'

검을 손에서 놓을 수 있을지도 모른다.

디온은 손자를 향해 말하는 듯한 던컨의 말을 아련히 들으면서 속으로 중얼거렸다.

이미 던컨의 신분이나 은신 능력, 그리고 마법 함정을 헤치고 이곳에 들어온 이유 같은 건 따로 물어볼 생각도 들지 않았다.

식사를 끝낸 두 사람은 서로 제 갈 길을 가기로 했다.

던컨은 드라켄 제국으로 가는 길이었고, 디온은 황궁으로 돌아가야 한다.

"정말 감사했습니다."

디온은 마음으로부터 우러나오는 사의를 표했다. 그가 이 작은 제국의 황태자임을 알 리 없는 던컨은 그저 상당히 예의가 바른 젊은이로 그를 평가했을 뿐이다.

*　　*　　*

"디온이 돌아왔다고?"

"예, 폐하! 경축드립니다."

사비나는 도노반 경의 의미심장한 웃음과 말에 고개를 갸

웃하며 되물었다.

"경축이라니? 뭐, 무사히 돌아온 것은 다행지만, 경의 말은 그런 뜻이 아닌 것 같은데?"

도노반은 언제나처럼 날카로운 여황제의 관찰력에 기다렸다는 듯이 웃음을 머금고 서두를 꺼냈다.

"음, 그게 말입니다. 아무래도 황태자 저하께서 직접 말씀드리고 싶으실 텐데……."

"굳이 지금 말을 꺼내놓고 얼버무리면 단가?"

사비녀의 눈초리가 매서워지자 도노반은 등 뒤로 한기를 느끼며 고개를 숙여 사죄를 청했다.

이 여황은 일단 화가 나면 뒷감당이 불가능할 정도로 무섭다.

"아, 제가 실수를 했습니다. 용서하십시오."

"말해보게."

"황태자 저하께서 이번에 큰 깨달음을 얻으신 것 같습니다. 부하들의 말로는 풍기는 기세가 저에 비해 뒤지지 않는다고 했습니다. 이로 미루어볼 때 저하께서 마스터가 되신 것이 분명합니다."

"마스터라고?"

세상의 모든 무인들이 들으면 뒤집어질 이야기다. 나이 16세에 마스터라니?

30세 이전에 마스터가 된 자도 대륙 역사를 통틀어 손에 꼽

힌다. 하물며 20세 이전에 마스터라는 건 꿈도 꿀 수 없는 일이다.

나이에 관계없이 현재 대륙에 마스터는 열 명도 안 되는 것이다.

'비범하신 줄은 알았지만 정말 타고나신 분이었어!'

도노반은 지금 속으로 벅찬 감격을 억지로 눌러 참고 있었다. 사실 참지 못했기에 곧바로 여황제에게 달려와 언질을 하는 것으로 기쁨을 표현한 것이다.

'어머나! 이거 정말 큰 사고 나는 거 아냐? 세상이 어찌 되려구 이러누!'

최대한 무표정을 유지하면서 사비너는 속으로 비명을 지르고 있었다.

여황제와 황실기사단장이 저마다의 생각으로 복잡한 시점에 시종이 디온의 알현 요청을 알려왔다.

"들라 하라."

사적인 거처가 아니기에 황태자라 하여도 정식 요청이 필요한 것이다.

사비너는 얼른 표정을 가다듬고 디온을 맞았다.

"어마마마, 소자 무사히 돌아왔습니다."

새로 생긴 걱정은 뒤로하고, 일단 무사한 얼굴을 보니 반가움이 먼저 밀려왔다. 어쨌든 우려했던 최악의 사태는 아니다. 그것만으로도 사비너는 감사하는 마음이 되었다.

사비너는 먼저 주위 사람들을 물러나게 했다. 대전에서의 공적인 태도가 짜증스럽게 느껴졌기 때문이다.

"어서 오렴, 내 아들."

둘만 남자 사비너는 양손을 내밀며 어머니로서의 반가움을 드러냈다.

디온도 웃으면서 어머니의 손을 마주 잡았다.

"저 돌아왔어요, 약속대로 건강하게요."

'저 잘했지요?' 라는 표정을 그대로 드러낸 디온의 얼굴에서는 환한 웃음이 번지고 있었다.

"그래, 일단 무사히 돌아왔으니 다행이구나. 그래, 수련은 생각대로 잘 되었니?"

사비너의 말에 디온은 약간 멍하게 서 있었다.

사실 그는 지금 자신이 처음 황궁을 나섰던 이유조차 잊고 있었다. 자신이 갈 길을 결정한 것이 너무나 기뻤고, 누구보다 어머니에게 먼저 알리고 싶어 날려온 터였다.

잠시 멈칫하던 디온은 얼른 고개를 끄덕이며 말했다.

"네. 잘 되었어요."

"그래."

"그런데 어마마마, 이번에 제가 큰 결심을 했어요. 누구보다 먼저 어마마마께 그 일을 말씀드리려고 급하게 돌아온 거예요."

"응? 그게 뭐지?"

사비너는 아들의 말에 맞장구를 치면서도 속으로 멍하게 생각했다.

마스터가 되었으니 이젠 뭘 하려고 할까?

검의 마지막 경지를 본다?

설마 정복 전쟁이라도 하자는 건 아니겠지?

평소 같았으면 누구보다 빨리 사비너가 좀 이상하다는 것을 눈치챘을 디온이지만 지금 그는 자신의 생각에 푹 빠져 그녀의 반응을 살필 여유가 없었다.

"저, 요리를 배우고 싶어요."

"음, 그래. 뭐? 요리?"

"놀라실 줄 알았어요. 하지만 전 최고의 요리를 만들고 싶어요. 저뿐만 아니라 다른 이들도 행복할 수 있게 하는 그런 음식을 만들고 싶어요. 검 이외에 이렇게 흥미가 생긴 적은 처음이에요."

"요리, 요리란 말이지."

사비너는 누군가 머리를 세게 내려친 것과 같은 충격을 받아 한동안 말을 잇지 못하고 있었다.

디온 또한 자신의 말이 충격적이라는 것을 알기에 조용히 어머니의 다음 말을 기다리고 있었다.

'어떻게 해서든 어마마마를 설득해야지. 검 이외에 하고 싶은 걸 찾으라고 말씀하신 건 어마마마시니까 정면으로 반대는 못하실 거야.'

　아무리 마이페이스로 살아온 디온이라지만 제국의 황태자 씩이나 되어서 요리를 하겠다는 것 자체가 황당함을 오는 동안 깨달을 수 있었다.

　하지만 그는 절대 자신의 뜻을 꺾을 생각이 없었기에 약간은 도전적인 눈빛을 빛내며 각오를 다지고 있었다.

　'요리에 흥미를 느꼈다고?'

　사비너는 뒤늦게 디온이 무엇을 말했는지 정확하게 알 수 있었다. 검이나 살인이나 힘 같은 것이 아닌 요리에 흥미를 느꼈단다.

　그걸 깨닫는 순간 사비너의 얼굴 표정은 순식간에 환한 웃음으로 바뀌었다.

　"과연 내 아들답구나. 요리라고? 맞아. 맛있는 음식은 삶의 목표가 될 만하지."

　의외의 반응에 이번에는 디온이 약간 멍한 표정이 되었다.

　"저, 괜찮은 거죠?"

　"그럼, 괜찮고말고. 내가 늘 누누이 말했잖니, 인생을 즐기라고. 기왕이면 전문 요리사가 되는 건 어떠니?"

　"와, 전문 요리사요? 역시 어마마마는 멋지세요!"

　"후훗, 멋질 뿐 아니라 아름답고 현명하지."

　"하하하, 그럼요. 세상에서 가장 아름답고 현명한 어마마마세요. 전 어마마마 아들이라서 행복하구요."

　"가만, 가만. 그럼 요리를 가르칠 스승이 필요하겠구나?"

디온의 걱정과 달리 사비너는 반대는커녕 오히려 적극적으로 사안을 추진하기 시작했다.

일단 황궁의 수석요리사를 디온의 스승으로 정하고, 그가 디온을 가르칠 시간을 낼 수 있도록 스케줄을 조정하도록 명했다.

디온은 그런 어머니의 배려에 진심으로 기뻐했다.

사비너 또한 진심으로 기뻐했다. 그녀로서는 정말 구원받은 심정이었다.

Chapter 03

유학의 영향

흑사자
마왕

"디온, 소개해 줄 사람이 있단다."

"옷, 혹시 새로운 애인인가요?"

"얘는, 남들이 들으면 내가 소개하는 사람마다 다 애인인 줄 알겠구나?"

"저기, 어마마마. 실제로 다 그랬는데요?"

"어머, 그랬나? 호호호! 애도 참 별걸 다 기억하는구나."

"제가 원래 기억력이 좋잖아요. 그런데 소개시켜 줄 사람이란 누구죠?"

"음, 너에게도 이젠 전담 비서 겸 시종장이 필요할 것 같아서 말이다."

디온은 어머니의 말에 좀 의외라는 생각을 했지만 기다렸
다는 듯 시녀의 안내를 받아 방으로 들어오는 이를 관찰하기
시작했다.

'음? 생각보다 나이가 많잖아? 이런!'

두 모자가 이야기하던 후원으로 들어온 남자는 얼핏 40대
초반 정도 되어 보였다.

깔끔하게 빗어 뒤로 묶은 옅은 갈색의 머리카락은 윤기가
흘렀지만 관자놀이 부분에 흰머리가 살짝 드러나 있었다.

꽤 큰 키에 호리호리한 체격을 가졌는데, 들어오는 걸음걸
이는 날렵했고, 두 모자에 대하여 예를 갖추는 모습에는 우아
함이 저절로 스며 나왔다.

"신 라이번, 여황 폐하의 부름을 받아 대령했사옵니다."

"오, 라이번 경, 참으로 오랜만이군요. 어서 일어나세요."

사비너는 반가운 표정을 숨기지 않고 환하게 웃으며 그를
맞았다.

'어마마마가 공대를?

디온은 놀랐다.

사실 디온에게는 늘 살갑게 대하며 가끔은 푼수 같은 모습
까지 보이지만 사비너는 완벽한 독재 군주다.

그녀는 여황제로서의 자신의 권위를 확실하게 휘둘렀기에
여타의 귀족들에게 거의 하대를 하는 편이다.

그런 그녀가 디온이 처음 보는 남자에게 마치 집안 어른이

라도 만난 듯 공대를 하고 있는 것이다.

디온은 이 라이번이라는 사람이 결코 보통의 귀족이 아님을 깨닫고 열심히 기억 속을 뒤지기 시작했다.

"앗! 무관의 기사!"

자신도 모르게 입 밖으로 말이 튀어나온 탓에 인사를 나누던 두 남녀의 시선이 나란히 디온 쪽을 향했다.

"황공하옵니다. 소신 라이번, 이제야 황태자 저하를 뵙습니다."

라이번은 다시 절도있는 동작으로 격식에 맞추어 디온에게 예를 표했다.

"반갑습니다, 라이번 경."

인사를 받은 디온의 얼굴에는 놀란 빛이 역력히 드러나 있었다.

분명 사비녀는 시종 겸 비서라고 했다. 그런데 설마 저 라이번 경이라니?

디온의 놀라움은 당연한 것이었다.

현재 이 제국에 디온 이외에 단 두 명 존재하는 마스터 중 하나이자 구국의 영웅이 디온의 눈앞에 있는 것이다.

또 한 명의 마스터인 황궁기사단 단장인 도노반이 가장 존경하는 인물이 바로 무관의 기사 라이번이다.

골드라이언이라는 애칭으로 불렸던 그는 레이어스 제국이 낳은 최고의 기사이자 무장이다.

개인으로서의 무력은 물론이고, 전략과 전술에도 능하여 레이어스가 소왕국으로 있을 당시 타국의 침략에서 여러 번 나라를 구한 전설적인 인물인 것이다.

특히 드라켄 제국의 침략으로부터 거의 한 달에 가깝게 레이어스 왕국을 지켜낸 일은 전설로 남을 만하다.

'후훗, 사랑스러운 내 아들에게 꼭 맞는 믿음직한 사람이지.'

사비녀는 전언을 받자마자 달려온 자신의 옛 기사와 세상에서 가장 소중한 아들을 번갈아 바라보며 흐뭇한 미소를 지었다.

"저하께서 받아만 주신다면 오늘부터 저하의 신변 일체를 제가 준비하고자 합니다."

"저, 어머니… 아니, 어마마마께서는 시종 겸 비서라고 하시던데 정말 경이 그런 일을 하시겠다는 말씀인지요?"

여황이 존대를 하는 왕국 사상 최고의 기사가 시종?

뭔가 상식에서 한참 벗어난 일이 아닌가?

하긴 이 황궁에선 상식을 벗어난 일이 하루에 세 번은 일어난다. 하지만 이건 그중에서도 좀 많이 심하다.

하지만 라이번은 태연하게 대답했다.

"말씀을 낮추시지요. 이제는 관직도 없는 평범한 은퇴 기사일 뿐입니다."

"그, 그래도……."

어머니의 영향을 받아 자신보다 나이가 많거나 작위가 높아도 어려서부터 하대를 하는 것이 몸에 배어 있는 디온이다.

하지만 라이번을 직접 대하니 저절로 존대가 튀어나왔다.

사실 라이번은 개인적으로는 사비너의 생명을 몇 번이나 구해준 일이 있었고, 디온도 이를 들어 알고 있었다.

"저하께서는 제가 마음에 차지 않으신가 봅니다?"

"헛, 그럴 리가요."

디온은 즉시 고개를 세차게 저었다. 이때 디온의 곤란해하는 모습을 보고 사비너가 나섰다.

"디온, 어떠니? 네가 부담스럽다면 얼마든지 거절해도 된단다."

거절해도 된다는 말이 더 압박으로 다가온다. 이 엄마는 너무나도 고단수였다.

"아, 아니에요. 물론 저는 좋아요."

"라이번 경, 아마 디온도 저에게 이런저런 이야길 들어서 조심스러워하는 것 같군요. 다 지내다 보면 익숙해질 일이잖아요?"

"그도 그렇겠군요."

라이번은 입가에 부드러운 미소를 떠올리며 사비너의 말에 긍정을 표했다.

이날부터 라이번은 디온의 시종장 겸 개인 비서가 되었다.

처음엔 그를 조심스레 대하던 디온은 순식간에 그가 가져다주는 안락함에 감염되고 말았다. 그는 마치 평생을 기사가 아닌 집사나 시종장으로 살아온 것처럼 디온이 필요로 하는 모든 것을 알아서 준비해 놓곤 했다.

*　　　*　　　*

탁탁탁탁.

경쾌한 소리와 함께 도마 위에 놓였던 재료가 자로 잰 것과 같이 일정한 모양을 갖추어간다.

치익, 칙.

황실요리장인 고든은 엄격한 눈빛으로 잘 썰린 재료가 큰 냄비 위에서 볶아지고 다시 다른 재료와 섞여 하나의 스튜가 나오는 과정을 관찰하고 있었다.

'어떻게 이런 일이! 정녕 저분은 천재란 말인가?

일통이면 만통이라는 말이 있다. 한 가지에 정통하면 다른 것으로도 경지에 이르기가 쉽다는 뜻이다.

팔방미인이라는 말도 있다. 디온은 그 두 가지 말을 합쳐서도 설명이 힘들 정도라 할 수 있었다.

눈에 불을 켜고 살펴보아도 불의 세기와 모든 재료의 양, 순서와 손길 하나까지 흠잡을 데가 없다. 고든은 자신이 요리를 만들고 있는 것은 아닌지 의심할 지경이었다.

"음, 다 되었는데?"

요리를 그릇에 담아 앞에 놓아도 멍한 표정을 짓고 있는 고든에게 디온이 말을 걸었다.

"아! 네. 그럼 어디……."

디온의 기대 어린 눈빛을 받으며 고든은 얼른 스튜를 한 스푼 떠내어 맛을 음미했다.

그러나 그것은 일종의 요식행위. 사실 30년 경력의 그로서는 맛을 보지 않아도 이것이 어떤 맛을 낼지 충분히 알고 있었다.

'내가 늘 만들던 바로 그 맛이야. 역시 똑같군.'

고든은 놀라운 마음을 애써 감추며 고개를 끄덕이며 말했다.

"잘하셨습니다."

"그래? 다행이네!"

디온은 기쁜 표정으로 자신도 스튜를 맛보았다.

확실히 디온이 느끼기에도 스튜의 맛은 고든이 만들던 것과 똑같이 느껴졌다.

디온은 이 스튜에 관한 한 고든의 지도를 따로 받지 않았다.

지금 만든 스튜는 고든이 주는 것을 맛본 후 자신의 판단대로 만들어낸 것이다.

이는 일류요리사들도 매우 힘들어하는 시험의 일종으로,

음식의 재료와 조리 방법을 요리를 보고 알아내어야 한다.

어려운 요리는 아니지만 그렇다고 해서 숨은 레시피가 없는 것은 아니다.

그런데도 디온은 고든의 스튜를 그대로 재현해 냈다.

절대미각!

알고 보니 디온은 절대미각의 소유자였던 것이다.

고든은 곤란하다는 듯한 시선으로 디온을 바라보았다.

원래 그는 디온에게 제대로 요리를 가르칠 마음이 없었다.

고든의 입장에서는 취미로 요리나 배우자는 디온에게 진지한 가르침을 배풀기엔 자존심이 상했다.

그래서 고든은 일부러 가장 엄한 방식을 택했다.

요리는 엄청난 노력이 필요한 일이다. 식재료는 처음부터 어떻게 다듬고 처리하느냐에 따라 같은 재료라고 해도 맛이 달라진다.

우선 고든은 바로 그 재료 다듬기부터 디온에게 가르쳤다.

"원래 주방 보조가 되면 적어도 3년간은 재료만 다듬어야 합니다. 하지만 황태자님께서는 바로 요리를 배우셔야 하니 공부를 하시면서 재료 다듬기를 병행해 주십시오."

디온은 태연하게 그러마고 대답했다. 그리고 정말 열심히 재료를 다듬었다. 재료를 잘못 다루면 악몽의 멧돼지가 꿈에서 나타날까 두려웠다.

다음 고든은 의례적으로 요리사 지망생들에게 하듯이 엄

청난 분량의 재료에 관한 자료들을 주고 외우도록 시켰다. 기사들은 이렇게 앉아서 무엇인가를 외우는 데에는 약하다는 게 고든의 생각이었다.

"이 내용을 모두 암기하시면 저를 다시 불러주십시오."

고개를 끄덕이는 디온을 보며 고든은 살짝 미소를 지었다.

'이 정도면 몇 주는 넉넉히 쉬겠지.'

운이 좋으면 황태자가 포기하는 일이 벌어질지도 모른다.

하지만 디온은 정확하게 일주일 만에 다시 수업을 요청해 왔다.

단순히 암기만 했어도 놀랐을 텐데 그 정도가 아니었다.

디온은 일주일간 라이번의 도움을 받아 목록에 나온 모든 재료들을 구하여 직접 실습해 본 것이다.

그다음 고든이 가르친 내용은 썰기.

요리에 사용하는 써는 방법들을 모두 보여준 후 자신과 같은 수준으로 연습해 올 것을 요구했다.

그 결과는 더욱 대단했다.

'검의 천재라더니……'

황태자가 검에 재능이 있다는 것은 황궁 안의 누구나 다 아는 사실이다.

저 도노반 경이 팔불출이 자식 자랑하듯 늘 노래를 부르고 다녔으니 모르는 이가 있는 것이 오히려 이상하다.

물론 아무리 검에 재능이 있어도 그 검과 식칼은 전혀 다르다. 그런데 디온은 사흘 만에 모든 과제를 끝냈다.

고든은 할 말을 잃었다.

그 이후 고든이 어떤 과제를 내놓든 디온은 대충대충 해오는 법이 없었다. 결국 맛을 감별하는 수업을 끝낸 후 고든은 두 손 두 발을 다 들고 말았다.

이 황태자는 요리의 천재다!

다른 것은 몰라도 음식의 맛을 감별하는 것은 타고난 감각에 크게 좌우된다. 물론 훈련을 통해 개발될 수는 있지만 그건 그야말로 오랜 시간의 피나는 수련을 거쳐서 가능한 일이다.

그런데 디온은 그것을 너무나 쉽게 해냈다. 그는 본능적으로 최고의 맛을 알고 있는 듯했다.

이쯤 되자 고든도 건성으로 가르치려던 생각을 저만치 버려 버렸다.

그리고 오늘 고든은 디온이 절대미각의 소유자임을 확인했다.

각자 스튜 한 그릇씩을 맛있게 비우는 동안 고든은 그동안의 일을 회상해 보다가 문득 입을 열었다.

"저하, 궁금한 것이 있습니다."

"응? 뭔데?"

"왜 하필 요리입니까? 전에는 요리에 딱히 관심을 가진 일이 없으셨던 걸로 알고 있습니다만?"

"그게 말이야… 난 요리에서 마법을 느꼈거든."

고든의 질문에 디온은 그날을 떠올리고는 환하게 웃으며 당시 있었던 일을 간단히 설명했다.

디온의 사연을 들은 고든은 고개를 끄덕였다. 그는 디온을 이해할 수 있었다.

최고의 맛.

그것은 모든 요리사들의 꿈이다. 자신이 만든 음식을 먹고 다른 이들과 함께 행복해지는 것. 그것 또한 모든 요리사가 가져야 할 마음가짐이라 할 수 있었다.

"정말 훌륭한 동기이고 마음가짐입니다."

이제 고든은 디온이 장난이나 일시적인 흥미로 요리를 배우겠다는 게 아님을 알았다.

"저, 그래서 말인데……."

"네?"

"그날 먹었던 스튜 맛이 잊히지가 않아. 물론 고든의 스튜도 맛있지만 그건 뭐랄까, 정말 천국 같은 맛이었거든."

디온은 말을 하면서도 고든에게 조금 미안한 생각이 들었다. 이건 고든의 요리가 그날 먹었던 요리보다 못하다고 대놓고 말하는 것이나 다름없었기 때문이다.

과연 디온의 생각대로 고든은 좀 불쾌한지 약간 얼굴빛이 굳어졌다.

"제 생각엔 아마도 그날 저하께서 너무 배가 고프셔서 그 스튜가 특별히 맛있게 느껴진 것 같습니다.”

고든은 억지로 미소를 지으면서 대답했지만 디온은 곧바로 고개를 흔들었다.

“그건 아냐. 사실 처음엔 그냥 맛있었는데 정작 내가 황홀한 맛을 느낀 건 허기를 달랜 후 정식으로 맛을 보았을 때였거든.”

“흠, 그렇다면 그걸 만들어보시겠습니까? 황태자님이라면 한 번 맛본 건 어떤 요리라도 재현하는 게 가능할 것입니다.”

“으응. 이미 해봤어. 그런데 비슷하긴 해도 똑같이 맛이 나질 않더라구.”

“흐음, 그렇습니까?”

가능한 이야기다.

고든의 스튜를 똑같이 만들어낸 것은 디온이 이미 여러 번 맛을 본 요리이기 때문이다.

아무리 절대미각의 천재라도 한 번 먹은 음식을 똑같이 재현하는 건 힘들지도 모른다.

더군다나 문제의 그 스튜를 먹었을 때 디온은 음식 재료나 맛에 대한 지식이 전혀 없는 상태였다. 지금처럼 먹으면서 재료를 분석할 지식이 없었다.

고든은 일단 디온에게서 스튜의 맛에 대한 설명을 가능한 한 자세히 하도록 했다. 그리고는 고개를 끄덕이면서 말했다.

“음, 아무래도 그건 우리 제국식 요리법이 아닌가 봅니다.

그럼 제가 알고 있는 타 제국의 스튜 요리법과 재료들을 구해서 같이 연구해 보도록 하지요."

"아! 고마워!"

고든은 미지의 요리사에 대한 라이벌 의식을 느끼면서 꼭 그 스튜를 완성해 보이겠노라 열의를 불태웠다.

디온과 고든은 이날부터 매일 멧돼지를 재료로 한 스튜 만들기에 돌입했다.

수난을 만난 것은 멧돼지다. 특히 산속 깊은 곳에서 사는 야생 멧돼지는 라이번이 보낸 돼지 채집단에 의해 종족 몰살의 위기를 느껴야 했다.

뭐, 채집단이라는 건 알고 보면 다 기사들이다. 제일 불쌍한 건 그들일지도 모른다.

하지만 무려 일주일이 지나고 스튜가 되어 사라진 멧돼지만도 수십 마리가 되었지만 디온이 원하는 스튜 맛은 완성할 수 없었다.

"이렇게 해서는 안 될 것 같습니다."

결국 일주일 만에 고든이 먼저 손을 들었다.

"에휴, 할 수 없지. 고든도 나도 최선을 다했잖아?"

디온은 반쯤 체념한 표정으로 고개를 떨어뜨렸다. 그런 디온의 모습을 착잡한 마음으로 바라보던 고든이 갑자기 생각난 듯 말했다.

"저, 혹시 모르니 그 스튜를 먹을 때의 상황을 다시 한 번 말씀해 주시겠습니까? 아무래도 놓친 것이 있을지 모르니 말입니다."

"아, 그것도 좋겠다."

디온은 자신이 숲에서 멧돼지를 사냥했던 이야기부터 차근차근 이야기를 하기 시작했다.

"헉, 그래서 그걸 그냥 모닥불 위에 올려놓으셨다구요?"

고든 또한 당시의 던컨과 별다를 바 없는 반응을 보였다. 만약 디온이 황태자가 아니었다면 죽일 놈을 보는 눈빛이었을지도 모른다.

이제 자신이 무얼 잘못했는지 잘 알고 있는 디온은 약간 쑥스러운 표정으로 변명하듯 말했다.

"내가 뭘 알았겠어? 그냥 구우면 되는 줄 알았지. 암튼 엉망이 되어서 먹을 수가 없었거든. 그래서 화가 나서 막 뒤집어엎으려고 할 때 그분이 나타난 거야."

디온은 그때의 일이 떠오르자 자신도 모르게 미소를 떠올리며 말을 이었다.

"그분이 척 나타나서 마치 마법처럼 이런저런 도구들을 꺼내더니 순식간에 정말 맛있는 스튜를 만들어내시더라구. 처음엔 그거 먹느라고 말도 못했다니까. 어느 정도 먹고 나자 인사를 했지. 던컨이라는 전문 요리사셨는데, 드라켄 제국으로 가는 길이라고 했어."

그때 진지한 표정으로 디온의 말을 듣고 있던 고든이 놀라

소리쳤다.

"던컨, 지금 던컨이라고 하셨습니까?"

"맞는데? 분명 그분은 스스로 던컨이라고 하셨어."

"맙소사! 요리의 철인 던컨을 만나신 거군요!"

"요리의 철인?"

"그분은 현재 대륙에서 가장 유명한 요리사입니다. 과연, 그분이 만든 스튜라면 제가 따라갈 수 없지요."

고든은 솔직하게 자신의 실력이 모자람을 인정했다.

던컨이야말로 대륙 요리계의 천하제일고수! 유일지존이라고도 불리는 자가 아닌가?

황태자는 이미 최고의 맛을 경험했고, 그것을 목표로 요리를 시작했다.

불행히도 고든은 디온을 그러한 경지로 이끌 만한 자신이 없었다.

사실 레이어스 제국은 말이 제국이지 보통의 왕국보다도 작은 국토를 가지고 있다.

산악지대와 평야지대가 모두 있어 자체적으로 어느 정도 식량을 조달할 수는 있지만 바다와는 접해 있지 않기 때문에 다양한 식재료가 있다고는 할 수 없었다.

요리가 발달한 나라는 대부분 풍족한 식량과 재료를 가진 경우이다.

알고 보면 레이어스의 요리 수준은 대륙의 열국 중 중하위 정도인 것이다.

고든 자신이 비록 레이어스 제국 최고의 요리사라고는 해도 대륙 전체의 최고라 공인받고 있는 던컨과는 감히 비교조차 할 수 없었다.

고든의 설명으로 이러한 현실을 확실히 알게 된 디온이 고개를 끄덕이며 말했다.

"그럼 그런 맛을 내려면 그분을 스승으로 모시는 방법밖에 없겠군."

"저하께서 원하시는 맛을 낼 수 있는 분은 그분밖에는 없습니다."

"솔직히 말해줘서 고마워."

환하게 웃으며 감사 인사를 하는 디온에게 정중하게 예를 표하면서 고든은 속으로 생각했다.

'최소한 그분 정도는 되어야 저하의 엄청난 감각을 활용한 요리를 가르쳐 드릴 수 있을 것입니다.'

"아! 그런 인연이 있다니!"

라이번은 디온의 이야기를 듣고 감탄하는 표정으로 맞장구를 쳤다.

"응. 그래서 말인데, 나도 이제 열여섯 살이잖아. 세상 구경도 하고 싶고 겸사겸사해서 유학을 하면 어떨까 싶어."

황태자가 요리사가 되겠다고 한 것만 해도 상식 파괴의 극에 달하는 일이다.

　그런데 이번에는 유학을 가겠다고? 그것도 요리로!

　황태자인 디온이 요리사 수업을 한다는 것은 국내에서도 대외비라 할 수 있다. 그런데 이걸 국제적으로 선전해야만 하는 상황이 되었다.

　라이번은 속으로 탄식을 했다. 하지만 다른 한편으로 라이번은 디온의 마음을 이해할 수 있었다.

　황태자는 한창 호기심과 모험심이 왕성한 나이다. 거기에 요리에 대한 열정까지 싹트고 있으니 이를 억눌러서는 안 된다는 것이 그의 판단이었다.

　"제가 폐하께 말씀드려 보겠습니다."

　"아, 정말?"

　"네."

　디온은 척하면 척으로 알아듣는 라이번이 고맙기 짝이 없었다.

　어머니께 직접 말을 하려니 상당히 죄송스런 마음이 들었기 때문이다.

　요리사가 되겠다는 무리한 부탁도 서슴없이 들어주고 모든 지원을 아끼지 않으셨는데, 이젠 멀리 떨어져야 하는 말을 하기가 좀 껄끄러웠던 것이다.

　'라이번은 꼭 나를 위해 평생을 준비한 사람 같아. 어떻게 모든 일에 내가 원하는 대로 척척 대답하는 걸까?'

라이번에 대한 디온의 신뢰는 한층 높아졌다.

"유학이라고?"

라이번의 설명을 들은 사비너는 그녀답지 않게 크게 놀라 소리쳤다. 하지만 라이번은 그녀의 반응에도 전혀 동요하지 않고 자신의 말을 이어 나갔다.

"네. 그래서 제가 여황 폐하께 말씀드리고 허락을 얻어보겠다고 했습니다."

사비너는 어이가 없다는 표정으로 그를 노려보았다.

디온을 적극적으로 말려도 부족할 판에 직접 허락을 얻겠다고 나서다니?

"던컨이라는 자가 그렇게 대단한 요리사라면 우리 제국에 초빙하면 되지 않겠소? 드라켄 제국에 보내달라고 부탁만 하면 될 일 아니오?"

"그것은 그리 좋은 방법이 아닙니다."

"유학을 보내는 건 좋은 방법이고?"

"네."

라이번의 단호한 대답에 사비너는 할 말을 잃었다. 그러나 잠시 후 사비너는 냉정하고 침착하게 물었다.

"이유는?"

"첫째로 그가 일개 요리사라고 하나 황태자 저하의 스승이 되실 분입니다. 그런 그를 강압적으로 초대하는 것은 후에 악

영향을 미칠 수 있습니다.”

“그거야 후한 대접으로 풀어줄 수 있지 않겠소? 그리고 꼭
거절한다는 보장도 없고.”

아직도 미련을 버리지 못한 사비너가 트집을 잡았으나 라
이번의 말은 끝난 것이 아니었다.

“둘째로, 그분이 기분 좋게 승낙하신다고 해도 불행히 우
리 제국의 식재료는 드라켄 제국과 같이 다양하지 못합니다.
따라서 황태자 저하께서 원하는 수준의 교육이 이루어지지
않을 수도 있습니다.”

그 말은 맞는 말이다. 드라켄 제국은 각 지역에 심심치 않
게 신의 은총이 내려지는 혜택받은 땅. 그곳에서 나는 식재료
는 때깔부터 다르다.

“그리고?”

“그리고 무엇보다 마지막 이유가 중요합니다. 황태자 저하
께는 순수한 경생사들이, 그리고 같은 길을 걸을 동료들이 필
요합니다.”

“경쟁자에 동료?”

“사람을 행복하게 하는 것은 보통 성취감이나 다른 이들과
의 유대관계에서 옵니다. 사실 이 제국 안에서 황태자 저하를
행복하게 하는 관계는 오직 여황 폐하와의 모자 관계로 국한
됩니다.”

‘그게 좀 심해서 황태자 전하는 마마보이의 끼가 있으시

오’라고 말을 할 수는 없었다. 그러나 그게 디온을 유학시켜
야 할 세 번째 이유라는 것은 라이번의 마음속에만 담겨 있었
다.

사비너는 다시 말했다.

“그건 말이 안 되오. 가깝게는 도노반 경부터 시작해서 다
들 호감을 가지고 있는 것으로 아는데?”

“그것이 잘못되었다는 겁니다. 원래 인간관계라는 것이 한
쪽의 일방적인 호감으로 이루어지는 것이 아니지 않습니까?
지금 황태자 저하의 인간관계는 황태자로서의 직위와 신분에
맞게만 이루어질 뿐, 그분 개인의 경험은 전무하다고 볼 수
있습니다.”

“그 애가 인간에 대해 나쁜 감정을 가지는 것보다는 낫다
고 생각하는데?”

사비너는 반박을 하면서도 내심 반쯤은 라이번의 말에 동
감하고 있었다.

사실 품 안의 자식이다.

성인이 되어가는 디온을 언제까지나 울타리 안에 가두고
좋은 것만 보여줄 수는 없었다.

라이번 또한 그녀의 어조에서 그러한 감정 변화를 읽어내
고 다시 침착하게 말을 이어갔다.

“그리고 어떤 일을 하든 간에 주변의 자극이 중요한 법입
니다. 만약 그 던컨이라는 요리사를 초빙하여 혼자 공부를 한

다면 황태자 저하의 요리에 대한 열정은 짧게 끝날 수도 있습
니다. 정녕 그 사람의 요리가 그렇게 대단하다면 어느 정도
배우고 나면 이 제국 내에서 황태자 저하와 비견될 실력을 가
지는 이가 없을 것입니다."

사실 무슨 일이든지 어느 정도의 경지에 이르면 스스로와
의 싸움이 된다. 하지만 그렇게 스스로 목표를 설정할 때까지
가장 자극이 되는 것은 바로 경쟁자라고 할 수 있다.

라이번은 바로 이 점을 말하고 있었다.

"단지 이 일을 추진할 경우, 황태자가 요리사가 된다는 일
이 다른 왕국에 알려지게 되어 일종의 국제 망신을 당할 우려
가 있습니다."

"그건 상관없어. 디온이 한다면 하는 거야. 누가 감히 그걸
비웃을 수 있지?"

사비너는 딱 잘라 말했다.

라이번도 묵묵히 고개를 끄덕여 동감을 표했다.

사비너는 잠시 입을 다물고 생각에 잠겼다.

이성과 감성의 복잡한 얽힘이 그녀의 머릿속에서 이루어
지고 있었다. 하지만 그녀는 곧 모든 생각을 정리했다.

"무슨 뜻인지 알겠네. 후우, 어쩔 수 없군. 디온에게 내가
허락했다고 전해주게. 일단 드라켄 쪽에 양해를 구해야 하니
시간이 조금 필요하다는 것은 알겠지?"

"황은이 망극하옵니다."

"내가 이런 결정을 하는 건 모두 그대를 믿기 때문이네. 디온을, 이 세상의 안전을 부탁하네. 모든 것은 경의 손에 달렸다는 걸 잊지 말게."

사비녀는 웬만한 사람이라면 부담으로 어깨가 눌릴 만한 말로 못을 박았다.

그러나 라이번은 평소와 같이 온화한 미소를 머금고 곧바로 대답했다.

"네, 폐하. 소신이 미리 다 준비한 것이 있으니 걱정하지 마시옵소서."

사비녀는 흔들림없는 라이번의 태도를 보며 속으로 생각했다.

'후훗, 그래. 경은 그런 사람이었지. 그래서 내가 디온을 맡긴 거였어.'

결단을 내린 사비녀는 곧바로 준비에 착수했다.

'세상이 뒤집어지겠군. 뭐, 내 속도 뒤집어졌으니 다른 사람들도 맘고생 좀 해보라지.'

그녀는 약간은 심술궂은 생각을 하면서 드라켄 제국에 보낼 밀서를 써 내려가기 시작했다.

Chapter 04
황실 아카데미의 새바람

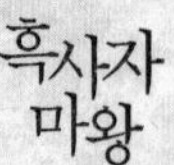

　며칠 후, 레이어스 제국의 사자가 전해온 서찰을 읽은 드라켄 제국의 황제 달칸 4세는 새하얗게 질려 비명을 질렀다.

　그리고 바로 그 직후, 드라켄 제국의 수뇌 몇 명은 비밀 회동을 가졌다.

　모두 황제의 측근들로 과거의 황당했던 진실에 접촉한 자들이었다.

　"암흑제국의 황태자가 유학을 오겠다면 거절할 수는 없소."

　달칸 4세는 그 점이 답답한지 한숨을 내쉬었다.

　"문제는 요리학교라는 것이 평민들이나 다니는 곳이라는

점이오."

황제의 말에 모두 심각한 표정이 되었다.

'그'를 평민들이나 다니는 학교에 가게 할 수는 없다. 하지만 스승까지 지목하면서 요리를 배우겠는데 엉뚱하게 황실 아카데미에 보내면 요청을 거절하게 되는 셈이다.

"이건 어떨까요? 황실 아카데미에는 특별활동부가 있습니다. 거기에 요리부를 신설하고 던컨을 선생으로 초빙하는 겁니다."

"오, 과연. 그런 좋은 방법이 있었군. 그렇게 한다면 저쪽에서 요구한 스승을 갖추어 요리를 배울 수 있게 하고, 그의 신분에도 맞는 대우가 될 듯하오."

"음, 하지만 그것만으로는 부족합니다. 특별활동부가 생긴다고 해도 귀족들 중 누가 거기에 지원을 하겠습니까?"

요리사는 평민이나 하는 직업이라는 것이 전 대륙의 일반 상식이다. 귀족이, 그것도 황실 아카데미 정도에 다니는 학생이 요리를 배울 이유는 어디를 찾아봐도 없다.

"으음, 뭔가 좋은 방법이 없겠소?"

"포고령을 내려 요리사의 지위를 향상시키고 하급 귀족들이라도 요리부에 지원할 정도의 확실한 보장을 하도록 하면 어떻겠습니까?"

"포고령이라?"

"사실, 요리란 게 높게 보면 얼마든지 귀한 기술이라 평가

할 수 있습니다. 음식은 사람의 건강을 지켜주는 기본이 되는 것 아니겠습니까? 그러니 일단 황실의 요리장에게 작위를 내리고, 앞으로도 황실요리사가 되면 여러 가지 특전과 작위를 주겠다고 포고를 하는 겁니다. 나아가 자격을 가진 요리사들에게 특권과 명예를 보장하는 칭호를 부여하는 것이죠. 뛰어난 검사에게 기사의 칭호를 내리는 것처럼 말입니다."

"흠, 그렇게 하면 되겠군. 당장 황실요리사들에게 적당한 작위를 내리도록 하지."

달칸 4세는 흐뭇한 표정으로 고개를 끄덕였다.

황족의 음식을 책임지는 자는 목숨과 건강을 담보로 쥐고 있는 것이나 마찬가지이다.

그렇게 말하자면 타인의 요리를 먹는 모든 사람은 자신의 건강을 그들의 손에 맡기고 있는 셈이 된다.

이러한 요지로 포고령을 내린다면 나름대로 설득력이 있을 거라고 판단했다.

"그런데 황실 아카데미에 요리부가 신설되면 너무 하급 귀족만 몰리게 되지 않을까요?"

다른 측근이 조심스럽게 의견을 내놓았다.

암흑제국의 황태자를 하급 귀족이나 있는 부서에 들여보내면 천대한다고 불쾌하게 생각하지 않을까 하는 염려였다.

그러자 이 부분에 대해서는 황제가 직접 대안을 내놓았다.

"그건 걱정하지 않아도 좋소. 내가 구스에게 사정을 설명하고 요리부에 입부하도록 하겠소. 어차피 이 일을 알아야 할 아이이니."

구스, 정식 이름은 구스타프 지 드라켄으로 드라켄 제국 황태자의 애칭이다. 올해 열여덟 살인 그는 황실 아카데미의 학생이기도 했다.

사실 황제는 사비너의 편지를 받고 나서 그동안 대륙에서 최고위급 몇 명만이 알고 있는 사실을 이제 아들에게 말할 때가 되었다고 생각한 터였다.

'그'가 요리사가 된다면 구스도 되어야 한다. 그게 오래 사는 길이다.

계획이 세워진 이상 지체할 여유는 없었다.

그가 오기까지 남은 기간은 약 한 달. 그사이 모든 것이 준비되어야 했다.

최고의 수려한 문장으로 요리의 중요성을 강조하는 포고령이 작성되었고, 그것은 당장 다음날 제국 전역에 발표되었다.

음식은 세상 모든 이를 구원하는 것으로 이를 만드는 이 또한 귀하다 아니할 수 없다. 따라서 요리를 만드는 모든 이들은 존경받아 마땅하다.

…… (중략) …….

하여 뒤늦게나마 이들의 공을 치하하고 귀족들이 솔선수범하여 이를 행하도록 선포한다.

　당장 황궁 수석요리사에게 자작의 작위가 내려졌고, 그 외의 유명한 요리사들도 최하 준남작까지의 작위를 받아 귀족 명부에 올랐다.
　그야말로 하룻밤 사이 귀족이 된 요리사들은 어리둥절할 따름이었다.
　이에 발맞추어 황실 아카데미에서 특별활동부로 요리부를 신설했다. 그리고 요리부의 지도 교수로는 요리의 철인 던컨이 초청되었다.
　디온의 꿈은 전 대륙의 요리사에게는 신의 축복과도 같았다.
　반면에 그의 유학 결정은 드라켄에는 악몽이라 할 수 있었다.

　드라켄 제국 황태자인 구스타프 지 드라켄은 특별히 뛰어난 점은 없지만 그렇다고 해서 아주 못하는 것도 없는, 어떻게 보면 평범한 재능의 소유자였다.
　하지만 외모가 훌륭하고 사려가 깊으면서도 때로는 사람을 압도하는 박력이 있어 18세의 나이에 이미 황태자로서 입지를 훌륭하게 굳히고 있었다.
　구스타프 황태자 본인도 훌륭한 황제가 될 마음이 있었기에 방탕한 생활을 멀리하고 믿을 만한 충복들과 함께 미래의 제국에 대한 생각으로 매일매일 보내는 중이다.

그런데 오늘 구스타프 황태자는 갑자기 방문한 황제 달칸 4세로부터 이해하기 어려운 이야기를 들었다.

"예? 소자가 요리를 배워야 한단 말입니까?"

너무 당황해서 황제한테 반문까지 한 구스타프였지만 아차 하고 얼른 말을 이었다.

"물론 아바마마께서 시키시면 전 최선을 다해 요리를 배울 것입니다. 하지만 가능하면 이유를 알려주실 수 없겠습니까?"

달칸 4세는 황태자의 심정을 이해한다는 듯 가볍게 한숨을 내쉬었다.

"내가 갑자기 본론부터 이야기를 했구나. 일단 진정을 하고 짐의 이야기를 들어라."

달칸 4세는 잠시 말을 멈추고 생각을 정리했다. 이 일을 어떻게 설명해야 할지 쉽게 정하기 어려웠다.

"그러니까, 현재 대륙에는 세 개의 제국이 존재한다. 우리 드라켄 제국, 신성제국 비잔티움, 그리고 암흑제국 레이어스. 태자는 그중 암흑제국의 존재에 대해 의문을 가져보지 않았느냐?"

"있습니다. 암흑제국 레이어스가 어째서 제국이라고 불리는지는 수많은 사람들이 공통적으로 가지는 의문이 아니겠습니까? 소자는 이미 그 점에 대해 알아보았습니다만, 십몇 년 전에는 레이어스를 제국이라 부르지 않았더군요. 그런데 이유는 알 수 없지만 우리 드라켄 제국과 비잔티움 제국이 암흑 제국의 건립을 적극적으로 도왔다고 들었습니다.”

“그렇다. 대륙에 암흑제국이라는 말을 퍼뜨린 장본인은 우리 두 제국이다. 또한 레이어스에 대한 군사동맹까지 맺었기 때문에 레이어스가 전쟁을 일으키면 다른 양대 제국은 적극적으로 도와야 하지.”

“소자는 그 점을 이해할 수 없었습니다. 동맹 조항을 자세히 살펴보면 이쪽에 전혀 유리할 게 없는 동맹입니다. 어째서 그 작은 왕국을 제국이 아무 대가 없이 보호해 주어야 한단 말입니까?”

“보호를 해주는 게 아니다. 귀찮은 일이 벌어지지 않게 조치를 취한 것이지.”

“귀찮은 일이라니요?”

“하아, 너도 이제는 그때의 일을 알아야 할 때가 되었지.”

달칸 4세는 깊은 한숨을 쉬며 품속에서 미리 가져온 심장안정제 하나를 꺼내 삼켰다. 이미 오래전 일이지만 그때의 일을 회상할 때마다 심장이 뛰는 황제였다.

“그러니까 약 16년 전의 일이다. 그때 짐은 아직 황제가 아니었다. 황태자도 아니었지.”

달칸 4세의 이야기가 시작되었다.

당시 레이어스 왕국은 대륙의 양대 제국 사이에 낀 작은 소
왕국에 불과했다. 이런 약소국은 제국에게는 장난감과 같다.

최강의 군사력을 자랑하는 드라켄 제국에서 새로운 황제
가 자신의 힘을 과시하기를 원했다. 그래서 그들은 레이어스
왕국에 말도 안 되는 트집을 잡아 침략의 야욕을 드러냈다.

그러나 그들이 모르고 있었던 것 한 가지. 그것은 레이어스
의 공주인 사비너 아스테라 레이어스이다.

그녀는 천재적인 재능을 지닌 흑마법사였다.

절체절명!

조국의 위기가 눈앞에 닥쳤을 때, 공주 사비너는 앞뒤를 따
질 여유가 없었다.

그리하여 무엇인가가 이루어졌다.

일주일 후, 드라켄 제국의 황제가 서거했다.

사인은 불명이다.

그리고 다시 일주일, 황태자도 죽었다.

사인은 상동.

또 일주일이 지나자 사람들의 기대에 보답이라도 하듯 이
황자도 죽었다.

사인은 말할 필요도 없이 상동.

이때, 드라켄의 궁정마법사가 자신의 수명을 깎아가며 연
거푸 시전한 위시 마법이 겨우 효력을 발휘했다. 황제와 그의

후계자들이 차례로 죽어간 이유를 알아낸 것이다.

궁정마법사는 이 사실을 자신이 지지하던 사황자에게 알렸다.

사황자는 그날로 드라켄 제국이 자랑하는 와이번 기사단에서 가장 체력이 좋은 와이번을 타고 날아올랐다.

그가 열흘에 걸쳐 와이번에게 체력강화제를 먹여가며 쉬지 않고 날아간 곳은 바로 레이어스 왕궁, 사비너의 거처였다.

털썩!

와이번에서 뛰어내리는 순간 사비너 앞에 꿇어 엎드린 사황자는 땅에 머리를 박으며 외쳤다.

"살려주십시오!"

그렇게 상황 판단이 빠른 사황자는 살아남았다. 그가 바로 현 드라켄 제국의 황제인 달칸 4세이다.

전쟁은 끝났다. 그러나 레이어스에는 또 다른 전쟁이 기다리고 있었다.

양대제국 중 다른 하나인 신성제국 비잔티움에서 강력한 암흑의 기운을 탐지한 것이다. 그것은 바로 사비너가 펼친 흑마술의 의식에 의한 것.

비잔티움에서는 사비너를 마녀로 지목하고 신변의 인도를 요구했다.

당연히 사비너는 거절했다.

이에 비잔티움은 레이어스를 암흑왕국으로 지목하고 성전의 개시를 선포했다. 흑마법을 사용하는 왕국과는 양존할 수 없다는 것이 신성제국의 입장이었다.

그런데 그날 밤, 비잔티움의 황제가 죽었다. 원인은 전혀 알 수 없었다.

드라켄 제국의 전례가 있기에 비잔티움 제국은 움찔했다.

일단 군대 출정을 늦추고 원인 조사에 나섰다.

신성교국의 좋은 점은 고위사제의 신탁에 있다.

고위사제는 열심히 신에게 기원을 했고, 그 덕분에 드라켄 제국보다는 빠르게 진실을 알아냈다.

황태자가 날았다. 비잔티움의 상징인 그리폰을 타고 목숨 걸고 날았다.

그리폰에는 고위사제가 기절할 정도로 정신력을 끌어모아 체력강화마법을 걸었다. 그 덕분에 그리폰은 오 일 동안 잠시도 쉬지 않고 날아 단숨에 레이어스 왕성에 도착할 수 있었다.

"살려주십시오!"

잔말은 더 이상 필요 없다. 황태자는 무사히 황위를 이을 수 있었다.

얼마 후, 양대제국에서는 동시에 대륙의 모든 왕국을 대상으로 선포를 했다.

레이어스는 제국의 영원한 우방이다!

그리고 그 관계는 상하가 아닌 수평이다. 만약 레이어스를 조금이라도 자극하는 왕국은 우방의 신의를 위해 제국의 위신을 걸고 처단한다!

양대제국이 인정하는 새로운 제국의 탄생이었다.

땅덩이는 작지만 당당하게 삼대제국의 하나가 된 레이어스.

영문은 알 수 없지만 언제부턴가 사람들은 그곳을 암흑제국이라 부르기 시작했다.

"으으음."

구스타프 황태자는 자신도 모르게 신음 소리를 내었다.

"그렇다면 현 암흑제국의 사비너 여황이 사악한 흑마법으로 선대 황제를 비롯해 여러 왕족을 주살했단 말이군요. 신성제국의 황제도 말입니다."

그것이 막을 수 없는 흑마법이라면 과연 양 제국의 수뇌부가 벌벌 떨 만하다.

그런데 달칸 4세는 고개를 저으며 말했다.

"그렇게 단순한 문제가 아니다. 흑마법에 의한 주살이라면 아무리 사악한 것이라고 해도 신성제국에서 막을 수 있는 방법을 찾아냈을 것이다. 하지만 신성제국에서도 지금까지 암흑여황에 대해 어떤 대응 방법도 찾아내지 못했다. 그리고 그녀의 유일한 자식, 이번에 우리 드라켄 제국으로 유학 오는 디온 에프 레이어스 황태자의 존재에 대해서도 다른 해결 방안을 얻지 못했다."

"디온 황태자가 무슨 문제인가요?"

"그 점에 대해서는 암흑여황이 양국의 수뇌부들에게만 솔직히 비밀을 털어놓은 바 있다. 그건 바로 당시 여황의 의식에 대한 것이다."

달칸 4세는 이미 얼굴이 창백해져 있었다.

"암흑여황이 행한 흑마술의 정체는 바로 소환술이었다. 그녀는 자신의 모든 것을 걸고 소환술을 행했는데, 그 결과 놀랍게도 마신이 소환되었지."

"그럴 수가! 정말로 마신을 소환했다는 것입니까?"

인간이 마왕을 소환한 예는 역사상 한 번도 없었다.

그런데 현 시대에 마왕도 아닌 마신을 소환했다니, 그렇다면 물질계는 멸망의 기로에 서 있다는 뜻이 아니겠는가!

구스타프 황태자는 발칸 4세와 비슷한 얼굴색이 되어 다시 물었다.

"그렇다면 이번에 소환된 마신의 힘이 너무 강해서 신성제국도 감당할 수 없다는 것이군요."

"감당은커녕 아예 손을 못 썼다. 대신전 한가운데에 있던 교황이 주살당했는데 더 말해서 무얼 하겠니."

"천신들이나 드래곤들도 이 사실을 외면한다는 것입니까?"

"신성제국의 교황이 그 점에 대해 말한 바가 있었다. 처음 마신 출현의 신탁을 받았을 때 같이 내려온 계시가 있다고 했다."

"그것이 무엇입니까?"

"장황한 어구나 은유적인 표현을 거의 빼고 신탁답지 않게 단도직입적인 내용의 계시였다고 한다. 내용은 바로 '나도 못 말린다'였다고 하지."

"윽."

기가 막힌 일이지만 듣고 보니 그럴 만도 하다.

마왕도 아닌 마신이라면 천신과 동급이 아니겠는가? 천신이 직접 현신하기 전까지는 손을 쓸 수가 없다고 봐야 한다.

"또한 현재 대륙의 모든 드래곤들이 드래곤 로드로부터 레어 불출령을 받은 상태다."

드라켄 제국은 대대로 드래곤을 수호신으로 삼고 있어서 드래곤들에 대한 정보를 어느 정도 알 수 있다. 그런데 드래곤들이 꼬리를 말았으니 드라켄 제국의 황제 역시 몸을 움츠릴 수밖에 없었다.

"으으, 그렇다면 이미 대륙은 마신에게 점령된 것이나 마찬가지가 아닙니까?"

"그건 아니다. 마신은 다시 마계로 돌아갔다. 레이어스가 공격받는 일이 일어나지 않는 한 다시 출현하지 않는다는 게 암흑여황의 설명이다."

“그, 그건 다행이군요.”

“문제는 현 황태자인 디온 에프 레이어스인데.”

“예.”

“그는 암흑여황의 친자이지만, 부친은 인간이 아닌 마신이
다.”

“어헉, 그, 그게 말이 됩니까? 어떻게 마신이 인간과의 사
이에서 아이를 낳을 수 있단 말입니까?”

“그건 우리가 알 수 없지. 어쨌든 결론을 말하자면 디온이
라는 존재는 인간이기도 하지만 마신의 아이, 즉 마왕이기도
하다. 물질계에서 태어난 마왕인 셈이지.”

“으으으, 암흑제국의 황태자가 인간이 아닌 마왕이라니.”

“인간이 아닌 것은 아니다. 반마족이라고도 할 수 없는 것
이, 마신은 인간의 육체를 형성하여 여황과 관계를 가졌다고
했다. 그러니 암흑태자는 완전한 인간인 셈이지.”

“그렇군요.”

드래곤이 인간으로 폴리모프를 해서 유희를 하는 도중에
아이를 낳으면 그건 하프 드래곤이 아니라 완전한 인간이다.
마찬가지로 마신이 인간의 육체를 만들어서 아이를 낳았다면
확실히 100% 인간이라고 할 수 있다.

“그렇다면 암흑태자는 마왕의 힘을 가진 인간이라는 뜻입
니까?”

“아니. 마왕의 힘은 아직 발현되지 않았다. 하지만 암흑태

자가 마왕이 되고자 한다면 언제든지 인간의 육체에서 벗어
나 진정한 마왕이 될 수 있다는 게 그쪽의 설명이다."

"으음."

"암흑여황도 조국이 멸망할 위기에서 이판사판으로 일을
벌였지만, 대륙이 멸망하는 것을 원하지는 않는다. 하물며 그
런 일을 벌이는 존재가 자기 자식이라는 것은 견디기 어려운
모양이다. 암흑여황은 암흑태자가 인간으로 남기를 원한다."

"그렇다면 마왕이 되지 않을 수도 있다는 뜻이군요."

"그렇다. 그건 전적으로 암흑태자 본인의 의사에 달려 있
다고 한다."

"……"

"알겠느냐? 암흑태자가 요리에 흥미를 보였다면 그건 아주
고무적인 일이다. 대륙의 모든 생명체를 위해서 말이다. 그리
고 넌 암흑태자와 가능한 한 친분을 맺어야 한다. 그것이 제
국을 위하고, 너 자신을 위하는 길이다."

"소자, 명심하겠습니다."

"또한 혹시라도 암흑태자가 제국에 대해 어떤 반감도 갖지
않도록 철저하게 보호하고 감시해라. 불안 요소가 있으면 주
저 말고 제거하고. 내 너에게 황궁비밀기사대 중 하나인 독수
리기사단의 지휘권을 넘기겠다. 급한 일이 있으면 어떤 수단
을 써도 내가 다 허락하겠다."

"염려 마십시오. 소자가 철저하게 대비를 하겠습니다."

이건 단순한 접대가 아니다. 생존을 위한 싸움이다.

구스타프의 눈이 굳은 결의로 빛났다.

＊　　＊　　＊

"이러한 취지로 이번 학기부터 특별활동부에 요리부를 추가로 신설합니다. 입부를 희망하는 학생들은 이번 주 내로 신청을 받도록 하겠습니다."

이와 같은 말을 끝으로 황실 아카데미의 학장인 켈러핸은 웅성거리기 시작하는 학생들을 뒤로하고 단상에서 내려왔다.

'도대체 무슨 일인지, 원!'

일단 황제의 특명인지라 그대로 시행하긴 했지만, 자신이 생각해도 황당하기 짝이 없다.

갑자기 요리사들에게 작위를 수여하고 황실 아카데미에까지 요리부를 신설하라고 황명을 내리다니?

'그보다 준비할 일이 태산이구만.'

위에서야 명만 내리면 끝나지만 일단 특별활동부를 신설한 이상 여러 가지 준비가 필요했다.

거기에 요리부라는 특성은 교실과 교수만 있으면 되는 일반적인 특별활동과는 달라서 시설이 필요하다.

일단 교수로 초빙된 던컨과 상의하여 처리를 해야겠지만

예산 책정부터 시작하여 일이 무더기로 쏟아지는 것은 어쩔 수 없는 현실이었다.

다행히도 황제의 특명에 의해 재무부에서 요리부에 대한 충분한 예산이 내려왔다, 학교 전체 예산보다 더욱 많은 예산이.

그래서 학장을 비롯한 모든 아카데미의 관계자들은 난감을 표하면서도 한편으로는 기쁨을 느끼고 있었다.

어쨌거나 학장의 퇴장과 더불어 임시 조회는 끝이 났다. 학생들은 각자 수업을 듣기 위해 교실로 향했다.

원래 황실 아카데미의 특별활동부는 귀족이 배워야 할 예술 분야가 주를 이룬다.

특활부에 가입하는 것은 개인의 자유이며, 대부분의 학생들은 학기마다 부서를 바꿔가면서 귀족으로서 갖추어야 기본적인 소양을 쌓는 것이다.

예를 들어, 첫 학기에 사교춤 활동을 하고, 둘째 학기에는 악기를 배우는 식이다.

물론 특별히 한 가지에 몰두하는 학생들도 있긴 하지만 그들은 예술적인 관심과 재능이 있는 소수라고 할 수 있다.

단, 특별활동부에는 엄격한 규칙이 하나 있다.

일단 선택하게 되면 학기 중에는 절대로 부를 바꾸지 못한다!

이는 공작이나 후작 등의 자제가 신청한 부에 뒤늦게 사람이 몰리는 것을 막기 위한 사전 조치라고 할 수 있었다.

정규 수업 시간과는 달리 학생들 간의 대화가 활발한 특별 활동 시간을 차후 미래를 대비하는 사전 포석으로 삼는 것은 귀족 집안의 자녀로서는 당연한 일일 수 있다.

이런 이유로 아카데미에서는 후작 이상의 작위를 받은 집안의 자녀는 자신이 어떤 부서에 지원했는지 절대 밝혀서는 안 되며, 이는 인원이 정해지기 직전까지 기밀로 유지된다.

거기에 더해 이학년부터의 지원 사항에는 또 하나의 규칙이 있다.

일단 첫 학기에는 어떤 부서든지 자유롭게 지원이 되며 인원의 한정이 없다. 하지만 다음 학기에는 결원만큼만 선택적으로 인원을 충당한다.

즉, 첫 학기부터 악기를 배운 학생은 다음 학기에 악기부에 대한 우선적인 지원권을 가지게 되는 것이다.

*　　*　　*

"어때?"

"크크크, 예상대로지, 뭐. 하급 귀족 나부랭이들의 총 집합소같이 될 것 같던데?"

"나 참, 고귀한 아카데미를 뭘로 보는 건지. 요리사라니! 아무리 작위를 준다고 해도 절대 정통 귀족이 할 일은 아니지 않아?"

"두말하면 잔소리지."

"어차피 그것들이야 귀족이라고 말하기도 힘든 몰락 귀족들이니 이 기회에 출세해 보자는 것 아니겠어?"

"크큭. 한탕 잘해서 작위나 얻어보자?"

"그렇지. 그러고 보면 요리부가 아니라 한탕부라고 해야 하지 않을까?"

"옷, 그거 딱 맞는 호칭이군. 찌질이들이 모인 한탕부!"

"와하하하! 맞다, 맞아! 한탕부 좋군!"

세 명이 교실 한가운데서 들으라는 듯이 떠들어대고 있었지만 누구도 뭐라 하는 이가 없었다.

이들 셋은 모두 백작, 그것도 중앙 귀족의 장남들이다. 현재 아카데미 내에서 이들의 집안보다 세력이 큰 가문은 열 손가락을 넘지 않는다.

거기에 지금 이들이 속해 있는 교실에서는 이들보다 작위가 높은 집안의 인물은 없었다.

황실 아카데미의 교칙은 물론 학생 간의 평등을 주창하고 있다. 하지만 귀족의 서열이란 자식들에게 알게 모르게 행동의 범위를 제한하는 효과를 가지게 된다.

이들 셋은 이를 이용하여 학기 초부터 나름대로의 세력을 형성하고 있는 셈이었다.

은근히 요리부 지원을 생각하고 있던 하급 귀족의 아이들은 이들의 모습을 보면서 각자 양단간의 결정을 내려야 했다.

하는 행태로 보아 요리부에 지원했다가는 대놓고 괴롭힘을 당할 것이 염려되는 것이 사실이다.

＊　　＊　　＊

"누나, 지원해요!"

리네는 막무가내로 우기는 동생들을 난감한 표정으로 바라보았다. 누가 쌍둥이 아니랄까 봐 입을 모아 합창을 해대니 귀가 윙윙 울릴 지경이다.

"마틴, 제이콥, 존! 잠깐만 조용히 하고 차근차근 말하도록 해!"

열다섯 살이라고는 믿어지지 않을 정도로 큰 덩치를 자랑하는 세 쌍둥이는 자신들의 어깨에도 닿지 않는 누이의 매서운 말에 찔끔하며 입을 다물었다.

어머니를 닮아 체격이 작고 섬세한 이목구비를 가진 리네와는 달리 세 남동생은 기사였던 아버지를 그대로 빼닮았다.

남매라는 것을 증명하는 것은 넷이 똑같이 물려받은 어머니를 닮은 커다란 녹색 눈동자뿐이다.

누가 보면 아름다운 아가씨 하나를 세 명의 괴한이 협박하는 것으로 오해하기 딱 좋은 모습이다.

"저, 그러니까 우리 셋이 상의를 해봤는데."

“누나는 원래 요리를 잘 하잖아.”

“응. 그러니까 누나라면 요리부에 입부해서 작위를 받을 수 있을 거야.”

마틴, 제이콥, 존이 저마다 앞 말을 받아서 한마디씩 했다. 평상시엔 늘 툭탁거리면서도 이럴 때 보면 한마음으로 딱 뭉쳐 있는 것이 느껴진다.

리네는 당장에라도 동생들의 제안을 받아들이고 싶었지만 그럴 수가 없었다.

“그건 안 돼. 난 이번 학기가 끝나면 휴학할 생각이야. 너희들도 알고 있잖니?”

황실 아카데미는 무료가 아니다.

기본적으로는 무료이지만 실제로 들어가는 부대비용이 만만치 않은 것이다.

특히 지방 귀족의 경우, 필수적으로 기숙사 생활을 해야 하기 때문에 만만찮은 비용이 든다.

“누나, 그건 우리도 알아. 하지만 장학생이 되면 충분히 우리 모두 남을 수 있다구.”

“응. 우리 셋 모두 검술엔 자신있단 말야.”

“누나도 장학금을 받으면 어떻게든 해결이 될 거야.”

리네는 잠시 생각에 잠겼다.

사실 동생들의 경우 아버지의 지도를 어려서부터 받았고, 검술에 꽤 자질이 있다고 들었다.

몬스터가 심심찮게 침입하는 외곽 영지 출신인 것이 이럴 때는 오히려 도움이 되는 것이다.

하지만 동생들의 실력을 믿고 휴학을 미루기엔 위험 요소가 너무 많다.

리네는 미련을 접으려 애쓰면서 고개를 저었다.

"안 돼. 이번에 모처럼 생긴 일자리인걸. 너희가 장학금을 꼭 받는다는 보장도 없고. 만약 기숙사 장학생이 못 되면 누군가는 영지로 돌아가야 하잖아. 그러느니 차라리 내가 휴학을 하는 게 나아."

평소라면 누이의 말에 바로 물러섰을 테지만 이번만큼은 달랐다.

리네의 말이 끝나기도 전에 마틴이 반박에 나섰다.

"그건 그때 가서 정할 일이야. 여기서 장학금도 못 받을 정도라면 우리 실력이 모자란 거잖아. 그럼 영지에 가서 좀 더 수련을 쌓는 게 오히려 더 도움이 될 거라구."

"맞아. 그리고 확률로 봐도 누나가 황실요리사가 되는 게 훨씬 높을 거야. 기사는 당장 되는 게 아니잖아."

"어차피 지금 누나가 휴학하고 일을 한다고 해도 우리 셋 모두의 비용을 대기는 힘들어. 차라리 누나가 계속 다니고, 우리 중에 장학금을 못 타는 사람이 교대로 쉬면서 돈을 버는 게 나아."

세 명의 마음이 하나로 모이면 말이 아니라 태풍을 만난 풍

차가 된다.

세 동생의 필사적인 말에 리네의 마음도 흔들렸다.

사실 그녀 스스로 생각해도 자신은 충분히 황실요리사가 될 수 있을 것이라 판단되었다.

'기회만 주어진다면……'

그런 망설임이 보인 것일까? 세쌍둥이는 반쯤 강제로 리네를 앞장세워 요리부에 입부 신청을 하도록 했다.

*　　　*　　　*

요리부 신청의 마지막 날 켈러핸은 입부 희망자 명단을 살펴보고 있었다.

'흐음, 역시……'

지원 인원은 모두 21명으로 그다지 많지 않았다. 아무래도 요리사라는 직업 자체가 귀족의 일이 아니라는 선입관이 크게 작용한 듯했다.

작위를 물려받지 못하는 하급 귀족의 차남 이하의 학생들이 주로 노리는 것은 기사나 마법사 정도이다. 검술이나 마법에 재능이 없는 경우 행정반 쪽으로 지원을 하게 된다.

이번에 지원한 학생들의 대부분은 검술반의 최하위권, 그리고 행정반 쪽에서 약간이다.

마법사 반쪽에서는 전멸이다. 마법사의 재능을 인정받은

그들이 요리에 마음이 흔들릴 리가 없다.

그런데 접수한 서류를 순서대로 살펴보던 켈러핸의 눈이 둥그렇게 커졌다.

"이, 이건?"

켈러핸은 자신의 눈을 의심하며 다시 차분히 마지막 입부원서를 살펴보았다. 하지만 다시 보아도 역시 원서의 이름은 변하지 않았다.

"헛, 이런 이유가!!"

켈러핸은 그 순간 모든 것을 이해했다.

왜 황궁이 갑자기 이런 미친 짓을—말로 할 수는 없지만 관계자 대부분은 그렇게 생각하고 있었다—벌였는지.

원서의 주인공은 3학년에 재학 중인 구스타프 지 드라켄, 바로 제국의 황태자이다.

'황태자께서 요리에 관심이 있으셨던 것이군!'

이런 이유라면 극단의 조치들이 충분히 이해가 간다. 이런 이유가 아니라면 도저히 설명할 수 없을 것이다.

황태자가 취미로 하고자 하는 일이 천한 일이어서는 위신이 서지 않는 것은 당연지사.

"푸하하핫! 내일이면 아카데미가 뒤집어지겠군!"

* * *

다음날 아카데미 게시판을 본 학생들은 자신들의 눈을 의심했다. 황태자의 이름이 버젓이 요리부 신청자 중 마지막에 적혀 있었던 것이다.

"이, 이건 말도 안 돼!"

"이럴 수가!"

황태자 구스타프는 여태까지 어떤 특별활동부에서도 활동한 적이 없다. 따라서 학년이 다른 학생들은 황태자와 안면을 틀 수 있는 기회가 전혀 없었던 것이다.

한데, 저 황태자가 처음 입부한 곳이 자신들이 한량부라고 비웃던 그곳 아닌가?

"부서를 옮겨야 해!"

"그건 규칙상 안 되잖아."

"어떻게 다른 방법이 없을까?"

1학년 검술반 교실의 세 멤버는 다시 머리를 맞대고 고민했지만 방법이 있을 리가 없다. 이러한 사태를 방지하고자 제정된 교칙인만큼 어떤 압력도 통하지 않을 것이 분명했다.

"치잇! 저따위 것들이 황태자 저하와 한 부에서 수업을 하다니!"

마음 같아서는 당장에라도 손을 봐주고 싶었지만 그것도 여의치 않았다.

이미 요리부에 들어간 이상 잘못 움직였다가는 황태자의 귀에 들어갈 위험이 존재하기 때문이다. 제국의 후계자에게 잘못 찍혔다가는 가문이고 뭐고 존속하기 힘들다.

어쨌거나 이미 상황은 끝났다. 들어간 사람은 놀랐고, 들어가지 못한 사람은 더욱 놀랐다.

특히 1학년 검술 1반에서는 이들 때문에 아무도 요리부에 가입한 사람이 없었다. 그들 등쌀에 학교를 졸업하기조차 힘들 것이 분명했기 때문이다.

디온이 편입생으로 아카데미에 들어온 것은 요리부 인원의 발표가 난 지 꼭 일주일째 되는 날이었다. 그는 1학년 검술 1반이었다.

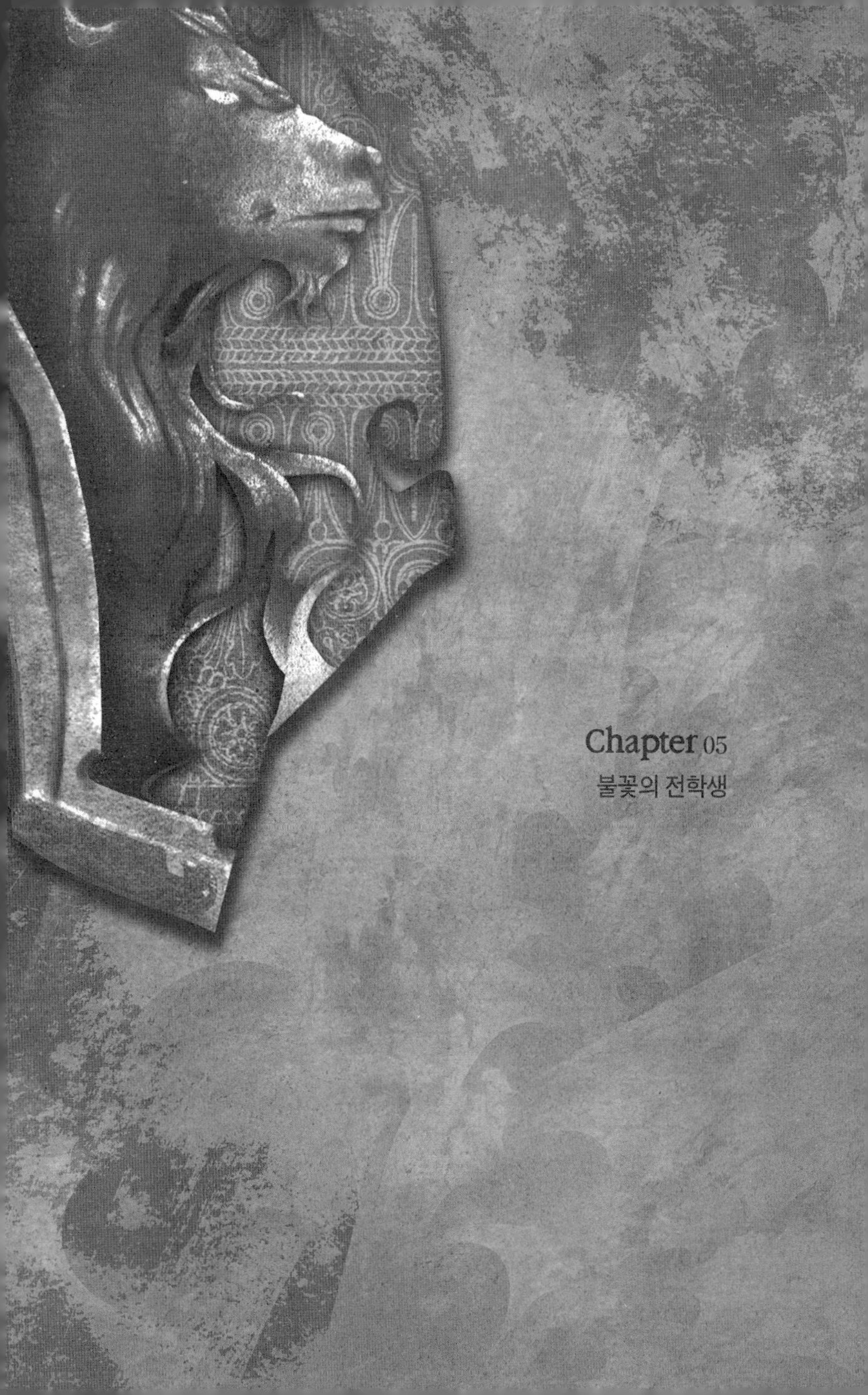
Chapter 05
불꽃의 전학생

흑사자
마왕

"전공은 검술, 특별활동은 요리부로 하겠습니다."

어느 정도 사전 지식을 가지고 있었던 디온은 망설임없이 학장의 질문에 이렇게 대답했다.

"미리 결정을 해놓은 것 같은데… 1학년 검술 1반에는 요리부가 없네. 편입한 후인데 친구들을 사귀기가 쉬운 다른 부서는 어떻겠나?"

학장이 전체 분위기를 모를 리가 없다.

이 시기에 편입한 학생이 요리부라고 한다면 아무래도 학교생활이 쉽지 않을 것이 뻔했다.

"전 꼭 요리부에 들어가고 싶습니다."

학장이 나름대로 마음을 쓴 것이지만 디온이 자신의 생각을 바꿀 리도 없었다. 전공으로 요리를 할 수 없다는 것은 아쉽지만 요리부가 있다고 해서 온 것이 아닌가?

"그, 그래. 교칙상 편입생은 어떤 부를 희망하든지 가능하게 되어 있으니 그렇게 하도록 하지."

켈러핸은 입맛이 썼지만 나름대로 최선을 다했다고 자부했다. 규칙에 죽고 규칙에 사는 켈러핸이니 디온의 정당한 주장을 막을 수는 없었다. 그리고 외국에서 유학 온 편입생에게 드러내 놓고 아카데미의 치부를 밝힐 수는 없는 일이다.

'뭐, 다른 부로 이부는 불가능하지만 중간에 부서를 탈퇴할 수는 있으니 어떻게 되겠지.'

견디다가 힘들면 요리부에서 퇴부할 수도 있다.

그는 이 점에 대해서도 설명했지만, 눈앞의 미소년은 그다지 진지하게 듣는 것 같아 보이지 않았다.

학장은 검술 1반을 맡고 있는 담임 제이슨을 불러 디온을 소개시켰고, 그는 곧바로 디온을 교실로 데리고 갔다.

"자, 새로운 동료를 소개하겠다. 레이어스 제국에서 유학을 온 셈이니 잘 모르는 것이 많을 것이다. 모두들 친절하게 대해서 우리 제국에 대해 좋은 인상을 주길 바란다."

학기 중간의 전학은 흔한 일이 아니다.

거기에 타국의 사람이라는 것이 디온에 대한 관심을 더욱 높이는 계기가 되었다.

　30여 명의 검술반 학생이 보는 가운데 디온은 침착하게 자기소개를 했다.

　"디온이라고 합니다. 모르는 것이 많으니 앞으로 잘 부탁드립니다."

　짝짝짝!

　환영을 뜻하는 의례적인 박수가 있은 후에 디온이 자신의 자리에 앉자 제이슨은 자신이 할 일은 다 했다는 듯 교실을 나섰다. 그러자 기다렸다는 듯 몇 명의 학생들이 디온 주위로 우르르 몰려들었다.

　'앗, 꼭 책에서 읽은 것과 똑같네! 이제 곧 이것저것 질문을 하겠지?'

　디온은 속으로 기대를 하면서 눈을 빛냈다. 그로서는 처음 경험하는 학생 생활. 첫날에 대비해 나름대로 여러 가지를 준비해 왔다.

　하지만 누군가 입을 열기도 전에 주변에 있던 아이들이 반으로 갈라지면서 한 명이 나섰다.

　"난 마르텔 폰 누이만이라고 한다. 대드라켄 제국 백작 가문의 장남이지. 너희 집안은 작위가 어떻게 되지?"

　한눈에 보기에도 무척 거만한 태도였다. 그의 뒤에는 꼭 닮은 태도로 두 명이 더 버티고 서 있었다.

　이들이 나선 탓인지 다른 학생들은 이미 멀찌감치 물러서고 있었다.

'이건 또 무슨 일일까? 혹시 애들이 바로 학교 일진이란 건가?'

소설에서나 봄 직한 일이 눈앞에서 일어나자 디온은 속으로 흥미가 솟구쳤으나 겉으로는 내색하지 않았다.

"저, 학장님이 말씀하시길, 여기서는 작위 같은 걸 내세우면 안 된다던데?"

디온의 말에 마르텔은 인상을 팍 찡그리고는 위협적으로 대꾸했다.

"그래서? 네가 작위 따윌 내세운다고 우리가 기라도 죽을 것 같냐? 잔말 말고 대봐. 너네 아버지 작위가 뭐야?"

다른 사람 같으면 화를 내거나 겁이 나거나, 아니면 둘 다일 상황이다. 그러나 디온은 오히려 일이 더욱 재밌게 되었다고 생각했다.

그야말로 흥미진진한 전개가 아닌가?

'가만있자. 여기선 조금 겁먹은 티를 내면서 말해야 실감이 나겠지?'

디온은 얼른 웃음을 지우고 조금 주눅이 든 표정을 지어보려고 애쓰면서 입을 열었다.

"백작이야."

유학을 위해 만든 신분은 백작의 장남이다. 이를 말하면서 디온은 슬며시 눈치를 보며 덧붙였다.

"그러고 보니 너희 아버지도 백작이시라고 했지?"

말이 끝나기가 무섭게 마르텔이 안 그래도 찡그린 얼굴을 더욱 흉하게 만들면서 윽박지르듯이 말했다.

"하! 기가 막혀. 레이어스 같은 콩알만 한 나라의 백작 따위가 대드라켄 제국의, 그것도 중앙 귀족이신 우리 아버님이랑 비교가 된다고 생각하냐, 너?"

레이어스가 제국으로 불리는 것에 대해 대부분의 귀족들은 인정을 하지 않고 있다. 마르텔이 보기에 레이어스는 제국의 공국보다 못한 소왕국에 불과할 뿐이다.

크기부터가 작고, 제국의 역사도 이제 십몇 년밖에 안 되었다.

"저, 그건……."

디온이 뭐라 대꾸하기도 전에 교실 문이 열렸기에 마르텔은 더 이상 다른 말을 할 수 없었다. 그는 사나운 눈초리로 디온을 흘겨보고는 어슬렁거리며 자신의 자리로 돌아갔다.

'크큭, 이거 분위기가 심상치 않은걸?

디온은 속으로 생각하면서도 착실하게 수업을 위해 책을 펴 들었다.

그 예감은 딱 맞아떨어져서 다음 쉬는 시간이 되었지만 누구 하나 말을 거는 사람이 없었다.

이미 전학생은 마르텔 패거리에게 찍힌 것이다. 가까이 해봐야 좋을 것이 전혀 없었다.

1학년 검술 1반의 실질적인 리더인 삼인방의 의견은 학생

전체가 암묵적으로 따라야 하는 것으로 이미 정해져 있었다.

괜히 그들의 눈 밖에 나서 힘든 생활을 자초할 순진한 학생은 아무도 없는 것이다.

결국 정규 교과를 마치고 특별활동 시간이 되기까지 디온은 우뚝하니 혼자 앉아 있어야 했다.

겉보기에는 기가 질려 얌전하게 눈치를 보는 것처럼 보일 만한 태도이다. 그러나 그건 오로지 겉보기뿐, 실제로 그의 속은 지금 재미있어 죽을 지경이었다.

'오옷! 이게 말로만 듣던 왕따라는 거구나!'

맹세코 디온의 생에 16년 동안 이러한 적대적인 대우는 받아본 일이 없었다. 그에게 있어서 이 상황은 새롭고 신선한 재미 이외에 아무것도 아니었다.

왕따에 대한 보복은 좀 천천히 해도 된다. 디온은 일단 이 이색적인 경험을 충분히 즐기기로 했다.

"자, 이것으로 오늘 수업을 끝낸다."

더 심각한 문제는 바로 정규 수업 후에 일어났다.

"저, 요리부는 어디로 가야 하죠?"

종일 던컨을 만나게 되기만 고대하던 디온은 결국 반 아이들이 모두 모인 자리에서 제이슨에게 이러한 질문을 하고야 말았다.

순간 반 분위기가 한층 싸늘해졌다.

'엥? 이젠 살기까지?'

질문을 한 디온은 등 뒤로 확연히 느껴지는 살벌한 기운에 촉각을 곤두세웠다.

요리부에 든 것이 무슨 문제인지는 모르겠지만 분명 그로 인해 마르텔 쪽에서 전해오는 기운은 확실한 살기였다.

디온이 제이슨의 설명을 듣고 교실을 나서려는데 뒤쪽으로 들으라는 듯 크게 말하는 소리가 들렸다.

"감히 전학생 따위가 요리부에 들어갔단 말이지?"

요건 마르텔이라는 놈의 목소리다.

디온은 일부러 걸음을 늦추면서 뒤에 이어지는 말에 귀를 기울였다.

"나 참, 저 시골뜨기가 어떻게 황태자 저하께서 그 부에 계신 걸 알았나 본데?"

말투로 보아 삼인방 중 하나인가 보다.

관찰해 본 결과 다른 아이들은 이들에게 조심스럽게 공대를 한다. 말을 놓는 것은 서로에 한해서이니만큼 정확할 것이라고 디온은 추측했다.

"어디, 얼마나 버티나 두고 보자!"

이것이 디온이 들은 마지막 말이었다.

좀 더 듣고 싶었지만 특별활동에 늦고 싶은 생각이 없었기에 일단 움직여야 했다.

제이슨이 설명한 요리부의 위치는 주 건물 밖에 있는 별채 중 하나였다. 원래 창고로 쓰던 곳을 최단 시일에 개조한 것이다.

빠르게 걸어가던 디온은 막 건물로 들어서려는 한 사람을 발견하고 뛰어가 인사를 했다.

"안녕하세요?"

"오! 자네는! 그럼 자네가 새로 온 전학생인가?"

던컨은 디온의 얼굴을 보고 깜짝 놀라는 듯했다.

디온은 드디어 만나게 된 던컨이 자신을 알아보는 듯하자 한층 밝게 웃어 보였다.

"요리를 배우고 싶어서 왔습니다."

"정말 우연도 이런 우연이 다 있군그래. 어서 들어오게."

던컨은 즐거운 표정으로 껄껄 웃으면서 디온과 함께 요리부실 안으로 들어갔다.

인연은 우연이 아니라 필연이라는 것을 던컨은 모르고 있었다.

"음, 수업을 시작한 지 일주일 정도 되었으니 따라가는 데 그리 어렵진 않을 걸세. 물론 어느 정도 요리를 할 줄 아는 학생도 있긴 하지만 대체로 다 초보니까 염려하지 말게나."

"아, 예. 감사합니다."

디온은 자신에게 마음을 써주는 던컨에게 진심을 담아 사의를 표했다. 아직 수업이 시작되기 전이라 학생들 일부만 와 있었고 나머지는 속속 들어오는 상태였다.

학생들과 인사를 나누던 던컨은 막 들어오던 여학생 하나를 불렀다.

"리네 양!"

"네, 선생님."

금빛 머리를 깔끔하게 올려 묶은 리네라는 소녀가 던컨의 부름을 받고 다가왔다.

'호, 귀엽다!'

사비너 같은 화려한 미인은 아니지만 큰 녹색 눈이 반짝거리는데다가 섬세한 이목구비가 어쩐지 천사 같은 느낌을 주었다.

"여기는 새로 전학 온 학생인데, 오늘부터 요리부에서 같이 공부하게 되었다네. 이름이……."

"디온입니다."

"아, 맞다! 디온이라고 했지? 하하하! 여긴 리네 양이네. 우리 부에서 가장 기초가 튼튼한 학생이니 자네가 배울 게 많을 걸세."

"아, 요리를 잘하시나 보군요? 잘 부탁드립니다."

"아, 네."

얼떨결에 전학생을 부탁받게 된 리네는 예의에 어긋나지 않을 정도로 인사를 했다.

디온이 리네의 안내를 받아 자리로 향하자 요리부의 대부분의 남학생들은 부러움과 질투가 담긴 시선으로 그를 노려보았다.

‘엑, 또야? 어째 여긴 만나는 사람마다 다 나를 싫어하는 것 같네?

마치 세상이 자신을 미워하는 것처럼 느껴질 정도다.

레이어스에 있을 때 모두가 자신을 사랑하는 것처럼 느낀 것과 정반대라 할 수 있었다.

교실에서보다는 약간 나은 편이라 할 수 있지만 역시 몇 명은 노골적으로 매서운 시선을 보내고 있었다.

물론 그들은 리네에게 흑심을 품고 있는 남학생들이었다. 그래도 교실에서와 달리 시비를 걸거나 대놓고 뭐라 하는 사람은 없었다.

“자, 그럼 오늘은 생선을 다루어보도록 하겠네.”

던컨의 말과 함께 요리부의 수업이 시작되었고, 디온은 곧 익히 알고 있는 재료 다듬기에 열중하기 시작했다.

‘어? 제법인데?

리네는 슬쩍 디온 쪽을 돌아보고는 의외라는 표정을 지었다.

살아 퍼덕거리는 생선은 잡는 것부터가 수월치 않아 여기저기서 난리법석을 떨고 있다.

디온은 그 와중에 침착하게 자기 몫의 생선을 골라 아가미 쪽으로 확실하게 쥐고 있었다.

리네가 잡은 것과 같은 방식이다.

“자자, 다들 리네와 디온 쪽을 주목하도록! 살아 움직이는 생선은 저렇게 잡아야 하네. 몸통을 너무 힘을 주어 잡으면 육질이 뭉그러지거나 심하면 터질 수도 있으니 다들 저 모습을 보고 따라해 보게."

던컨은 둘의 모습을 보고 흐뭇하다는 듯 다른 학생들이게 주의를 주었다.

저 디온이라는 학생은 아마도 그사이 나름대로 요리를 공부한 듯했다.

곧 둘 주변으로 학생들이 몰려들었다.

그런데 마치 약속이라도 한 듯 리네의 주변으로는 남학생이, 디온의 주변으로는 여학생들이 진을 치기 시작했다.

던컨도 돌아다니면서 직접 학생들을 가르쳤다.

사실 요리의 철인이라 불리는 그로서 이런 기초 수업을 하는 것은 정말 오랜만이라 할 수 있다. 그에게 배울 정도의 요리사라면 대부분 어느 정도 기량을 가진 전문 요리사들이기 때문이다.

"저, 나도 좀 도와줄래?"

여학생들을 대충 도와주고 나니 변성기가 지난 굵직한 바리톤의 음성이 디온의 귀에 들려왔다.

디온이 목소리의 임자를 찾기 위해 고개를 들자 자신보다 나이가 조금 많을 듯한 한 남학생이 눈에 들어왔다.

"디온이라고 했지? 난 구스타프. 구스라고 불러줘."

"응? 응."

아카데미에 들어온 후 이렇게 스스럼없이 접근하는 남학생은 처음 만났다.

디온은 자신도 모르게 반가운 마음이 일었다.

"자, 여길 이렇게 잡고, 아니, 너무 눌렀어. 응. 그렇게."

"오, 이러니까 정말 쉬운걸. 정말 잘하는구나!"

"아니, 우연히 배운 거라……."

구스타프에게 생선을 잡는 법을 가르치던 디온은 어느새 자신의 주위가 텅 비어 있음을 알게 되었다.

'뭐야? 이젠 남자한테도 질투하냐?'

디온은 속으로 고개를 설레설레 저었다.

처음 리네와 함께 있을 때엔 대충 이해가 갔다.

리네의 미모로 볼 때 이유를 알 수 있었기 때문이다.

하지만 지금 구스와 스스럼없이 대화하는 자신을 보는 시선은 리네와 함께 있을 때보다 한층 더 차가웠다.

'엑? 리네까지?'

대체적으로 남학생들이 주가 되는 차가운 시선 중에 리네가 있는 것을 본 디온은 슬쩍 고개를 돌리면서 속으로 이유를 알 수 없어 고민했다.

'혹시나 했는데 역시나로군.'

리네는 실망감을 느끼면서 황태자의 옆에 딱 달라붙어 있는 디온을 보았다.

모처럼 괜찮은 동료가 생겼나 했는데 역시 마음은 딴 곳에 있다. 저래서야 다른 학생들과 다를 것이 없지 않은가?

　물론 황태자인 구스타프와 안면을 터두면 나중에 황궁요리사, 더 나아가서는 요리장까지 될 확률이 높아진다.

　확실한 출세의 줄을 거머쥔다고 할 수 있다.

　하지만 리네는 그래도 요리가 먼저라고 생각하고 있었다.

　'미리 준비까지 하고 온 건가?'

　전학생이니 황태자가 요리부에 있음을 알고 미리 준비해 왔을지도 모른다. 아마도 아버지가 외교 쪽의 직위를 가지고 있어 미리 발판을 마련하려고 했을 가능성도 있다.

　'정말 싫다!'

　모처럼 좋아하는 일의 재능을 살려 동생들의 격려에 부응하려고 하는데 함께 공부해야 할 동료들은 오직 잿밥에만 마음이 있는 것 같았다.

　"칫, 그럼 그렇지. 황태자 저하를 목표로 들어온 녀석이군."

　남학생 하나가 아주 낮은 소리로 이죽거렸다.

　바로 옆의 학생에게 속삭이듯이 한 말이었지만, 오감이 뛰어난 디온에게는 그 말이 선명하게 들렸다.

　'황태자?'

　생각해 보니 검술반 교실에서 마지막으로 들은 말도 비슷했다.

　'오호라! 구스가 황태자였단 말이지?'

디온은 자신이 알게 된 사실에 대해 전혀 티를 내지 않고 슬쩍 구스를 바라보았다.

시선이 마주치자 저쪽에서 씨익 웃음을 짓는다.

디온이 거리낄 것이 있을 리 없다.

황태자로서 철이 들기 전부터 세상을 발아래 깔아도 좋다는 교육을 받았다.

환하게 마주 웃어 보이고는 슬쩍 주변 분위기를 보니 대충 반응이 짐작대로다.

남들이야 어쩌든 구스타프는 디온의 옆에 찰싹 붙어서 계속 이것저것 가르쳐 달라는 태도를 취했다.

어차피 오늘은 실습 위주의 수업이라 앞에서 시범을 보인 것을 각자 해보는 시간이 많아 대화를 하기도 좋았다.

"그런데, 디온 넌 몇 살이니? 나보다 어린 것 같은데 이런 걸 잘도 하네?"

"응, 열여섯 살."

"난 열여덟 살이야. 뭐, 나이는 별로 상관없지, 친구를 사귀는 덴 말야."

구스타프는 노골적으로 친해지자는 의사를 밝혔다.

'역시 학교생활에는 친한 친구 하나쯤은 필수겠지?

디온 또한 이런 호의를 거절할 이유가 없었다.

평범한 사람이라면 주위 눈치와 구스타프의 엄청난 신분에 짓눌릴 만도 했지만 디온은 원래 평범함과는 거리가 멀었다. 따지고 보면 계급도 같다.

황태자. 그것도 같은 제국의 황태자.

"나보다 나이가 더 많은데, 친구하면 손해 아닐까? 그래도 상관없으면 난 좋아."

"하하하! 그래, 친구 하자. 마침 요리하기 힘들어서 난처했는데 친구 덕 좀 볼까?"

"나도 잘은 못하지만 얼마든지!"

이 모습을 보고 흐뭇하게 웃은 것은 오로지 던컨 한 사람뿐이었다. 그리고 특별활동 수업이 끝난 직후 아카데미 전체에 한 가지 소식이 전해졌다.

전학생이 황태자 저하와 친구를 먹었다! 감히! 감히! 감히! 메아리치는 '감히' 가 끊이지 않았다.

마르텔 일당이 이 소식을 들은 것은 너무나 당연했다.

*　　　*　　　*

디온이 아카데미의 첫날을 신선한 경험으로 채우고 있는 사이 라이번은 새로 살 집의 정리를 끝내고 있었다.

'후훗, 정말 신경 꽤나 썼군.'

어차피 총 관리는 라이번 자신이 하겠지만, 노련한 집사와 하녀장, 그리고 곳곳에 필요한 인력에 이르기까지 세심하게 신경을 쓴 것이 확연히 보였다.

거기에 외부에서 보기에는 소박하지만 안쪽은 황궁의 별채 저리 가라 할 정도로 고급스러운 취향의 가구와 장식들이 되어 있다.

수도의 저택들이란 보통 황궁에서 가까울수록 고급스럽게 마련이다. 고위 귀족일수록 황궁과 가까운 곳에 호화스러운 저택을 가지고 있다.

하지만 황궁에서 가장 가까운 부분은 오히려 하위 귀족들의 저택이 위치한다.

황궁과 맞닿는 부분에 도를 넘어 호화로운 저택을 짓기에는 아무래도 황제의 눈치가 보이는 까닭이다.

황궁 인근 지역에 사는 사람들 중 주류를 이루는 것은 황궁에 납품을 하는 상인들과 작위를 가진 기사들의 저택이다.

이 저택들은 대부분 외관이 비슷하고 그리 화려하지 않다. 이러한 저택으로 둘러싸인 황궁은 대비 효과로 인해 더욱 웅장해 보이게 된다.

사실 제국 황제는 디온 일행을 황궁의 귀빈용 별채에 묵게 하고 싶었다. 하지만 그렇게 해서는 백작의 아들이라는 신분까지 새로 마련한 디온 일행의 뜻에 어긋난다는 판단을 했다.

황제에게는 너무나 다행하게도 외관은 소박하지만 안쪽은 황실도 부럽지 않은 집이 꼭 한 채 있었다.

전전대 황제의 애인이었던 귀부인이 거하던 곳이다. 후궁으로 들여도 되었을 테지만, 그녀는 답답한 황궁 생활을 거부했고, 당시 황제는 그녀의 뜻을 존중했다고 한다.

그녀가 자손이 없이 세상을 떠난 후 이곳은 황실의 관리 하에서 비밀리에 특별한 손님들의 거처로 사용되어 왔다. 그렇기에 세심하게 관리되어 왔고, 이곳을 관리하는 하인들 역시 초특급의 전문가들이라 할 수 있었다.

라이번이 지금 만족해하며 둘러보고 있는 저택이 바로 그곳이다.

라이번은 다른 것은 모두 집사와 하인들에게 일임했지만, 디온의 짐만큼은 직접 챙겼다.

그가 옷 정리를 마치고 거실로 들어서자 그때까지 기다리고 있던 남자가 자못 정중하게 말했다.

"모쪼록 잘 부탁드립니다. 혹시 조금이라도 불편한 점이 있으시면 언제든지 말씀해 주십시오."

그 역시 제국의 중앙 귀족으로 평범한 신분은 아니었는데, 라이번이 세심하고 치밀하게 집 안을 살펴보고 짐을 푸는 동안 차렷 자세로 서서 기다려야만 했다.

"이렇게 신경을 써주시니 감사합니다. 여황 폐하께도 귀국의 협조에 대해 꼭 보고하도록 하겠습니다."

라이번은 특유의 온화한 미소를 지으며 상대가 원할 만한 말로 화답했다. 과연 그의 예측대로 상대는 안도하는 표정을 감추지도 않고 매우 기뻐했다.

"그렇게 해주신다면 저희로서는 더할 바 없이 감사하지요.

하하하!"

"아, 저는 이제 마중을 나가야 할 것 같군요."

라이번이 시간을 확인한 후 이렇게 말하자 상대는 급히 몸을 일으키며 말했다.

"아, 벌써 시간이 이렇게 되었군요. 그럼 저는 이만 가보겠습니다."

"네. 그럼 따로 배웅은 하지 않겠습니다."

손님이 돌아가자마자 라이번은 준비를 서둘렀다. 내일부터는 마차만 따로 보내도 되겠지만 오늘은 첫날인만큼 자신이 꼭 나가야 했다. 그는 서둘러 준비시킨 마차에 올랐다.

아카데미 정문에서 조금 기다리자 저 멀리 디온의 모습이 보였다.

"어? 라이번. 직접 나왔네?"

디온은 오늘 라이번이 매우 바쁘리라고 생각했기에 고개를 갸웃거렸다.

라이번은 그런 디온에게 평소처럼 미소를 지으면서 대답했다.

"아무래도 거처가 바뀌었으니 제가 모시는 게 나을 것 같아서 직접 나왔습니다."

"아, 그런가?"

디온은 마차에 올라타면서 고개를 끄덕였다.

겉보기에 소박한 마차는 문을 열고 들어서면 그 진가를 발휘한다. 최대한 넓게 만든 실내에는 쿠션은 물론이고 충격을 줄이는 마법이 사방에 걸려 있었다.

그야말로 황족이나 탈 법한 이 마차는 사비너가 이번 여행을 위해 특별히 준비해 준 것들 중 하나였다.

하지만 마차 안쪽을 보지 못한 다른 사람들은 이 마차의 진가를 알 리가 없었다. 정문에 대기하고 있던 화려한 마차에 오르던 다른 학생들 역시 마찬가지였다.

귀족의 부는 곧 그의 힘을 의미하는 것과 같다고 해도 과언이 아니다. 마차의 질 또한 그것을 대변한다고 할 수 있다.

그런 일반적인 평가 기준에서 볼 때, 디온은 소왕국에서 온 그저 그런 평범한 집안의 아들임이 틀림없었다.

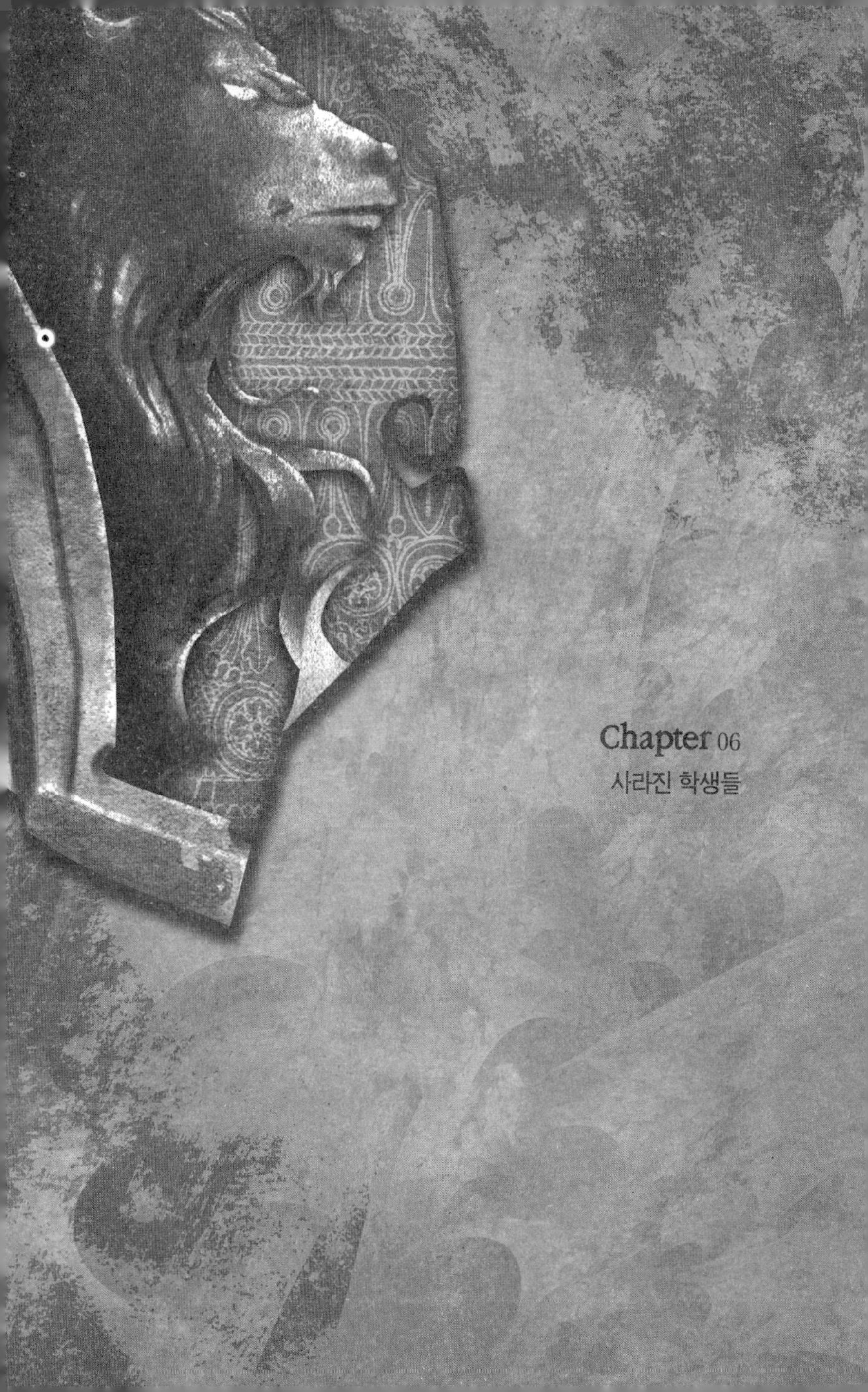
Chapter 06
사라진 학생들

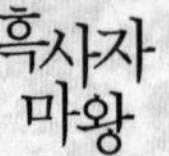
흑사자
마왕

“그 건방진 놈이 감히!”

마르텔은 이를 갈며 말을 잇지 못했다. 그토록 황태자와 안면을 터보려고 노력했는데, 전학생 따위가 주제도 모르고 실쳐 대고 있다.

“가만두면 안 되겠지?”

“그야 두말하면 잔소리지!”

늘 그렇듯이 이들 삼인방은 죽이 잘 맞았다.

한두 번 해본 솜씨가 아니다. 그들은 지금 들으라는 듯이 큰 소리로 떠들었고, 예상한 반응이 튀어나왔다.

“마르텔님, 제가 알아서 손을 쓰도록 하겠습니다.”

즉시 나선 것은 삼인방의 주변을 맴돌면서 수족처럼 일하는 이들의 선두 격인 자이몬이었다.

마르텔은 나름대로 위엄이 있는 표정으로 스윽 돌아보며 '네가?' 라는 의미를 담은 눈빛을 보냈다.

자이몬은 기다렸다는 듯 고개를 깊숙이 숙이며 말했다.

"감히 전통있는 아카데미에서 코딱지만 한 나라의 비렁뱅이 귀족이 설치는 것을 차마 볼 수 없습니다. 부디 이번 일은 제가 처리하도록 해주십시오."

"흐음……."

마르텔은 즉시 대답하지 않고 슬쩍 콧소리를 냈다.

그러라고 하려고 했지만 이렇게 하는 편이 뭔가 더 있어 보일 것 같다는 생각이 들었기 때문이다.

과연 자이몬은 즉시 그의 기대에 부응했다.

"그런 자에게 마르텔님이 신경 쓰실 리도 없겠지만, 제국의 황태자 저하의 주변에는 마르텔님처럼 고귀한 분이 계셔야 합니다. 감히 분수를 모르고 설치는 놈 따위는 제가 알아서 하도록 하겠습니다."

마치 나라를 위해 이 한 몸 바치겠다는 열혈협사와 같은 태도였다. 하지만 마르텔은 그다지 내키지 않는 표정을 지어 보였다. 그리고 마땅찮은 표정으로 입을 열었다.

"네 말대로 그런 놈에게 신경을 쓸 이유 따윈 없다. 그런데 그런 말을 내게 하는 의도가 뭐지?"

"아, 제가 실수를 했습니다."

자이몬은 다시 한 번 허리를 숙여 용서를 구하는 태도를 취했다. 방금 전까지 저 셋이 전학생에 대해 말했던 것은 전혀 알지 못한다는 표정이다.

이것은 어디까지나 자신의 판단에 의해 움직인 것이 되어야 한다. 누군가의 사주를 받았다는 식의 태도는 절대 가져선 안 된다.

'쓸 만한 놈.'

마르텔은 언제나처럼 알아서 기는 자이몬의 태도에 만족한 듯 슬며시 속으로 웃으며 스윽 고개를 돌렸다.

자칭 '제국의 미래를 짊어질 삼인방'의 대화는 다른 화제로 옮겨 한동안 이어졌다.

전학생은 아랫것들 선에서 알아서 처리될 일이다.

혹시 그 정도가 심해 학칙으로 벌한다고 해도 이들 셋과는 선혀 상관이 없는 일이 될 터였다.

*　　　　*　　　　*

'으흠, 나 맞는 거야?'

디온은 자신의 주위를 둘러싸고 서 있는 다섯 명을 슬쩍 살피면서 속으로 생각했다. 어제는 눈에도 띄지 않던 이들인데 이유도 말하지 않고 흉악한 분위기를 잡고 있다.

디온이 상황을 파악하느라 아무 말이 없자 자이몬은 이 전학생이 겁을 먹은 것이라고 단정 지었다.

이를 위해 특별히 체구가 크고 인상이 나쁜 네 명을 데려온 터다. 제국 내에 연줄이 없는 전학생이 주눅이 드는 것도 무리는 아닌 것이다.

"나오라고 해서 나오긴 했는데, 무슨 일이지?"

디온은 자못 순진한 표정으로 물어보았다.

빠악!

기다렸다는 듯이 발길질이 얼굴로 날아들었다. 뒤꿈치와 앞굽에 철판을 댄 '전문가용' 구두다.

"감히 손바닥만 한 나라의 전학생 주제에 어따 대고 반말이야?"

자이몬이 치켜 올렸던 다리를 내리면서 같잖다는 듯 외쳤다. 그것이 신호가 된 듯 다른 네 명도 움직이기 시작했다.

퍽퍽퍽!

투다다닥!

퍼버벅!

약속이나 한 듯 타격이 가능한 모든 부분을 사용한 몰매가 쏟아졌다.

기사 지망생으로 이루어진 검술반인만큼 하나같이 무시할 수 없는 힘을 담고 있었다.

뿐만 아니라 실전으로 다져진 경력이 상당한 듯 두 다리를 마치 쌍검처럼 쓰는 놈도 있었다.

두 손으로 옆 사람의 어깨를 잡고 날리는 두 발 연계기는 피나는 연습 없이는 이루기 어려운 것이다.

하지만 정작 디온은 쏟아지는 타격 속에서 얼굴을 팔로 가린 채, 이 순간 느긋하게 엉뚱한 생각을 하고 있었다.

'이놈들 이거 기사 지망생 맞아? 뭐 이리 허접해?'

디온이 아는 기사는 기본적으로 근위기사다. 그런 만큼 이들은 죽었다 깨어나도 디온의 눈에 찰 수가 없다.

'그나저나 이게 바로 왕따에게 행해진다는 바로 그 집단 폭행이구나. 책에서 읽은 거랑 똑같애. 말도 안 되는 걸로 트집을 잡은 후 무조건 팬다 이거지?'

남은 열과 성의를 다해서 패고 있는데 디온은 딴생각을 한다.

이미 마스터의 경지에 들어선 디온에게 오러도 싣지 않은 타격 따위는 아픔은커녕 생재기조차 낼 수 없었다.

오히려 몸을 둘러싼 오러를 강화한다면 반탄기로 인해 때린 상대가 충격을 받게 된다.

그러나 지금 디온은 딱 피부를 보호할 정도의 오러만으로 온몸을 감싸고 있었다.

'멍이라도 들면 교실에 들어가기 창피하겠지? 거기다 내 몸에 생체기 하나라도 나면 라이번이 바로 알아차릴 거야.'

디온은 맞으면서도 옷이나 피부에 흠집 하나 나지 않도록 신경을 썼다.

무력하게 두들겨 맞고 있는 것으로 보였지만 실상은 전혀 그렇지 않다.

동시에 날아드는 모든 뭇매를 정확하게 파악하고 자신의 몸을 두루 살필 수 있어야 이토록 맞아도 옷에 주름 하나 안 나게 할 수 있는 것이다.

그건 웬만한 고수와의 실전보다 훨씬 신경이 쓰이는 일이었다.

'이것도 수련이 될 수 있지 않을까?

디온은 그런 생각마저 했다.

그리고는 어느 순간부터 무의식의 영역으로 들어가 더욱 세밀하게 옷의 잔주름 하나하나에까지 집중을 했다.

얼마나 시간이 흘렀을까?

디온의 옷 주름에 대한 집중은 더욱 깊어져만 갔다.

그에겐 이미 시간의 흐름 따윈 의미가 없었다. 삼 박 사 일 동안 맞아도 전혀 불만이 없을 것이다.

오히려 상대에게 그런 끈기와 체력이 있다면 크게 칭찬했을지도 모른다.

하지만 그들은 디온의 바람에 부응하기엔 너무나도 나약했다.

팍! 팍!

탁! 타닥!

어느 순간부터 디온에게 쏟아지는 타격의 양이 급격히 줄기 시작했다. 뿐만 아니라 강도 또한 현저하게 약해졌다.

'잉? 벌써 지친 거야? 허이구, 기사 지망생이라더니 기본적인 몸놀림은 물론이고 체력까지 형편없잖아?'

형편없는 수련 도우미들이다.

무아의 경지에서 깨어난 디온은 은근히 기분이 상했다.

모처럼 옛날 수련하던 기분이 되었는데, 너무나도 짧게 끝나 버렸다.

겨우 두 시간이라니!

탁!

"헉헉헉!"

퍽!

"헉헉헉헉헉……!"

어느 순간부터 맞아서 나는 소리보다 지쳐서 내는 숨소리가 더 크게 들리기 시작했다.

"헉헉헉! 이 정도면… 헉… 저놈도… 헉… 알아… 헉… 들었겠지? 헉헉헉!"

리더 격인 자이몬은 지금 더 이상 주먹질을 할 힘도 없었다. 기초 체력 시간 끝에나 겪어봤던 느낌이 온몸을 휘감고 있었다.

입안에서는 단내가 풍길 지경이었다.

"헉헉… 뭐… 헉헉… 이 정도면… 헉헉헉……!"

그나마 제일 실력이 좋은 자이몬이 그 지경일진대, 다른 사람이라고 멀쩡할 리 없다.

평소처럼 자이몬의 말에 맞장구를 치고 있었지만 말조차 끝맺을 힘이 없었다.

서로 눈치를 보며 안간힘을 쓰고 있던 다섯은 이제 한 발씩 물러서서 숨을 가다듬기 시작했다.

바로 그때, 얼굴을 가렸던 팔을 내린 디온의 입이 열렸다.

"뭘 알아들었다는 거지?"

"헉헉헉… 저, 저… 헉헉헉헉……!"

"헉헉헉! 저럴 수가!"

다섯 명이 힘이 다할 때까지 때렸건만 정작 디온의 얼굴은 너무나 멀쩡했다. 곱상하게 생긴 얼굴 어디에도 맞았다는 흔적 하나 보이지 않는 것이다.

"이제 다 때렸니? 에고, 가만히 맞느라고 좀 지겨웠다."

"흐으으으으."

자이몬 일당의 목구멍에서 유령들의 묘지에서 일어나는 소리가 자연스럽게 나왔다. 그들은 너무 놀라고 지쳐 신음 소리조차 제대로 낼 수 없었다.

디온은 다시 말했다.

"이젠 내가 때릴게."

싸아아아아!

하얀 얼굴에 살포시 미소를 띠며 말하건만 정작 디온을 둘러싼 다섯 명은 저마다 등골이 오싹해지면서 자신도 모르게 한 발 뒤로 물러섰다.

그러거나 말거나 디온의 태도에는 전혀 변화가 없었다. 모르는 이가 보면 순진해 보일 듯한 미소 또한 흔들림이 없다.

그 입에서 나오는 말은 전혀 달랐다.

"음, 키다리가 969대, 옆의 여드름이 495대, 곱슬이는 397대, 안짱다리는 762대, 그리고 점돌이는 258대였지?"

자기소개조차 제대로 하지 않았기에 디온은 각자의 특징을 잡아 이렇게 친절하게 말해주었다.

"헉, 그걸 다 세고 있었다니?"

누군가 비명처럼 소리치자, 자이몬은 애써 불안감을 억누르며 다시 앞으로 나섰다.

"그, 그래서 어쩔 셈이냐?"

자이몬의 말에 용기를 얻은 점돌이와 곱슬이가 각자 한마디씩 했다.

"그, 그래, 우리는 다섯 명이나 된다구."

"우릴 때리면 아카데미에서 쫓겨나게 될걸?"

하지만 일단 마음을 결정한 디온은 후일을 생각하려 들지 않았다.

"마지막 말이 가장 현실적이군. 하지만! 일단 딱 맞은 만큼만 돌려주면 정당방위인 셈이지, 뭐!"

거기에 아무리 디온이 세상물정을 모른다지만 자신을 뒤

로 불러낸 이 다섯의 처지가 떳떳하지 못하다는 건 잘 알고 있었다.

이러저러한 일을 떠나서 맞고 가만히 있는 것은 디온의 성격상 있을 수 없는 일이다.

이런 일에 자비란 있을 수 없다.

"자, 그럼 시작할까?"

상대가 뭐라 하든 나름의 생각을 마친 디온의 손발이 어지럽게 움직이기 시작했다.

바바바바바바박!

다다다닥! 뻑!

우당탕! 퍼퍼퍼퍼퍽!

시간이 없다.

디온의 손은 상대보다 다섯 배는 빠르게 움직였다. 그래야 같은 시간에 계산을 끝낼 수 있다.

"꾸에에에엑!"

"맞을 때에는 이를 악물고 버티는 거야. 그래야 조금이라도 더 버티고 맞을 수 있어!"

디온은 친절하게 조언을 해주면서 계속 팼다. 머릿속으로는 쉬지 않고 정확하게 숫자를 세면서.

디온을 가장 많이 때린 것은 역시 자이몬이다. 그래서 가장 많이 맞았다.

물론 다른 네 명의 사정도 별다르지 않았다. 구백 대와 이

백 대는 숫자상의 차이는 있어도 실제로 맞아보면 다 비슷하다.

가끔씩 틈이 난 듯하여 도망을 시도하는 경우도 있었지만 여지없이 날아오는 주먹질이나 발길질에 중앙 쪽으로 몸을 던지게 되곤 했다.

그렇게 맞으면서도 얼굴에는 아무도 상처 하나 없었고, 뼈가 부러진 사람도 없었다.

그저 아주 아프게 두들겨 맞았을 뿐이다.

'전문가다! 이놈은 전문가다!'

그들은 하나같이 느꼈다. 뼛속까지 울리는 짜릿한 감각은 기절조차 허용하지 않았다.

맞다 보니 온갖 생각이 다 떠올랐다.

처음엔 어떻게라도 반격을 해보려 했으나 소용이 없었다.

체념을 하니 오히려 편해졌다. 그냥 고통을 즐기기만 하면 되는 것이다.

한 시간이 지났다.

그들은 억울함을 느꼈다.

'우린 이렇게 내내 세게 때리진 않았단 말이다!'

처음에야 기세 좋게 때렸지만 나중엔 지쳐서 그저 툭툭 건드리는 정도였다. 하지만 엄청난 체력을 가진 디온은 알뜰살뜰하게 마지막 한 주먹까지 매섭게 뻗어냈다.

다섯 명이 한 명을 때린 시간보다 디온이 다섯 명에게 그만큼을 되갚아주는 시간이 훨씬 짧게 걸렸다.

"969! 끝."

디온은 마지막으로 자이몬의 엉덩이를 발로 차 허공에서 한 바퀴 회전시키는 것으로 마무리를 지었다.

놀랍게도 그렇게 맞은 자이몬 일행은 한 명도 죽지 않고 살아 있었다. 마스터만이 할 수 있는 예술적인 구타였다.

"자아, 끝났다. 사이좋게 주먹을 주고받았으니 앞으로는 잘 지내보자."

주먹다툼 끝에 우정이 쌓인다는 말이라도 하려는 것처럼 디온은 다시 상냥하게 미소 지으며 말했다.

그리고 자이몬을 따라 나올 때와 전혀 다르지 않은 초연한 태도로 자리를 떠났다.

'확실히 마스터가 된 후 자제력이 늘었어. 딱 목표한 것만큼 때릴 수 있으니 앞으로는 조심할 필요가 별로 없겠구나!'

디온은 수련의 성과가 있었음에 대해 나름대로 만족하고 있었다. 핏줄은 속일 수 없는 것인지 그는 이러한 면에서 가차없는 성격을 가지고 있다.

여태까지는 투기가 솟아나도 누군가를 크게 다치게 할 것만 같아 나름대로 자제를 해온 터였다.

하지만 마스터의 경지에 이르러 어느 정도 자유로운 제어가 가능해졌다. 마스터가 좋기는 좋다.

'고로 앞으로는 내 성질대로 해도 된다는 거지!'

디온은 흐뭇하게 웃으면서 실험 상대가 되어준 다섯에게
속으로 사의를 표했다.

*   *   *

"뭐라고? 그걸 막지 않았다는 말이냐?"

드라켄 제국이 제국인 이유는 바로 그럴 만한 힘이 있기 때
문이다.

또한 대대로 드래곤의 총애를 받는 달칸 4세의 권력은 신
성제국의 오덤 6세와 함께 대륙에서 가장 크다고 할 수 있다.

그런 그가 지금 극도로 흥분하고 분노에 차 소리를 지르고
있다.

드래곤의 피어 능력을 어느 정도 흉내 낼 수 있는 달칸 4세
의 분노는 곧 엄청난 기파를 형성하며 상대를 압박했다.

"크윽, 그, 그것이……."

기사단의 최고 실력자인 베컴 경은 전신을 억누르는 압박
에 말까지 더듬었다.

기사로서의 능력이 최상급인 그였지만, 오히려 그것이 이
럴 때는 반대로 작용한다. 감각이 민감하니 자극 또한 강하
다.

달칸 4세는 베컴의 반응에 즉시 마음을 진정시켰다. 일단
일이 터진 것이니 사후 처리를 논의해야 한다.

"짐이 좀 지나쳤군. 자세히 말해보게."

"알려진 바로 암흑태자의 능력이 너무 대단하여 바로 주변에 사람을 배치하는 것은 무리였습니다."

"그렇지. 오히려 감시받고 있다고 생각되면 불쾌해할 수 있으니까."

이 점에 대해서는 달칸 4세도 동의했던 바다.

"그래서 지금 그의 주변을 관찰하고 있는 자들은 모두 평범한 자들입니다. 사실 그들의 실력으로는 기사 지망생들을 당해내지 못합니다."

"그래도 누군가를 데려다가 중지시켰어야지. 하다못해 선생이라도 끌고 왔으면 될 일 아닌가?"

"그것이, 아카데미 내부의 일꾼으로 위장하다 보니 각자 위치가 있어 늦게 알게 되었다고 합니다. 더군다나 실제로 확인했을 때는 누군가를 데려오면 안 될 상황이었다고 하더군요."

구타를 하기 위해 간 장소인만큼 아카데미에서도 구석지고 은밀한 곳일 수밖에 없었다. 거기에 뒤늦게 도착하고 나니 이미 맞는 사람과 때리는 사람이 바뀌는 상황이었던 것이다.

"으음, 이런 일이 생기다니……. 그토록 엄정한 규정이 있건만……."

달칸 4세는 심각한 표정으로 인상을 찡그렸다.

인재를 양성하는 기관인만큼 아카데미 내부에는 기존 귀

족들의 입김이 작용하지 않도록 하는 것이 황실의 방침이다.

즉, 신분의 상하에 관계없이 평등한 학생으로서 생활하여 최대한의 능력자를 길러내려는 것이다.

사실 현재 제국의 황제와 아카데미에서 직접 수학 중인 구스타프조차도 그렇게 믿고 있다.

학생들 간의 알력은 어디까지나 백작 이하의 귀족들 자녀 사이에서만 일어난다. 최고위 귀족과 황족의 앞에서는 그 누구도 티를 내지 않는 것이 일반적이다.

따라서 디온에 대한 진실을 알고 있는 이들은 황실 아카데미의 실정에 대해서만큼은 아주 순진한 생각을 가지고 있었던 것이다.

그리고 달칸 4세의 생각 또한 거기서 벗어나지 못했다. 그런 만큼 그가 내린 결론은 엉뚱했다.

"당장 그 주동자를 은밀히 잡아들이도록 하게."

"이미 조치를 취해놨습니다."

"으음, 잘했네. 감히 이 물질계의 멸망을 획책하다니, 아무래도 마족의 *끄나풀*이 아닌가 의심되는군."

"저도 그렇게 판단했습니다."

사건이 터지면 누군가는 책임을 져야 한다.

그날 이후 자이몬과 그와 함께했던 네 명의 학생은 종적을 감추었다. 각자 가문에서 자퇴서를 인편에 제출했기에 아카데미 측에서는 별 의심 없이 이를 받아들였다.

함께 자퇴서를 낸 다섯이 평소에 친했다는 점과 학업 성적
이 그다지 뛰어나지 않았다는 점에서 대충 이유가 유추되었
다.

국내의 아카데미에서 두각을 드러내지 못하는 경우 외국
으로 유학을 보내는 것은 넉넉한 집안에서 흔히 행해지는 일
이었기 때문이다.

*　　　*　　　*

"뭣이? 그놈들이 벌써 없어졌다고?"

"네."

"으윽! 무언가 눈치를 채고 일찌감치 사라졌단 말인가?"

"그것은 아닌 듯합니다. 아무래도 저쪽에서 선수를 치신
듯합니다만……."

"환영기사단이 움직였다는 건가?"

"그럴 확률이 높습니다."

"이런, 우리가 한발 늦었군!"

구스타프는 한탄했다. 제국의 후계자로서 이 제국을 말아
먹을 짓을 한 놈들을 호되게 심문할 생각이었건만 선수를 빼
앗겼다. 빼앗은 쪽이 부친인 황제이니 할 말은 없다.

"아버님도 참, 그냥 나한테 맡기시지."

"죄송합니다."

"아니, 괜찮네. 내가 직접 하지 못한 것은 아쉽지만 환영기사단의 심사원이라면 배후에 어떤 놈이 있는지 충분히 알아내어 대신 벌을 주겠지."

작은 공을 세울 기회를 놓쳤지만, 물질계의 운명이 걸린 일에 그 정도로 연연할 일은 아니다.

구스타프는 이러한 점을 잘 알고 이해할 정도의 심성을 갖춘 인물이었다.

"내가 이곳에 있는데도 이런 일을 획책하는 것을 보면 아무래도 마족의 끄나풀들이 활동하기 시작한 것 같네. 분명 한 번으로 끝나진 않을 텐데 걱정이군."

"송구합니다. 같은 일이 재발하지 않도록 전력을 다하겠습니다."

"음, 그래. 상상할 수 없었던 일이라 대처가 좀 늦었지만 자네들 실력은 내가 믿고 있으니 부탁하네."

"넵. 최선을 다하겠습니다."

새도우 이글이라 불리는 사내는 얼굴을 굳히며 다짐하듯 말했다. 제국에서 드러나지 않은 전력 중 최고수에 속하는 그의 말에는 무게가 있다.

황실이 운영하는 3대 비밀기사단의 하나인 독수리기사단의 단장에게 내려지는 호칭이 새도우 이글인 것이다.

새도우 이글은 자신들의 라이벌인 환영기사단에게 선수를 빼앗긴 것이 분했다. 정식으로 암흑태자의 신변 경호를 맡은 조직은 자신들이 아닌가.

'다음에 무슨 일이 있으면 그땐 꼭 우리가.'

황실 3대 기사단 간의 알력이 묘한 경쟁심을 불러일으켰다. 새도우 이글의 눈이 결의로 불타올랐다.

*　　*　　*

"쯧쯧, 쓸데없는 짓을 했군."

라이번은 제국 황실에서 보내온 장문의 해명서를 읽고 황당하다는 표정으로 말했다.

"등잔 밑이 어둡다더니, 정말 뭘 몰라도 한참 모르고 있단 말이지."

있지도 않을 것이 뻔한 사건의 배후를 캐어봐야 나올 것은 없다.

디온에게서 아카데미의 분위기를 전해 들은 라이번은 이번 일이 그저 단순한 질투에서 나온 것임을 선명하게 알고 있었다.

다만 아카데미의 실상을 너무나 모르는 제국 사람들의 과도한 반응이 딱할 따름이다.

정작 당사자인 디온은 태평하기 짝이 없었다.

오히려 자신에게 보이는 과한 호감에 눌려 있다가 해방된 듯한 반응이었다.

"적의나 미움에 대해 디온님은 백지나 마찬가지. 이런 사소한 일로 단면들을 알아가는 게 오히려 다행이라 할 수 있지."

라이번은 생각을 정리하면서 소리 내어 말했다. 아카데미에서 생긴 일들은 실제로 유치한 감정으로 인한 사소한 적의일 뿐이다.

디온 본인이 전혀 위협을 느끼지 못하며 오히려 재미있다고 받아들이고 있으니 천만다행이다.

라이번은 곧 답신을 써서 보냈다. 이 일을 더 이상 확대하지 말고 관여도 하지 말라는 내용이었다.

*　　*　　*

"다들 안녕?"

디온은 환하게 웃으면서 인사를 했다.

어차피 반응은 없을 테지만, 교실에 들어서면서 반 친구들에게 인사를 하는 건 당연한 것이라고 그는 생각하고 있었다.

분위기 파악 못하는 밝은 미소는 필수다.

'소설책에 보면 다 이렇게 하더라고.'

디온은 스스로의 행동에 이렇게 정당성을 부여하면서 자신의 자리로 가서 앉았다. 물론 예상대로 그의 인사에 대답하는 사람은 단 한 명도 없었다.

‘이런이런, 오늘은 또 분위기가 다르네?’

사방에서 흘깃거리는 시선이 느껴진다. 그도 그럴 것이, 다들 자이몬 패거리에게 불려 나가는 모습을 어제 목격했던 것이다.

결석, 운이 좋아 등교한다고 해도 엉망이 된 모습일 것으로 예상했는데, 정작 너무나 멀쩡한 모습으로 나타나니 놀라지 않을 수 없었다.

혹시 얼굴을 피해 때렸다고 짐작할 수도 있겠지만 디온의 몸놀림에는 거북해 보이는 구석이 하나도 없다. 골병이 든 자는 저렇게 태연할 수 없다.

무엇보다 집단 폭행을 당한 후의 특유의 겁먹은 반응이 전혀 나타나질 않는다.

누구보다 궁금한 사람은 당연히 마르텔을 비롯한 삼인방이었다.

자이몬이 등교하면 불러서 조사를 하려고 했지만, 정작 그 몇 명의 자리가 비어 있는 상태에서 선생인 제이슨이 들어왔다.

‘도대체 어떻게 된 거지?’

수업하는 내내 마르텔은 초조한 눈빛으로 비어 있는 자이몬의 자리와 디온 쪽을 번갈아 흘깃거렸다. 그러다 보니 고개를 든 디온과 시선이 딱 마주쳤다.

디온은 마르텔과 시선이 마주치자 환하게 빙긋 웃어 보였다.

‘뭐야? 지금 날 떠보는 건가?’

마르텔은 답답해 오는 마음을 억누르며 침착해지려고 애를 썼다.

첫 시간 수업이 끝난 후 비슷한 심정의 세 명은 평소와는 달리 사람이 없는 장소를 찾아 의논을 시작했다.

"도대체 어떻게 된 일이야?"

"아무래도 일을 벌이기 전에 들킨 거 아닐까?"

이는 셋 모두가 의심하던 상황이다.

아무리 중앙 귀족의 자식이라고 해도 학칙을 위반할 경우 발을 빼는 방법은 없다. 드러난 사실에 대해서는 확실하게 처벌하는 것이 아카데미의 운영 수칙이다.

"만약에 그놈들이 다 불었으면 어떻게 하지?"

"아악! 안 돼! 아카데미에서 처벌받으면 꼬리표가 생긴다구!"

황실 아카데미는 귀족의 자질을 입증하는 공간이기도 하다.

공식적인 처벌을 받을 경우 무엇보다 황실의 후계자인 황태자의 눈 밖에 날 수 있다.

황족이나 최고위층 귀족 가문의 자제와 함께 수학을 한다는 것은 인맥을 쌓을 수 있다는 기회 외에 이러한 위험도 내포한다.

"조용히 해봐. 잘 들어. 자이몬 그놈이 뭘 불 게 있다는 거지? 난 그놈한테 뭘 시킨 일이 없어. 너희들도 다 봤잖아?"

가장 먼저 생각을 정리한 마르텔이 친구들을 진정시킨 후 시치미를 떼며 말했다. 그의 말을 들은 나머지 둘의 표정이 순식간이 밝아졌다.

"맞아. 우리가 전학생을 탐탁지 않게 여긴 건 사실이지만, 우린 아무 짓도 안 했다고."

"그래. 사람이 살다 보면 마음에 드는 사람도 있고 그렇지 않은 경우도 있지. 감정까지 어쩌란 법은 없으니까 말야."

마르텔은 즉각 자신의 말에 맞장구를 치는 둘을 바라보며 회심의 미소를 떠올렸다.

혹시나 이럴 경우를 대비해 자신은 확실하게 빠져나갈 틈을 마련해 두었다.

"바로 그거야. 내가 전에 자이몬에게도 말했잖아? 그런 전학생에게 신경도 쓰고 싶지 않다고 말야. 너희도 다 들었지?"

"그럼, 그럼!"

"맞아. 우리도 그때 동의했잖아."

"그럼 된 거야. 누가 뭐래도 우리는 떳떳해. 이 점을 잊지 말자구."

마르텔은 최종 판결을 하듯이 확신을 담아 힘주어 말했다.

정작 말은 이렇게 하지만 셋 모두 생각하는 것은 비슷했다. 적어도 한동안은 전학생의 모습이 눈에 거슬리더라도 좀 참아야겠다는 것이다.

이런 생각은 자이몬 등이 자퇴한 것으로 알려지면서 더더욱 굳어졌다. 분명 추측한 대로 전학생을 혼내주려는 장면을 아카데미 쪽 사람에게 들킨 것이 분명했다.

"쯧쯧, 요령도, 능력도 모두 없는 놈이었군."

실제로는 이 일을 사주한 것이나 다름없는 마르텔은 그들에게 동정심 따위는 느끼지 않았다. 그저 제 분수를 알아 귀찮은 일을 만들지 않아 다행이라고 생각했을 뿐이다.

어쨌거나 그들은 더 이상 경거망동하지 않았다.

나름대로 승부사의 기질을 가지고 있기에 첫 한 수가 어긋나자 이번에는 신중하게 치밀하고 치명적인 방법을 써야 한다고 느꼈다.

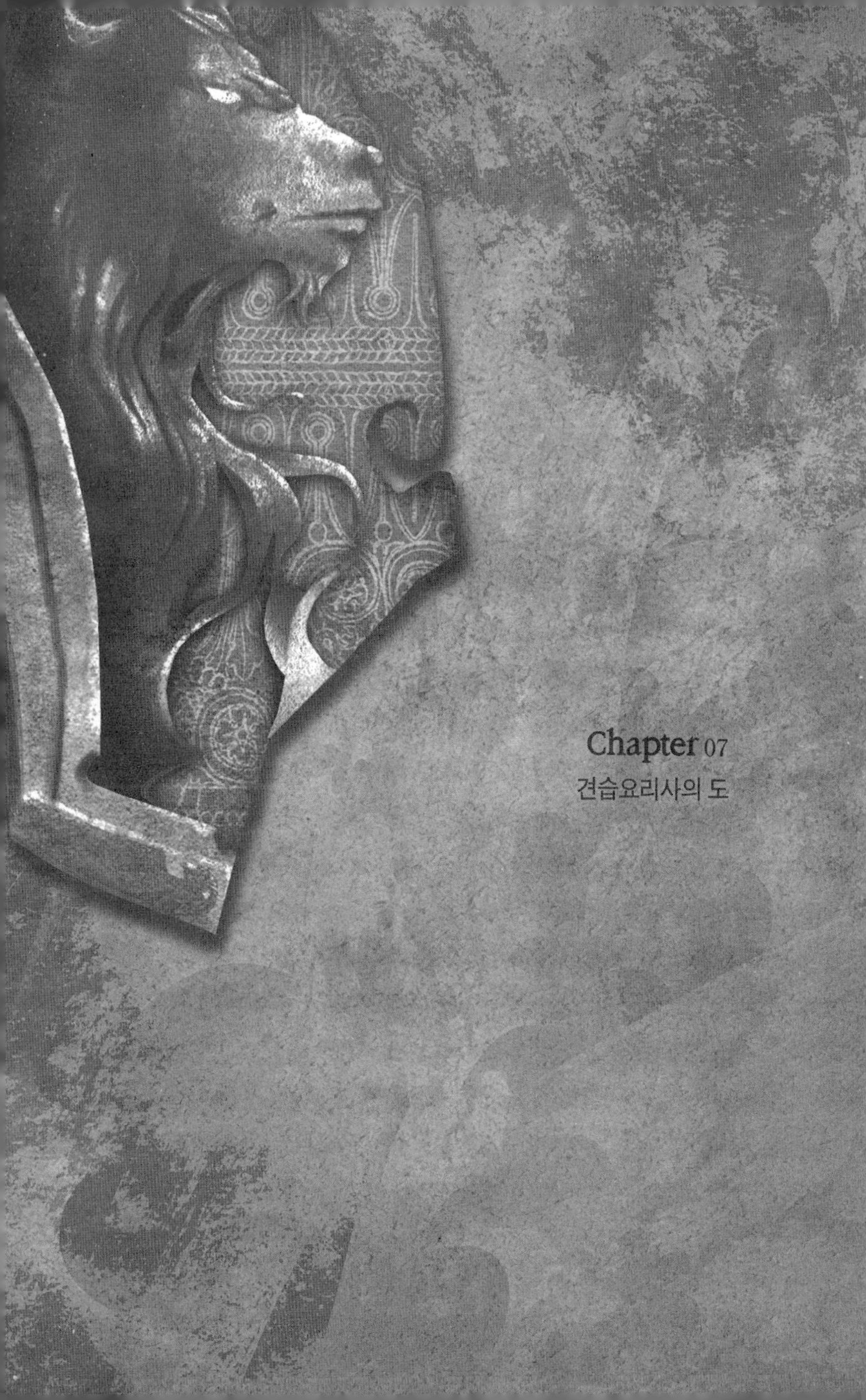
Chapter 07
견습요리사의 도

흑사자
마왕

'후우, 내가 정말 잘못 생각한 걸까?

던컨은 터져 나오는 한숨을 삼키면서 실습실 안을 난감한 눈빛으로 돌아보았다.

요리부가 정식으로 활동을 시작한 지도 벌써 한 달이 지나고 있다. 하지만 아직도 기본적인 재료 다듬기나 고르기조차 제대로 하는 학생이 몇 없었다.

아직도 칼 잡는 모양조차 서툰 학생이 대부분. 요리의 길에 자부심을 가지고 있는 던컨이 보기에 재능은 고사하고 노력할 의지도 없는 이들이 많았다.

'이렇게 해서는 아무 의미가 없다!'

그를 요리의 철인으로 불리게 한 강렬한 의지가 치솟았다.

한 달, 그 시간 동안 아무 이의도 제기하지 않고 수업을 이끌어왔다.

하지만,

'이젠 끝이다!'

수업을 끝내고 실습실을 나서는 던컨의 눈빛이 활활 타오르고 있었다.

"말도 안 돼!"

"학칙에는……."

생각했던 대로 여기저기서 항의의 음성이 튀어나왔다. 하지만 던컨은 여유로운 미소를 지으며 그들의 반박을 여지없이 잘라 버렸다.

"이는 이미 학장님의 재가를 얻은 사항입니다. 다른 특별 활동부와 달리 요리부는 전문적인 요리사로 가고자 하는 분들을 도와주기 위한 공간입니다. 아니, 취미로 요리를 하는 것이라 해도 저는 상관이 없습니다. 다만 진지하게 노력하지 않는 자를 가르칠 생각은 없습니다."

결국 극단의 조치가 내려졌다. 던컨이 오늘 공지한 내용을 요약하면 다음과 같다.

앞으로 남은 학기 동안 중간 중간에 테스트, 그리고 최종 테스트까지 진행한다. 이 과정에서 소기의 성과를 내지 못한 학생은 다음 학기에 요리부 부원으로 남을 수 없다.

또한 던컨이 내주는 과제를 세 번 이상 안 해오거나 그에 준하는 경우에도 요리부에서 강제 탈퇴시킨다.

특별활동부에 시험에 의한 낙제와 수행평가까지 생긴 셈이다.

편안히 묻어가는 출세의 길에 갑자기 비상이 걸렸다. 그저 사람 좋아 보이고 만만하던 던컨이 하루아침에 완전히 바뀌어 버린 것이다.

"자, 오늘의 과제는 기본 썰기입니다."

던컨은 준비한 오이를 자신의 도마 위에 올려놓고 칼을 들었다.

타타타타타타타타타타타타타타타타타탁.

눈에 보이지 않을 정도로 빠른 칼질이 경쾌한 소리와 함께 시작되었다가 순식간에 끝나 버렸다.

디온도 감탄하는 칼솜씨였다.

던컨은 그중의 한 조각을 집어 든 후 입을 열었다.

"두께는 3㎜, 약간의 오차는 허용하지만 4㎜를 넘거나 2㎜ 아래는 불합격입니다. 재료는 필요한 만큼 얼마든지 가지고 가셔도 좋습니다. 오늘은 처음이니 개수는 조각 300개로 하겠습니다."

오차를 허용한다고 했지만, 실제로 던컨이 썰어놓은 오이의 두께는 자로 잰 듯 일정했다.

던컨은 학생들 모두가 견본을 볼 수 있도록 실습실 안을 한 바퀴 돌아 실물을 확인시켰다.

상황을 지켜보던 구스타프는 속으로 쾌재를 불렀다. 그는 던컨이 실습실을 나가자마자 급히 디온의 옆으로 갔다. 어떻게든 디온과 조금이라도 더 친분을 쌓아야 하는 구스타프에게 숙제는 좋은 핑계였다.

다음날, 던컨이 학생들의 과제를 확인했다.

그가 예상한 대로 과제를 하지 않은 학생은 단 한 명도 없었다. 그날도 던컨은 다른 종류의 썰기 과제를 내주었다.

그렇게 일주일 동안을 던컨은 다양한 과제물을 내주고 결과를 점검했다. 대부분이 썰기였지만 두 번 정도는 요리 재료를 다듬어 오는 것도 있었다.

"과제 해왔냐?"

"크크크, 내가 누구냐? 우리 집 주방장이 칼질 하나는 기가 막히잖아."

"어휴, 넌 좋겠다. 난 기숙사에 있잖아. 매일 아카데미 밖으로 나가야 하니 죽을 맛이라고."

"아무튼 네 잔머리는 알아줘야 해. 어떻게 그걸 음식점에 맡길 생각을 다 했냐?"

"푸하하핫! 평민들이야 알아서 기는 것들 아니냐?"

조리실 구석에서 키득대면서 잡담을 하던 귀족 몇 명이 황급히 입을 다물고 진지한 표정을 지었다.

구스와 디온이 들어오고 있었기 때문이다.

아마도 황태자의 과제는 저 디온이라는 녀석이 대신 해주고 있는 듯했다. 던컨이 과제를 내주기 시작한 후 둘은 함께 하교를 하고 있었던 것이다.

학생들 중 과제를 스스로의 힘으로 해결하고 있는 것은 정말 소수였다. 이는 주로 지방 하급 귀족의 자녀로 대신 시킬 만한 사람이 없어 억지로 하는 경우라 할 수 있었다.

이날도 던컨은 전날 내준 과제부터 확인했다.

"음, 모두 이제 어느 정도 기본적인 준비를 할 수 있게 된 것 같군요. 그럼 오늘은 첫 번째 테스트를 실시하도록 하겠습니다."

갑작스러운 선언을 한 던컨은 각 학생들 앞에 이름이 쓰인 무언가를 가져다가 나누어 주었다.

"자, 지금 나눠 드린 것은 여러분이 그간 제출한 과제의 견본입니다. 공평한 테스트를 위해 기준은 그것으로 하도록 하겠습니다."

반 이상의 학생들의 얼굴이 하얗게 질리는 것을 보며 던컨은 속으로 웃었다.

'이런 걸 보고 자승자박이라고 하지.'

테스트는 나름대로 합리적이었다.

지난 일주일간 내주었던 과제의 내용을 여기서 직접 실습

한 후 결과물을 내는 것이다. 물론 시간을 고려하여 양을 줄였지만 문제는 그 질에 있다.

먼저 제출한 과제물의 견본이 바로 눈앞에 있는 만큼 그보다 낮은 결과물은 받지 않겠다는 것이 던컨의 요지였다.

"크아아아! 망했다!"

"허억! 이럴 수가!"

과제물을 제 손으로 하지 않은 학생들의 얼굴에는 황당함에 이어 반발심까지 떠올랐다.

하지만 그들 중 누구도 이의를 제기하지 못했다. 구스타프의 눈이 무서웠기 때문이다.

그러면서도 일부는 속으로 생각했다.

'황태자 저하께서 이걸 직접 하셨을 리는 없지. 분명히 알아서 무마가 될 거야.'

이심전심. 대충 오가는 눈빛으로 의견을 교환한 무리의 시선이 한 곳으로 모아졌다. 그리고 다음 순간 그들은 절망해야만 했다.

탁탁탁탁탁.

구스타프는 이미 첫날의 과제였던 오이를 들고 안정된 손놀림으로 썰고 있었다. 옆 자리의 디온처럼 빠른 속도는 아니었지만 결과물만은 확실했다.

한편 늘 실습실에 남아 과제를 해결해야 했던 하급 귀족 몇 명은 속으로 쾌재를 부르고 있었다.

‘짜식들, 꼴좋다.’

‘우리보고 잘난 척하더니!’

그들의 중심에는 리네가 있었다.

과제를 할 장소가 따로 없던 리네는 늘 실습실에 남아서 해 왔다. 그러다 보니 같은 처지의 학생들은 모두 리네의 도움을 받았던 것이다.

‘서, 설마!’

‘저놈이 해준 게 아니란 말야?’

구스타프의 행동을 본 학생들은 기가 막혀 입이 딱 벌어졌다.

“뭣들 해? 시간없어. 얼른 시작하자.”

리네는 구스타프에게서 시선을 떼지 못하는 몇 명에게 주의를 주었다. 하지만 그녀도 방금 확인한 사실에 속으로 경악하고 있었다.

‘내가 잘못 본 건지도…….’

분명 디온이 황태자의 과제물을 대신 해주고 있을 것이라 생각해 왔다. 그런데 지금 보니 디온은 자신이 한 것처럼 구스타프에게 방법을 알려주고 연습하도록 도와준 것 같다.

‘아부를 한 게 아니란 말이지.’

과제물을 대신 해주는 것이 훨씬 쉬운 일이다. 덩달아 그간의 디온과 구스타프의 행동이 다시 한 번 머릿속에 떠올랐다.

‘이런, 내가 잘못 생각했나 봐!’

선입관을 버리고 상황을 떠올려 보니 디온이 구스타프에게 아부를 하는 듯한 태도는 어디에서도 찾을 수가 없었다.

'바보같이, 내가 섣부른 판단으로 오해를 했구나.'

생각해 보니 요리부에 들어온 후 디온의 태도는 한결같았다. 다들 무시하는데도 실습실에 들어서면서는 늘 환하게 웃으면서 인사를 해왔다.

황태자와 스스럼없는 사이가 된 것이 분명한데도 어디 한 구석 그를 믿고 오만해진 부분이 없었다.

리네는 새삼스러운 마음으로 디온 쪽을 살짝 훔쳐보았다.

여태까지 본 실력으로 그다지 어렵지 않은 일이 분명한데, 너무나 진지한 표정이다.

'나중에 기회가 있겠지.'

잘못을 알았으면 바로잡으면 된다.

비록 생각 속에서 한 오해이지만 잘못은 분명 잘못이다. 기회가 있을 때 따로 용서를 구할 수 있을 것이라 생각했다.

찝찝한 마음을 정리한 리네는 자신의 눈앞의 재료들로 시선을 돌렸다. 곧 그녀의 시선은 디온의 그것과 닮아갔다.

타타타타탁!

'흠, 이제 끝난 건가?'

디온은 잘 정리되어 가지런히 그릇에 담긴 결과물들을 눈으로 다시 한 번 점검해 보았다. 별다른 이상이 없다는 점이 확인된 후 그는 던컨 앞으로 그것들을 가지고 갔다.

부원들 중 가장 처음이었다.

"다 끝낸 건가?"

"네."

던컨은 무표정하게 디온이 내민 재료들을 훑어보았다. 그리고 한순간 그의 얼굴에 놀란 빛이 감돌다가 사라졌다. 다시 디온을 본 던컨은 살짝 고개를 끄덕여 보이며 말했다.

"합격이네. 과제물보다 더 좋아졌군."

"감사합니다."

디온은 환하게 웃으면서 인사를 했다.

다른 이들은 몰라도 던컨이라면 알아줄 것이라고 생각했다. 그리고 그 예상은 틀리지 않았다. 그동안 과제물로 제출했던 것과 지금 낸 결과물 사이에는 분명 약간의 차이가 있었다.

"저도 다 했습니다."

모두가 예상했던 내로 두 번째로 나선 것은 리네였다. 던긴은 그녀가 준비한 재료를 보고 다시 고개를 끄덕였다.

"자네도 합격이네."

리네에게는 디온에게 했던 말에서 한 가지가 빠졌다.

그것은 리네 자신도 잘 알고 있었다. 과제물로 제출한 것과 그녀가 지금 낸 것은 별 차이가 없다.

리네는 자신의 결과물을 탁지 위에 올려놓으면서 디온이 낸 것들을 차분하게 관찰해 보았다.

‘흠, 역시 뛰어난 아이인만큼 신경이 쓰이겠지.’

던컨은 디온이 낸 결과물을 세심하게 살펴보는 리네의 태도를 속으로 만족해하며 모른 척했다.

‘이런!’

리네는 사실 디온이 발전했다는 이야기에 속으로 우월감을 가지고 있었다. 그녀의 생각에 자신의 결과물은 던컨이 제시한 기준에서 한 치도 모자라지 않았다.

만약 디온이 발전했다면 그건 이전에 냈던 과제물이 지금보다 못했기 때문이다. 따라서 디온의 본 실력은 자신에게 뒤진다고 얼핏 생각한 것이다.

하지만 그런 추측은 디온의 과제물을 보는 순간 확 뒤집혔다.

예전에 냈던 과제물을 보니 디온의 것은 자신이 낸 것과 거의 똑같았다. 누가 보더라도 최상급으로 손질이 된 재료라 할 수 있었다.

그렇다면 지금 디온이 낸 것에는 무언가 다른 발전이 있었다는 말이다.

오늘 디온이 낸 결과물로 다시 시선을 돌린 리네는 꼼꼼하게 살피기 시작했다.

‘색이!’

채소와 과일 중 손질을 하고 난 후 갈변하는 것들이 있게 마련이다.

리네가 지금 제출한 결과물도 막 그 증상이 시작되고 있었다.

그런데 디온이 낸 것들은 달랐다.

마치 지금 막 깎아 잘라낸 것처럼 색이 전혀 변할 기미가 보이지 않았다.

리네는 얼른 디온의 테이블 쪽을 살폈다. 그리고 다음 순간 자신의 패배를 인정했다.

'소금과 설탕이 모두 있어!'

리네의 예상대로 디온의 테이블 위에는 이번 과제와는 전혀 상관없을 듯한 설탕까지 나와 있었다. 아마도 본래의 맛을 훼손하지 않도록 어떤 것은 소금물에, 어떤 것은 설탕물에 살짝 담가두었을 것이다.

바로 조리하거나 먹을 때야 상관없지만 지금처럼 어느 정도 시간 동안 방치하게 되는 경우에 저러한 처리는 세심한 배려라고 할 수 있다.

리네는 그동안 스스로 자만해 왔음을 속으로 시인했다. 디온의 실력을 실력으로 인정하지 않고 선입관을 가지고 보았기에 더욱 그랬을 것이다.

"잘되어가니?"

제자리로 돌아온 디온이 구스에게 물었다. 굳이 묻지 않아도 대충 진행 상황을 알 수 있지만 어쩐지 놀리는 듯한 말투이다.

"크, 내가 바보냐? 매일 그렇게 하고도 못해내면 문제가 있
지."

"흐흐흐, 가르쳐 달랠 땐 언제구?"

"어휴, 내가 말을 말지. 두 가지만 더 하면 끝나니까 조금
만 기다려."

"응"

던컨이 과제를 내주던 첫날부터 구스타프는 디온의 집까
지 따라가 과제물을 함께했다. 하지만 디온은 이런저런 주의
를 주고 가르쳐 줄 뿐, 직접적으로 도와주지는 않았다.

첫날, 구스타프는 거의 오기로 몇 시간에 걸쳐 300개의 온
전한 조각을 잘라냈다. 디온은 악마처럼 그중에 잘못된 것들
을 잡아내었다.

"요건 모자라구, 요건 두껍구, 이건 모서리가 살짝 나갔잖
아."

300개의 오이 조각을 좌악 펼친 후 사소한 홈 하나라도 있
는 것들을 주르륵 잡아냈다.

땀을 닦으며 한숨 돌리고 있던 구스는 질린 표정으로 디온
이 걸러낸 조각들을 살펴보았다.

"선생님께서 이 정도 오차는 괜찮다고……."

"제대로 안 할 거면 아예 그만두는 게 나아. 이게 음식에
쓰이면 씹는 질감을 해친다구. 요리사는 언제든 먹는 사람을

생각해야 하는 거야."

"헉! 그, 그래."

"그리고 이런 잘못된 것들을 지나치기 시작하면 아무래도 어설픈 습관이 배기 쉬워. 처음부터 엄격하게 기준을 정하지 않으면 곤란하다구."

디온의 기준은 최소가 전문 요리사다.

구스타프는 이 순간 그것을 깨달았다. 세상에 쉬운 일은 없는가? 그는 인생에 대해 깊이 생각했다.

그래도 디온에게 자비란 없다.

"아, 알았어. 다시 하면 되잖아!"

구스타프는 좀 느리더라도 일정한 칼질을 할 수 있을 때까지 다시 몇 시간을 더 고생해야 했다. 그것은 그날뿐만 아니라 그 이후로도 죽 이어진 둘만의 비밀이다.

그나마 이런 시험은 구스타프에게 고생의 보람을 느끼게 해주었다. 당할 때에는 힘들고 슬펐는데 그게 열매를 맺은 셈이다.

'어디 보자, 이건 다 했고……'

마지막 재료 하나를 남긴 구스타프는 허리를 두드리면서 무심결에 교실 안을 둘러보았다. 다른 아이들이 어느 정도 되었는지 살펴보려는 것이다.

다음 순간 구스타프의 안색이 살짝 변했다.

"저기, 디온"

"웅, 왜?"

구스타프가 목소리를 낮추어 묻자 디온도 덩달아 속삭이듯 대답했다. 구스타프는 슬쩍 주위에 듣는 이가 없는지 살핀 후 말했다.

"다들 왜 저렇게 헤매는 거야? 이거 다 과제에 나왔던 거잖아?"

"아, 그거? 아마 직접 안 해봐서 그럴걸?"

"뭐, 뭐야?"

"뭐, 자기 집 요리사한테 시키거나 음식점에 가져다 맡기기도 하나 보던데?"

"컥!"

지난 며칠간 디온에게 구박을 당하면서 안간힘을 썼던 일이 다시 떠올랐다. 구스타프는 속으로 이를 갈면서 생각했다.

'감히 나도 안 하는 짓을!'

다음 순간 구스타프의 안색이 굳어졌다.

그의 경우는 과제 대행을 할 수 있어도 안 한 것이 아니라 할 수 없어서 안 한 것이다.

디온이 눈을 시퍼렇게 뜨고 지켜보는 상황이니 게으름을 피울 수조차 없는 환경이었다.

하지만 지금 그게 중요한 것이 아니다.

'이건 단순히 넘어갈 문제가 아니군. 귀족이라는 것들이 최소한 자신이 해야 할 일도 제대로 안 한단 말이지?

저들이 제국의 미래를 짊어질 귀족들이라면 자신은 그들을 거느리고 제국을 운영해야 할 황태자이다.

어디서 어떻게 될지는 몰라도 저런 정신 상태를 보고 넘어간다면 후계자이자 저들의 지도자로서 자격이 없다고 할 수 있다.

구스는 마지막 재료를 손질하면서 열심히 머리를 굴렸다. 그리고 다음 순간 그의 얼굴에 회심에 찬 미소가 떠올랐다.

"다 했습니다."

"음, 수고했네. 합격이네."

아무리 황태자라고 해도 스승과 제자. 수업 시간에만큼은 그 관계가 엄격하다. 그렇다고는 해도 제국의 후계자에게 하대를 거침없이 하는 던컨도 보통 사람은 아니라 할 수 있다.

구스는 그런 던컨에게 꾸벅 인사를 하고 자신의 결과물을 디온과 리네의 것 옆에 놓았다.

"이럴 수가!"

일부러 큰 소리로 외친 탓에 모든 이들의 시선이 구스타프에게 집중되었다. 던컨조차 무슨 일이냐는 듯 의아한 눈빛으로 구스타프를 바라보았다.

'지금이야!'

구스타프는 모두의 시선이 집중된 것을 느끼고 과장되게 손으로 리네와 디온의 결과물을 가리키며 말했다.

"제가 잘못 생각했습니다. 지금 저의 결과물은 저 두 사람에 비해 너무나 형편없습니다."

"아, 그거야 처음 시작할 때의 실력이 다르니 어쩔 수 없는 일이네만……."

설명을 하려던 던컨은 구스타프의 간절한 눈짓에 슬쩍 말꼬리를 흐렸다. 기다렸다는 듯 구스타프가 뒷말을 이었다.

"그렇군요. 역시! 제 것은 선생님이 바라신 수준에 아직 못 미치는 것이죠?'

"그, 그야……."

필사적인 구스타프의 몸짓에 던컨은 역시 얼떨떨한 표정으로 고개를 끄덕였다.

"결심했습니다. 저는 오늘부터 견습요리사의 도에 따라 저들을 따라잡을 때까지 정진하겠습니다!"

도대체 무슨 이야기인지 몰라 던컨이 입을 벌리고 있는 사이 구스타프는 눈을 빛내며 다른 학생들이 들으라는 듯 말했다.

"원래 견습요리사 시절에 할당된 기술을 마치지 않으면 퇴근도 하지 않고 야숙을 하면서 기술을 연마한다고 들었습니다. 저 또한 그 도에 따라 오늘부터 학교에 머물며 맨바닥에서 야숙을 하겠습니다. 그래서 기어코 선생님이 원하시는 그 수준에 도달하고야 말겠습니다!"

이제 구스타프는 두 주먹까지 불끈 쥐고 일장 연설을 하고 있었다.

'견습요리사의 도? 맨바닥에 야숙?'

던컨으로서는 지금 구스타프가 하는 모든 말이 낯설었다.

하지만 슬쩍 실습실 안을 돌아본 던컨은 황태자가 노리는 바가 무엇인지 곧바로 깨달았다.

다음 순간, 그는 크게 웃음을 터뜨리며 말했다.

"하하하하! 과연 제국의 미래는 밝습니다. 한 가지 일을 하더라도 이렇게 진지하시니 저 던컨이 생각을 잘못한 것 같습니다. 모두 요리사가 되려고 노력하는데, 귀족이라는 신분에 얽매여 견습요리사의 도를 적용할 생각도 안 해보다니!"

구스타프는 자신의 말에 맞장구를 치는 던컨을 바라보면서 다른 사람의 눈에 띄지 않게 한쪽 눈을 찡긋거렸다.

던컨은 이에 더욱 엄숙한 표정으로 실습실 안을 돌아보면서 짐짓 너그럽게 말했다.

"물론 여러분은 아카데미의 정규 수업도 있고 하니 견습요리사의 도를 지키는 것은 선택 사항으로 하겠습니다."

순간 리네와 디온을 제외한 나머지 학생들의 표정이 하얗게 질려 버렸다. 선택은 말뿐이다. 황태자가 선택하면 그건 이미 제국의 헌법과 같은 강제력을 지닌다.

'크크큭, 구스는 정말 재밌는 친구라니까!'

디온은 속으로 사악한 웃음을 터뜨렸다.

그가 계속 지켜본 구스타프라면 특단의 조치가 취해질 것은 자명했다. 그런데 그 내용이 생각보다 더 대단하면서도 재미있었다.

요리의 길을 걷기로 한 디온에게 요리부의 분위기는 참으로 마음에 들지 않았다. 더군다나 던컨이 실망하고 있는 것이 피부로 느껴질 정도였다.

결국 오늘 구스타프의 돌발적인 행동은 디온이 이미 예상한 것으로, 이걸 이용해 분위기가 바뀌기를 기대했는데 예측대로 훌륭하게 성공한 셈이다.

*   *   *

"하하하, 그래서 다들 남은 건가요?"

"응. 황태자께서 직접 천막 치고 자릴 잡았는데 누가 감히 하교를 해? 후훗."

"흠, 그럼 도련님과 리네 양이라는 분만 예외가 되었겠군요?"

"아, 리네 양은 아직 남아 있을 거야. 아마 늘 도와주던 애들 챙기느라."

리네에 대해 말하는 디온의 태도에서 무언가를 느낀 라이번이 태연하게 다시 물었다.

"그분은 심성이 참 착하신 것 같군요. 친구들이 어려워한다고 그렇게 도와주시다니."

"뭐, 오늘 보니까 그전에도 남아서 과제하는 거 도와줬나
보더라구."

사실 구스타프의 선언이 있고 나서 디온도 구스타프의 옆
에 잠시 남았었다.

던컨이 퇴근해 버린 후라 학생들이 도움을 청할 곳은 디온
과 리네 둘밖에 없다. 하지만 디온에게 접근하는 것은 구스타
프의 시선이 있어 녹록치 않았다.

남은 학생들 중 몇 명은 당연하다는 듯 리네 주위로 몰려들
었다. 리네도 그런 그들이 익숙한지 별다른 내색 없이 각자
물어보는 것들에 대답을 해주었다.

그들이 물러가자 리네는 조리실 안을 돌면서 골머리를 앓
고 있는 아이들 중 몇 명을 골라 충고를 해주었다.

디온이 살펴보니 그래도 칼을 잡고 무언가 해보려는 사람
에게만 몇 마디라도 하고 지나치는 식이다.

아예 손을 놓고 자기 차례가 오겠거니 기다리는 사람은 오
히려 무시하고 지나친다.

'호오, 일단 노력하는 사람은 도와준다?

다들 바보는 아닌지 리네의 태도의 차이를 이해한 학생들
이 알아서 움직이기 시작했다. 서툰 칼질에 비명 소리가 난무
하기 시작한 건 바로 그 직후부터였다.

간혹 가다 채소를 써는 것이 아니라 자기 손가락을 써는 사

람도 있었다. 아예 한 번도 칼질을 안 해본 사람만이 할 수 있
는 기술 중 하나이다.

이 모든 북새통에도 구스타프는 초연히 자신의 일에 몰두
해 있었다.

'배고프다!'

문득 디온은 허기를 느꼈다. 이미 저녁때가 가까워지고 있
었다. 보통 이 시간쯤이면 간식이라도 챙겨 먹고 저녁을 기다
리고 있을 테지만 오늘은 그러질 못했다.

그런 디온의 눈에 여기저기 실패한 음식 재료들을 모아들
이는 리네의 모습이 보였다.

잠시 후, 야채를 모두 모은 리네가 무언가를 만들기 시작했
다.

"와아! 역시 리네밖에 없어."

"히히, 맛있겠다!"

사실 다른 학생들이야 처음 본 것이지만 이는 리네와 몇 명
에겐 익숙한 일이었다.

오늘은 사람이 많았기에 리네는 좀 더 부지런히 손을 놀렸
다.

탁!

뻗어오는 손을 찰싹 쳐낸 리네는 살짝 미소를 지으면서 다
른 쪽을 가리키면서 말했다.

"기다려. 다 된 다음에 같이 먹자."

청각을 곤두세우고 있던 배고픈 인생들은 리네의 이 말에 기대감에 코를 찡긋거렸다. 이는 디온 역시 마찬가지였다.

"여기, 별로 대단한 건 아니지만 요기는 될 거야."

리네는 디온과 구스타프의 앞에 음식을 놓아주며 말했다.

"아, 고마워!"

"고마워. 잘 먹을게."

둘 모두 기쁜 표정으로 인사를 하고는 각자의 몫에 손을 뻗었다.

사실 디온은 실패한 재료들, 그것도 한두 가지가 아닌 것들로 리네가 무엇을 만들지 궁금해하고 있었다.

있는 재료만으로 요리를 한다는 것은 디온에게는 낯선 상황이었다. 무언가를 만들려면 필요한 재료를 먼저 다 구했고, 절차에 따라 완성하는 것이 당연하다고 생각했었다.

그런데 리네는 그런 것에 별로 구애받지 않은 것처럼 보였다.

"그래서, 리네 양이 한 요리는 무엇이었습니까?"

여기까지 디온의 이야기가 진행되자 라이번 또한 리네의 요리가 무엇이었는지 궁금해졌다.

"음, 그게 오믈렛이랑 수프였거든?"

"아, 야채랑 해산물이 주재료였겠군요."

지난 며칠간 디온의 과제물 재료를 준비한 것은 라이번이다. 당연히 내용물이 무엇인지는 훤히 알고 있다.

디온은 그의 말에 고개를 끄덕이면서 감탄하는 빛으로 말을 이었다.

"그렇긴 해도, 난 그 재료만 가지고 그런 요리를 만들 생각을 못했어. 오믈렛에는 무엇이 들어가는지는 잘 알고 있었지만, 내 생각에 꼭 필요한 것들이 없어도 나름대로 대치할 수가 있더라고."

"흐음, 그분은 아무래도 실제로 살림을 해보신 듯하군요."

"으응, 대단하더라구. 덕분에 나도 좀 더 열심히 해야겠다는 생각이 들더라니까. 사실 스승님께서도 처음 뵈었을 때, 딱 있는 것들로 새로운 스튜를 만들어내신 거잖아. 가르치는 요리만 만들 수 있다고 되는 게 아닌 거야."

요리는 예술이다. 하지만 그와 동시에 생활이기도 하다.

디온은 지금 처음 요리의 길을 걷기로 결심했던 순간을 떠올리며 마음을 다잡고 있었다.

오늘만 해도 요리부에서 자신이 가장 뛰어나다고 자만할 뻔하지 않았던가? 하지만 실제로 고정되어 있는 디온의 요리에 비해 리네는 경험에서 우러나온 훌륭한 응용력을 가지고 있었다.

거기에 무엇보다 배고픈 이를 위해 당연히 요리를 해야 한다고 생각하는 것이 무척 보기 좋았다.

"좋은 일이네요. 원래 같은 길을 걷는 동료와 경쟁자는 훌륭할수록 자극이 되죠."

"후훗. 뒤지지 않도록 열심히 할 거야."

"최선을 다해 돕도록 하겠습니다."

라이번은 온화한 미소를 지으면서도 단호하게 말했다.

'아무래도 그 리네 양이라는 분이 크게 도움이 될 것 같
군.'

제국에서 알면 그야말로 표창을 하고 작위와 재물로 포상
을 해도 모자랄 일이다. 물론 라이번은 이런 사실을 그들에게
알려줄 마음은 없었다.

다음날 등교한 학생들과 아카데미 관계자들은 사방에 친
정체 모를 천막과 마주쳤다. 이로 인해 '견습요리사의 도' 라
는 특이한 관례에 대하여 모두가 알게 되었다.

물론 그 전날까지는 존재하지도 않았던 '견습요리사의
도' 는 황실 아카데미 요리부의 전통으로 오랜 기간 남게 되
있다.

'지옥요리부' 라는 별명과 함께.

Chapter 08
아카데미의 전설

흑사자
마왕

“다시!”

제이슨의 호령이 떨어지기가 무섭게 학생들은 한 목소리로 힘차게 기합을 내질렀다.

“하압!”

따악, 딱딱!

마치 타악기를 합주하는 듯 공격자와 수비자가 맞댄 목검에서 나는 소리는 일정한 박자를 가지고 연무장 내에 울려 퍼졌다.

“그만. 자세 바로.”

다시 한 번 제이슨의 구령에 맞추어 학생들은 모두 검을 내리고 차렷 자세를 취했다.

제이슨은 속으로 웃으면서 학생들의 표정을 주욱 둘러보았다.

"그동안 모두 수고 많았습니다. 기초 체력 단련과 기본 검법 훈련은 앞으로도 계속됩니다."

제이슨의 말이 끝나기가 무섭게 실망에 찬 한숨 소리가 사방에서 터져 나왔다. 제이슨은 그런 그들을 보면서 짐짓 엄한 표정을 지으며 힘을 주어 말했다.

"몸을 단련하는 것은 기사로서 당연히 해야 할 일입니다. 2학년 선배들은 여러분이 받는 것과 동일한 훈련을 갑주를 입고 받고 있다는 점을 명심하십시오. 지금 이를 게을리 하면 2학년 과정을 버텨낼 수 없습니다."

물론 이것을 모르는 사람은 거의 없었다.

그럼에도 반복적인 체력 훈련만 하는 것이 지겨운 일임은 어쩔 수 없다. 개중에는 지금의 훈련을 갑옷을 입은 채로 해야 한다는 것을 떠올렸는지 질린 표정을 짓는 학생들도 꽤 많았다.

'하긴 삼 개월이나 똑같은 일을 반복하자니 지겨울 만도 하겠지.'

제이슨도 학생들의 마음을 충분히 이해하고 있었다.

검술을 전공으로 하는 학생의 경우 초보자는 전무하다고 해도 과언이 아니다.

　기사의 자격을 얻기 위해서 어려서부터의 체력 단련과 검법 수련은 필수적이다. 따라서 대부분의 귀족들은 당연하게 아들이 일정한 나이가 되면 검술을 가르치고 체력을 단련하도록 한다.

　아카데미의 입학 나이는 15에서 16세이다. 보통 이때쯤이면 검술에 대한 재능 여부가 판가름 나게 마련이다.

　즉, 아카데미에 입학하면서 전공을 결정할 때, 검술에 재능이 없는 학생들은 아예 행정이나 마법 쪽으로 지원을 한다.

　이 자리에 서 있을 정도라면 기초 검술은 물론이고 가문의 상승 검술을 익히기 시작한 사람도 꽤 있다.

　꼭 가문의 검술이 아니더라도 특별히 스승을 초빙하여 고급 검술을 배운 경우도 당연히 있었다.

　"그렇다고 너무 그렇게 실망할 것은 없습니다. 여러분은 다음 시간부터 고급 검술을 배우게 됩니다."

　"와아아아!"

　제이슨의 말이 끝나기가 무섭게 엄청난 환호성이 터져 나왔다. 제이슨은 싱긋 웃고는 오른손을 들어 다들 조용히 하도록 하고 말을 계속했다.

　"뿐만 아니라, 아카데미의 전통인 일대일 대련도 가능해집니다."

　짝짝짝짝짝!

　"와아아아!"

이번에는 더욱 큰 박수와 환호가 있었다.

황실 아카데미 검술부에는 일대일 대련이라는 특이한 관습이 있다. 이는 검술 수업 시간에 다른 사람에게 대련 신청을 하여 이루어진다.

다른 이로부터 대련 신청을 받을 경우 아주 특별한 사유가 없는 이상 반드시 받아들여야 한다.

이는 명예를 중시하는 기사도 정신에 입각하여 정해놓은 강제적인 사항이다.

검술을 전공하는 학생들 사이에 대련이 인정되는 기간이 시작되었다. 앞으로 3개월, 그사이 학생들은 서로의 실력을 충분히 파악할 수 있게 될 것이다.

"크크크, 이제 저 건방진 놈을 제대로 혼내줄 수 있겠군!"

마르텔은 속이 다 시원하다는 표정으로 음흉하게 웃었다. 그와 늘 함께하는 두 사람도 덩달아 고개를 끄덕이며 킬킬거렸다.

"이미 반 아이들에게 다 약속을 받아놨어."

"내일 검술 시간이 기대되는군."

"그러게, 겁먹고 지네 나라로 도망이라도 가면 딱 좋을 텐데 말야."

"뭐, 한두 군데 부러져서 좀 쉬고 나면 정신을 차릴지도 모르지."

교실 한 모퉁이에서 나름대로 목소리를 낮추어 하는 말이지만 디온의 귀엔 이들의 대화가 아주 선명하게 잘 들렸다.

'오호, 드디어 뭔가 새로운 계획을 세웠나 보지? 그게 뭘까? 애고, 궁금해라!'

디온은 지난번 자이몬 일당의 일을 잊지 않고 있었다. 그리고 실제로 그 일을 사주한 것이 마르텔 삼인방일 거라는 사실도 대충 짐작하고 있었다.

그렇다면 또 무슨 재미있을 일을 벌일 것이 틀림없다.

디온은 기대감에 부풀어 조용히 기다렸다.

그런데 이 발칙한 놈들이 꾸물대며 아무런 일도 벌이지 않았다. 그렇게 한동안 너무 잠잠해서 심심하던 차에 무언가 일을 꾸미는 기미가 보이니 궁금해서 안달이 났다.

결국 디온은 그날 일어났던 일들을 라이번에게 털어놓고 의견을 물었다.

"흐음, 말씀을 들어보니 아무래도 그 일대일 대련이라는 전통과 관계가 있는 것 같군요."

"응? 그게 무슨 말이야? 그걸로 날 어떻게 혼내준다는 거지?"

이상하다는 표정을 짓는 디온을 보며 라이온은 조용히 웃었다. 저들이 디온의 실력을 알 정도의 능력이 있을 리 만무하다.

　정식 기사들도 채 몇 분을 버티기 힘든 것이 디온의 실력이다. 그것도 마스터의 깨달음이 있기 전의 수준이 그 정도였다.

　그런 디온으로서는 대련을 통해 자신을 혼내줄 수 있다는 생각을 하지 못하는 것이 당연했다.

　라이번은 조곤조곤 짐작이 가는 내용에 대하여 설명을 했다. 추측이긴 하지만 거의 맞을 것이라고 확신하고 있었다.

　"아! 그러니까 대련 시간에 일부러 날 다치게 한다는 거지?"

　"그렇습니다. 거기에 부상 정도가 심각하지 않다면 다른 사람이 대련 신청을 할 경우 또 받아들여야만 하지요."

　디온은 라이번의 말에 잠자코 고개를 끄덕였다.

　이 순간 그의 머릿속은 빠르게 움직이고 있었다. 물론 위기감을 느끼는 것도 아니고, 나름대로 흥미로운 사건이긴 하지만 누군가 자신을 해치기 위해 음모를 꾸몄다는 건 유쾌한 일이 아니다.

　라이번은 그런 디온의 모습을 조용히 바라보다가 입을 열었다.

　"여황 폐하께서 즐겨하시는 말이 있지요."

　"응?"

　라이번이 갑자기 어머니의 말을 꺼내자 디온의 고개가 휙 돌아갔다.

“당한 만큼 갚아주는 건 어리석다. 당한 뒤에는 늦다. 당할 뻔한 만큼 갚아주어야 속이 시원하다고 하시더군요.”

“호오?”

디온의 눈빛이 번쩍 빛났다.

‘어마마마라면 그러시고도 남지!’

그리고 이는 디온이 바라던 해답이기도 했다.

악동 같은 표정으로 환하게 웃는 디온을 보면서 라이번은 사족처럼 한마디를 덧붙였다.

“저하, 즐기시되, 큰 사고는 치지 마셨으면 합니다.”

“응, 염려 마!”

대충 대답을 하면서도 사실은 꼭 사고를 칠 것만 같은 눈빛을 한다.

‘핏줄은 못 속이는 건가?’

라이번은 속으로 생각했다. 지금 디온의 모습은 사비너와 꼭 닮아 있었다.

“너희들 정말…….”

제이슨은 그야말로 할 말을 잃었다.

실망감이 그대로 드러난 그의 표정에 학생들 중 몇 명은 슬쩍 고개를 돌렸고, 반 정도는 시선을 피했다.

하지만 마르텔을 비롯한 몇 명과 디온은 그를 빤히 바라보고 있었다.

'기사도에 입각한 신성한 전통을 이런 식으로 악용하다
니!'

제이슨은 속으로 기가 막혔다.

학생들 간의 알력이야 이전에도 있었고 이후에도 있을 것
이다. 하지만 지금처럼 일대일 대련을 악용한 경우는 전무했
다.

일대일 대련은 기사로서의 긍지를 표명하는 아카데미의
자랑스러운 전통이다.

어떤 면에서는 신성시되기까지 한다.

마음만 먹으면 누군가를 해치기 위해 사용되기가 너무나
쉬움에도 불구하고 여태까지 지켜져 온 것은 다 나름의 이유
가 있다.

—최소한 기사가 되려는 자는 기사로서의 마음가짐을 가져
야 한다!

이러한 불문율이 지금까지 일대일 대련의 규칙이 소수에
게 불리하게 작용하지 않도록 지탱하는 힘이 되었다.

그런데 지금 그 전통이 깨어지려 하고 있었다.

'있을 수 없는 일이다!'

아무리 규칙이라고 해도 대전제로 하는 기사의 정신이 없
다면 적용하면 안 된다고 제이슨은 판단했다. 그가 막 불가를

외치려는 순간, 누군가 먼저 대답했다.

"모든 도전을 받아들이겠습니다."

"디온!"

제이슨은 이 무모한 전학생을 말리려고 했다. 하지만 그의 간절한 마음에 아랑곳하지 않고 디온은 천천히 앞으로 나서더니 단호하게 선언했다.

"저 디온은 기사의 마음가짐으로 모든 도전에 응하겠습니다. 이는 신성한 기사의 의무이자 권리이므로 성심껏 임할 것을 다짐합니다."

일대일 대련 전에 알려준 규칙대로 디온은 도전에 응하는 예를 갖추었다.

이를 본 제이슨의 얼굴이 형편없이 일그러졌다.

디온이 승낙하기 전이라면 핑계를 대어 멈추게 할 수 있었지만, 이미 때는 늦었다.

학생이라고 해도 일대일 대련을 신청하고 승낙하는 순간 기사들 간의 대련과 동일하게 취급된다.

이 순간부터 제이슨은 이들의 스승이 아니라 대련의 공식 참관자로서의 역할을 해야만 했다.

디온은 제이슨의 태도와 표정에서 그의 심정을 충분히 알 수 있었다. 자신을 걱정해 준다는 면에서는 고맙기도 했지만, 한편으로는 엉뚱한 생각이 들었다.

'아니, 내가 그렇게 약해 보인단 말이야?

마스터의 깨달음을 얻은 순간 디온의 경지는 이미 일반 기
사들이 넘볼 수 없는 수준이 되었다.

사실 그전이었다면 제이슨은 디온의 강함에 대하여 어느
정도 짐작이라도 했을 것이다.

'제이슨도 그리 약해 보이지는 않는데, 거참!'

예전에도 보통 수련 기사나 초보 기사들이 디온의 강함을
전혀 알아보지 못했었다. 하지만 제이슨은 최소한 중급 이상
의 기사들의 수준을 상회했다. 그런 그가 자신의 강함을 전혀
알아보지 못한다는 것은 디온으로서도 의아한 일이었다.

첫 번째 상대가 나서면서 디온의 생각은 어쩔 수 없이 중단
되었다.

"잘 부탁합니다."

"잘 부탁합니다."

말로는 인사를 하면서도 상대 학생의 눈에는 정중한 빛이
라고는 찾아볼 수 없었다.

'정찰 역이군!'

디온의 관점에서 학생들의 수준은 도토리 키 재기라고 할
수 있다. 대충 보건대 그들 중 중간 정도의 실력을 가진 자가
가장 처음 나온 듯했다.

거리를 띄우고 눈치를 보고 있는 상대의 발은 상당히 가벼
워 보였다.

'가벼운 몸놀림을 위주로 치고 빠지는 스타일인가?'

검술에서 힘과 스피드 양쪽 모두 중요하기는 하다.

하지만 타고난 능력이 각기 다르기에 이들 중 한쪽에 좀 더 뛰어난 능력을 보이는 경우는 종종 있다. 앞의 학생은 아마 스피드에 자신이 있는 듯했다.

"시작!"

제이슨의 말이 떨어지기가 무섭게 디온의 앞으로 상대의 검이 빠르게 다가왔다. 디온은 여유있는 모습으로 살짝 고개를 옆으로 기울였다.

"아, 아깝다!"

누군가의 탄성이 터져 나왔다. 검은 손가락 한 마디 정도의 차이로 디온의 얼굴에 닿지 못했다.

타타타!

디온은 가벼운 동작으로 물러서는 상대를 보며 씨익 웃었다. 그것이 자신을 놀린다고 생각한 것인지 상대 학생은 약간 분한 듯한 표정으로 다음 공격을 시도했다.

'골고루 하는군!'

디온은 정면으로 달려들 듯하다가 순간적으로 옆으로 파고드는 상대의 공격을 보며 속으로 생각했다. 그러면서도 슬쩍 몸을 움직여 교묘하게 파고드는 검날을 손쉽게 피해냈다.

그야말로 공격을 피하기에 필요한 만큼의 움직임.

디온의 모습을 보는 제이슨의 눈빛이 날카로워졌다.

한 번은 우연일 수 있지만 두 번은 아니다.

그것을 증명이라도 하는 듯 디온은 그 뒤로도 공격해 오는 검을 아슬아슬하게 피해냈다.

따닥, 퍽!

"까으!"

첫 대련은 상대 학생이 몇 번의 헛손질 끝에 디온의 일격에 검을 놓치고 쓰러짐으로써 허무하게 끝이 났다.

"저 멍청한 놈!"

다른 학생들이 일제히 혀를 찼다.

자기가 상대의 공격에 몸을 던진 격이다. 빠름에 치중한 수련을 한 자가 스스로의 몸을 제어하지 못하는 경우다.

그리고 별로 강해 보이지 않는 일격에 얻어맞고 그대로 뻗었다. 보통은 맞는 순간 몸을 비틀어 갑옷이나 근육으로 버틴다.

정식 기사를 상대로 싸워도 이렇게 일격에 뻗어버릴 수는 없다.

그런 의미에서 학생들이 보기에 쓰러진 녀석은 빠르다는 것 이외에는 기초도 제대로 안 되어 있는 것 같았다.

사실 디온의 생각도 그들과 별로 다르지 않았다.

'10점, 아니지. 아직 학생이니까 견습기사라 치고 20점.'

연극을 할 필요도 없었다. 상대가 너무 바보였다.

"승부! 디온 승!"

제이슨의 단호한 판정이 떨어졌다. 디온은 검을 갈무리하고 곧바로 뒤로 물러서 자세를 바로 했다.

"수고하셨습니다."

"……"

대답이 없다. 한 방에 기절한 것이다.

상처를 살펴본 제이슨은 의무실로 갈 것을 허락한 후 다음 대련의 심판을 하기 위해 돌아왔다.

"잘 부탁합니다."

"잘 부탁합니다."

두 번째 대련 상대가 다시 디온과 인사를 나누었다.

아직 학생들은 자신들이 피할 수 없는 재해를 만났다는 사실을 깨닫지 못하고 있었다.

한 명 한 명 그들은 디온의 앞에 가서 서고 가벼운 한 방에 뻗어버리는 일을 반복하기 시작했다.

가장 불쌍한 것은 마르텔이었다. 그들은 반의 보스답게 가상 나중에 나왔다.

그때에는 이미 디온이 모두를 때려눕힌 다음이다.

마르텔은 안색이 하얗게 변한 채 두 다리를 부들부들 떨었다.

'한 번도 제대로 맞아본 적이 없는 놈이군.'

디온은 웃었다.

착실하게 정성들여 밟아주지! 그는 결심했다.

그때, 마르텔이 말했다.

“자, 잠깐. 나는 제국의 백작……”

“잘 부탁합니다.”

디온은 상대의 말은 가뿐하게 무시하고 대련 시작의 인사를 했다. 그리고는 한 손으로 든 검을 아래로 자연스럽게 늘어뜨리고 앞으로 걸어나갔다.

“어어어! 기다려. 네가 나를 때리고 무사히… 컥!”

슈욱, 팍!

검이 공간을 가르고 마르텔의 입에 가서 꽂혔다. 앞니가 모두 부러지고 피가 주르륵 흘렀다.

“꺼어어어.”

“계속 듣다간 내 귀가 썩겠다. 그냥 좀 조용히 맞아라.”

빡, 빠바박!

절묘한 검놀림, 아래서 위로 올려친 검이 허공에서 원을 그리며 그대로 다시 내리꽂힌다.

그것은 선생인 제이슨이 감탄할 정도로 아름답고 완벽한 검술 동작이었다.

무엇보다 놀라운 것은 맞은 마르텔의 몸이 쓰러지거나 뒤로 튕기지 않고 앞으로 딸려온다는 것이다.

“기사 대련의 규칙에 따라 쓰러지거나 항복했다고 선언하기 전까지는 공격을 멈출 수 없지.”

디온이 확인하듯 중얼거리자 마르텔의 눈동자가 급격히 확장되었다. 급격한 공포를 느낄 때의 육체 현상이다.

“하, 하, 하!”

“뭐라고 말을 하는 거야? 비웃는 거냐?”

빡!

마르텔은 필사적으로 말을 하려고 했다. 하지만 첫 공격으로 입이 터져서 말하기가 상당히 힘들었다.

얼얼한 혀를 겨우 놀려 말이 되어 나오나 싶을 때 곧바로 공격이 들어왔다.

입을 벌려서 ‘하’ 자는 말할 수 있지만 다시 오무려서 ‘복’ 자는 말할 수 없었다. 기본적으로 입술이 퉁퉁 부어서 오므리기도 힘들었다.

그는 다시 사력을 다해 바닥에 쓰러지려 했다. 그러나 그것도 디온을 상대로는 불가능했다.

디온은 다시 검으로 마르텔의 한쪽 무릎을 찌르고 그 반동으로 반대편 어깨를 쳤다. 마르텔의 몸이 그 반동으로 팽이처럼 휘익 돌았다.

그래도 그는 서 있었다.

제이슨은 그 모습에 다시 감탄을 했다.

이쯤 되면 대결이 아니라 구타이기 때문에 말려야 하지만 돌아가는 상황을 보니 대충 짐작이 간다.

같은 제국의 학생들은 후환이 두려워서라도 마르텔의 말을 들을 수밖에 없었다. 그 바람에 반의 분위기가 정말 최악이 되고 말았는데, 지금까지 손을 쓸 수가 없었다.

그런데 디온이 사랑의 매를 들었다. 제국이 아닌 다른 나라의 유학생인 디온이!

'잘됐군. 유학생이니 고국으로 돌아가 버리면 마르텔도 손을 쓸 수가 없을 거야.'

제이슨은 이 사랑의 매가 효과를 발휘해 마르텔 일당이 조금이라도 정신을 차렸으면 좋겠다고 생각했다. 아니면 부상으로 인해 당분간 수업에 나오지 않아도 괜찮다.

그는 기원하는 마음으로 디온의 검놀림을 열심히 관찰했다.

그러다가 제이슨은 문득 깨달았다.

내가 저처럼 사람을 팰 수 있는가? 검법을 펼쳐 무차별 타격을 가하면서도 저항은커녕 쓰러지지도 못하게 하는 게 가능한가?

힘들다. 보통 사람이라면 몰라도 일정 이상의 수련을 받은 자라면 평지에서 강제로 세워놓고 팰 수는 없다.

'그렇다면 저 디온은 나보다도 뛰어난 것인가!'

제이슨의 눈빛이 점점 진지해졌다. 그때서야 디온의 검격이 마구잡이가 아니라 아주 정교하기 이를 데 없는 것이라고 깨달았다.

그렇게 선생까지 말릴 생각을 못하고 구경만 하는 사이, 마르텔은 디온의 처절한 응징을 고스란히 온몸으로 받았다.

1학년 검술 1반의 수업은 2주 동안 휴강합니다.

벽보가 붙었다.

반 학생들 중 대부분이 최소한 전치 2주 이상의 상처를 입었기 때문이다.

실상 실기 수업에 참여하려면 4주 정도의 정양이 필요한 학생들이 대부분이었다.

2주라는 기간도 여러 가지 교양 과목이나 이론 과정에 한해 재개할 수 있다는 것이 의무실의 답변이었다.

2주 동안이나 정규 교과를 빠지는 동안 디온은 요리부 부실에서 살다시피 했다.

"인생은 즐거운 거야."

디온은 매일매일 귀찮은 수업 대신 하루 종일 자신이 좋아하는 일을 할 수 있어서 행복했다.

마르텔 일당의 '귀여운 음모' 덕분이다.

그러나 공부를 할 때에는 억수로 안 가던 시간이 놀 때는 광속으로 흘러간다.

어느새 시간이 훌쩍 지나 다시 수업이 시작되는 시기가 되어버렸다.

"한 번 더 하면 좋은데, 안 되겠지?"

디온은 아쉬운 마음에 고개를 흔들며 그렇게 중얼거렸다.

전원이 덤볐다가 당했으니 아무리 바보라 해도 같은 수법을 쓰지는 못할 것이다. 그들이 드디어 디온의 강함을 알아버린 것이다.

이제는 보름간 수업 없이 놀 수 있는 방법이 없었다.

슬프다.

"아니지. 이번에는 내가 전원에게 대련을 신청해?"

오옷! 좋은 생각!

디온은 손가락을 튕기며 속으로 그렇게 중얼거렸다. 그러나 곧 한숨을 쉬며 고개를 저었다.

"아무리 복수무정이라고 해도 그건 너무 치사하지."

힘이 세다고 유세를 떨 마음은 없다. 괜히 애들을 패고 다니면 평판만 나빠질 뿐이다.

"공부해야지. 그래도 기본 수업은 들어야 요리 수업을 할 때 마음이 편하겠지?"

디온은 마음을 비웠다.

*   *   *

하지만 디온의 생각과는 달리 마르텔은 포기하지 않았다. 그는 나름대로 근성있는 양아치였다.

"그놈을 죽여 버리겠다!"

"어, 어떻게?"

"기사도 당해내지 못할 정도로 강하댔어. 검술의 천재래."

다른 두 명의 동료는 충분히 질렸는지 회의적인 반응을 보였다.

"흥, 검술이 강하다고? 그걸로 넘어가기엔 난 너무 맞았어."

마르텔은 전신에 붕대를 둘둘 감은 채로 눈에서 피처럼 붉은 살기를 흘렸다. 그는 자신이 가장 많이 맞은 것에 더욱 앙심을 품었다.

"내가 직접 때려 죽여주겠다, 디온."

마르텔은 스스로에게 다짐하듯 거울에 비치는 미이라와 같은 자신을 보며 중얼거렸다.

*   *   *

대련 사건이 있은 4주 후, 오전 수업이 끝난 디온은 학생 식당으로 향했다. 그사이 학생들의 상태가 좋아져 오후에는 한 달 만에 검술 실기 수업을 하기로 되어 있었다.

마르텔마저 몸이 나았으니 정말로 이제는 거의 모든 학생이 회복된 것이다.

학생 식당.

혼잡을 피하기 위해 각 학년은 약간씩 어긋난 시간에 점심을 먹는다. 따라서 지금 식당에 있는 학생은 모두 1학년생들이었다.

그런데 디온이 앉은 테이블에는 같은 반 학생이 한 명도 없었다.

‘오늘도 나 홀로 식사군.’

디온은 텅 빈 주위 좌석들을 둘러보면서 앞머리를 쓸어 올렸다. 하루 이틀의 일이 아니지만 혼자 먹는 식사가 반가울 리는 없다.

“잘 먹겠습니다!”

작게 중얼거린 디온이 막 스푼을 잡고 음식을 뜨려는 순간이었다.

“그거 안 먹는 게 좋아.”

옆자리에 앉은 누군가의 말에 고개를 든 디온의 눈이 휘둥그레졌다.

‘세쌍둥이!’

붉은 머리카락에 똑같은 얼굴, 똑같이 한 덩치 하는 체격을 가진 세 명이 맞은편 자리에 막 앉으려 하고 있었다.

그들은 디온을 보고 있지 않았다. 형제끼리 잡담을 하듯 서로를 보며 작게 중얼거릴 뿐이다.

그러나 내용은 확실히 디온에게 하는 말이다.

의아한 표정의 디온을 보면서 가운데 있는 붉은 머리가 덧붙였다.

“네 음식 말야. 뭔가 들었어.”

“응. 아까 보니 네 것만 따로 꺼내더라구.”

가장 오른쪽에 앉은 하나가 앞의 말을 보충했다. 그리고는 곧 그들은 모른 척하고 밥을 먹기 시작했다.

디온은 그제야 새삼스럽게 자신의 식판을 바라보았다. 그리고 아무렇지 않은 표정으로 슬쩍 주위를 살펴보았다.

자신 쪽으로 향하던 시선 세 개가 황급히 다른 쪽으로 돌려진다.

'어디, 볼까?'

디온은 시험 삼아 천천히 숟가락을 들어 음식을 퍼 올렸다. 다시 자신을 뚫어지게 쳐다보는 시선이 느껴졌다.

주의를 집중하니 그들의 목소리까지 들린다.

"먹는다. 먹는다."

"으흐흐흐, 얼른 먹어라."

"조용! 조심해!"

"어차피 저 자리까진 들리지도 않아."

디온의 미간이 살짝 찌푸려졌다.

'감히 음식에 장난을!'

지금 디온에게 무엇보다 소중한 것이 바로 요리요, 음식이다. 그의 인생의 목표로 삼기로 한 음식으로 사람을 해치려 들다니 화가 치밀어 올랐다.

디온은 묵묵히 들었던 숟가락을 입으로 가져갔다.

"헉! 무슨 짓이야!"

"얼른 뱉어!"

"너, 미쳤어?"

건너편의 덩치들이 누가 쌍둥이 아니랄까 봐 똑같은 표정을 하고 말했다.

그들은 너무 놀라 디온에게 충고를 해준 것이 자신들이라는 것을 숨겨야 한다는 것도 잊은 듯 고개를 돌려 디온 쪽을 보고 있었다.

디온은 여전히 밥을 먹으며 살짝 미소를 지었다. 그리고는 쌍둥이 쪽을 보지 않고 중얼거렸다.

"걱정해 줘서 고마워. 그런데 난 체질상 웬만한 독이나 약은 잘 안 듣거든."

"그, 그래도……."

"그게 어떤 건지도 모르고……."

"일부러 먹을 필요는 없잖아!"

디온은 환하게 웃어 보였다. 그러면서도 그는 저쪽에서 의기양양해하는 표정을 짓는 다른 셋의 행동을 훤하게 읽고 있었다.

"음식을 함부로 버리는 건 죄악이니까. 물론 사람의 입으로 들어가는 음식에 이런 장난을 하는 건 최악의 잘못이지."

"히야! 너, 대단한데?"

"음, 요리부라더니 그래서 그런 거야?"

"우리 누나가 만날 하는 소리랑 똑같네."

세쌍둥이는 저마다 한마디씩 했지만 아직도 조금은 걱정스러운 표정이었다.

디온은 그들의 걱정에 아랑곳하지 않고 식판의 음식을 알뜰하게 먹으면서 물었다.

"내가 요리부인 건 어떻게 알았어?"

"당연히 알지."

"너, 유명인사잖아."

"황태자 전하랑도 친하다면서?"

"요리도 엄청 잘하고 열심히 한다며?"

"검술 1반 애들을 다 혼내준 게 바로 너지?"

"누나가 가끔 네 칭찬하거든."

셋이 돌아가면서 말하는 바람에 디온은 잠시 정신이 없었다.

"누나? 너희 누나가 누군데?"

"아, 우리 누나?"

"우리 누나도 요리부야"

"리네라고 몰라?"

"아, 리네 양이 너희들 누나야?"

"웅."

"우리 누나 예쁘지?"

"우리 누나 요리는 최고야!"

리네의 이야기가 나오자 세쌍둥이의 입이 함박 벌어졌다. 누가 보아도 자신들의 누나를 자랑스러워하는 것이 분명했다.

'이런 게 남매간의 우애란 걸까?

외동아들인 디온으로서는 생소하면서도 부러운 생각이 들었다. 셋이 하도 정신없이 번갈아 말해 미처 보지 못했던 그들의 모습이 크게 다가왔다.

얼핏 덩치와 붉은 머리로 인해 험악해 보일 수 있는 인상이지만 눈빛은 참 순박하고 착해 보인다. 그러면서도 유약해 보이는 면은 없었다.

셋 다 나름대로 한 고집 할 것 같은 느낌이다.

"너, 정말 괜찮겠어?"

"아무래도 너희 반 오후 수업을 노린 것 같은데?"

"안 좋으면 미리 수업을 빠지는 게 나아."

셋은 아직도 디온이 걱정되는지 그의 안색을 살피면서 저마다 다시 한마디씩 참견을 했다.

디온은 살짝 웃으면서 고개를 흔들었다.

"난 괜찮다니까. 아무렇지도 않아. 아무튼 걱정해 줘서 고마워. 그리고 사실을 알려준 것도 고맙고."

"우리야 눈치 볼 필요가 없으니까."

"응. 반도 다르잖아."

"솔직히 너희 반 분위기, 맘에 안 들어."

한 마디에 늘 세 마디의 대답이 돌아오는 것도 어느 정도 익숙해지니 나름대로 재미있었다.

사실 이 셋이야말로 검술 2반의 최고 실력자라 할 수 있었다. 재력과 권력이 뒷받침되는 가문에서 상승 검술을 익힌 이들도 이 셋과는 상대가 되지 않았다.

거기에 툭탁거리면서도 셋이 똘똘 뭉쳐서 다니다 보니 아무래도 건드리기가 쉽지 않다.

이들은 활발한 성격과 뛰어난 성적으로 어느새 반 분위기를 휘어잡기 시작했고, 올바른 성품으로 친구들의 사랑을 받고 있었다.

축복받은 인생이다.

뎅, 뎅, 뎅!

"아, 예비 종이다. 오늘 고마웠어. 난 이만 가볼게."

"응 조심해."

"나중에 또 이야기하자."

"시간 되면 대련도 좀 해보고. 응?"

"그래, 좋아!"

디온은 호쾌하게 대답을 하고는 오후 수업이 있는 수련장 쪽으로 향했다.

"전원에게 대련을 신청하겠습니다."

수업이 시작되자마자 디온은 반 학생들 전원에게 대련 신청을 했다.

"전원에게?"

복수인가?

그렇다면 말려야 한다. 어린아이와 어른의 대련과 다르지 않음은 이미 드러난 바이다. 이런 대결은 의미가 없다.

디온의 말을 들은 제이슨은 난처한 표정으로 학생들을 둘러보았다.

그런데 분위기가 이상했다.

'이건?

다른 학생들이 전혀 두려워하지 않고 있었다. 오히려 마르텔 일당은 코웃음을 치며 의미심장한 미소를 지었다.

"반 학생들을 대표해서 디온 군의 도전에 승낙하겠습니다."

마르텔은 지난날 디온이 그랬듯이 호쾌히 대답했다.

'무언가 있군!

제이슨은 다시 디온을 보았다.

지난번 대련 시간에 빤히 보이는 의도에도 불쾌한 빛이 없던 디온의 눈빛이 지금은 서늘하게 가라앉아 있었다.

뒤쪽에서 무슨 일이 있었는지는 몰라도 이 둘은 오늘 결판을 내려고 하는 것이다.

제이슨은 속으로 한숨을 쉬면서 대련을 승낙했다.

아마도 마르텔 등이 무언가 수작을 꾸민 것 같은데 어떤 결과를 가져올지는 모를 일이었다.

그때 디온이 다시 말했다.

"일대일로는 승부가 안 납니다. 난투전으로 하지요."

"뭐라고? 그건 말이 안 된다!"

난투전이라니? 그건 대결이라 할 수도 없다. 기사의 명예와는 전혀 관계없는 막싸움이 아니겠는가?

무엇보다 난투전이 되면 제어가 불가능하다.

아차 하는 순간에 큰 부상자가 생길 수도 있고, 최악의 경우 죽을 수도 있다.

그러나 디온은 태연한 표정으로 다시 말했다.

"저 자신의 실력을 확인해 보고 싶습니다. 방어에 치중하면서 둘러싸이지 않게 다수를 상대하는 것을 연습하고 싶거든요."

"그건……."

"다른 학생들도 강한 자 한 명을 포위하여 상대하는 것을 경험해 보는 것이 미래를 위해 좋지 않을까요?"

"아무리 그래도 안 된다. 내가 보기에 너와 다른 학생들 간에 무엇인가 말 못할 앙금이 생긴 것 같은데, 그걸 신성한 수업 시간에 싸움으로 풀겠다면 내 명예를 걸고 너희들을 모두 처벌하겠다!"

제이슨은 사뭇 엄하게 말했다.

"앙금이라니요? 그런 건 전혀 없습니다. 그저 순수하게 무에 대한 욕망으로 선생님께 요청을 드리는 겁니다."

"그게 말이 되는 소리인가?"

그때 마르텔이 끼어들었다.

"디온의 말이 맞습니다. 저희는 같은 길을 걷는 동료일 뿐,

서로에게 앙금은 없습니다. 그러니 하게 해주십시오."

"마르텔."

제이슨은 엄한 목소리로 마르텔의 이름을 불렀다. 그러나 마르텔도 물러서지 않겠다는 듯 당당하게 말했다.

"디온은 우리 모두를 모욕했습니다. 저와 제 가문의 명예를 걸고 과연 그가 정말로 우리 모두를 동시에 상대해서 이길 수 있는지 확인해야겠습니다."

"으음."

마르텔이 가문의 명예를 들먹이자 제이슨은 함부로 말을 할 수가 없었다.

확실히 디온의 말은 심한 구석이 있었고, 만약 오늘 이 일이 해결되지 않으면 나중에는 마르텔 백작가에서 정식으로 디온에게 결투를 신청할 수도 있는 문제다.

그때에는 정말로 목숨이 왔다 갔다 하는 진검 대결을 해야 한다.

'어쩔 수 없는가?'

제이슨은 착잡한 마음에 무겁게 한숨을 쉬었다. 지난번 대결 때 말렸어야 했다. 이제는 말리기에는 늦은 것이다.

"알았다. 하지만 정말로 위험한 상황이 되면 내가 개입한다. 심하게 다친 학생이 나올 경우, 나도 책임을 지겠지만 너희들에게도 벌이 돌아갈 수 있다는 것을 명심해라."

"염려 마십시오. 적당한 정도로 제가 제어를 하겠습니다."

디온이 살짝 웃으며 말했다. 그는 이 일로 인해 제이슨까지 처벌받게 되는 결과를 원하지 않았다.

그렇게 일 대 다수의 시합이 시작되었다.

제이슨이 최소한의 규칙은 있어야 한다고 했기에 일단 한 번에 열 명이 달려들어 디온과 싸우고, 얻어맞아 쓰러진 자나 포기하는 자가 나오면 대기하던 사람이 투입되는 일 대 십인 차륜전이 결정되었다.

처음 열 명 중에는 마르텔이 없었다. 당연히 디온이 완전히 맛이 가는 것을 확인하고 나올 생각이었다.

디온을 둘러싼 열 명은 상당히 불안한 표정을 지으며 섣불리 공격을 가하지 못했다.

디온은 아직 약기운이 다 돌지 않은 모양인지 태연하게 서 있었기 때문이다.

상대가 공격을 하지 않자 디온은 검끝을 살짝 내리며 말했다.

"그럼 제가 먼저 갑니다."

팟!

말이 끝나기도 전에 디온의 몸이 움직였다. 빠른 동작은 아니었지만 날카롭기 그지없는 공격으로 어김없이 노린 상대를 적중시켰다.

빡!

"아악!"

무릎 옆쪽을 검에 얻어맞은 상대가 비명을 지르며 고꾸라졌다. 무척 아픈 모양인지 무릎을 양손으로 움켜잡고 바닥을 뒹굴었다.

"다음 나와!"

디온은 크게 외치며 뒹구는 아이를 휙 건너뛰어 맞은편에 있는 또 다른 상대를 노렸다.

"젠장, 어차피 금방 결과가 나올 테니 밀어붙여!"

마르텔이 외쳤다. 그러면서도 정작 그는 나오지 않았다.

마르텔의 독촉을 받은 대기자는 이를 악물고 앞으로 튀어나왔다. 하지만 그가 채 대전장 안으로 들어가기 전에 또 한 명의 학생이 쓰러졌다.

마르텔의 말대로 결과는 금방 나타났다.

이전의 대련과 달리 디온은 시간을 허비하지 않았다. 처음 열 명의 대련 상대가 바닥에 눕는 데 걸린 시간은 불과 10분 남짓.

각각을 상대하며 걸리는 시간이 채 1분을 넘기지 않았다. 이는 분명히 실력의 격차로 인한 당연한 결과였다.

오히려 디온은 자신의 진짜 실력을 완전히 숨기고 있었기에 아직까지는 그냥 뛰어난 기사 수준으로 보였다.

이제 디온과 대련할 차례를 기다리는 학생들의 눈빛에서는 공포가 비치기 시작했다.

처음엔 힐끗거리던 시선이 이제는 노골적인 원망의 눈빛

으로 바뀌어 마르텔 삼인방에게 쏟아지기 시작했다.

저들은 분명 미리 어떤 일이 있어 디온이 제 실력을 발휘하지 못할 것이라고 큰소리쳤었다. 하지만 지금 디온의 모습은 오히려 한 달 전보다 세진 것같이 보였다.

열다섯 번째의 학생이 바닥에 쓰러진 후 디온은 차가운 눈빛으로 마르텔 일당이 있는 쪽을 슬쩍 돌아보았다.

여태껏 보지 못한 무형의 살기를 받은 세 사람은 자신도 모르게 오한에 살짝 몸을 떨었다.

"말도 안 돼!"

"분명히 약을 탔지?"

"그래, 지금쯤 복통으로 주저앉아야 하는데……."

애써 디온 쪽을 외면한 마르텔 일당은 우왕좌왕하고 있었다. 분명 식사에 약을 탔고, 디온이 그것을 먹는 것까지 전 과정을 확실하게 목격했다.

하지만 이피야 할 당사자는 팔팔했고, 마치 그들의 음모를 아는 것처럼 이따금 살기 어린 시선을 보내왔다.

"포기하면……."

"으으… 그것도 불가능해."

이미 대련 신청에 응한 것은 자신들이다. 지금에 와서 발을 빼는 것은 용납되지 않는다.

더군다나 담임인 제이슨은 이미 이들의 태도에서 무언가를 눈치챈 듯 냉정한 눈길을 보내고 있다.

물론 디온의 그것에 비할 바는 아니지만 지금으로서는 어떤 핑계도 통하지 않을 것이 확실히 느껴졌다.

혹시나 해서 마지막으로 자신들의 차례를 정해놓은 탓에 이들은 목을 조이는 듯한 느낌을 내내 받으면서 다른 학생들이 차례로 눕는 것을 바라보아야만 했다.

결국 디온을 두들겨 패려던 일당은 오히려 모두 두들겨 맞고야 말았다. 애초에 정상 상태의 디온에겐 상대가 안 된다는 것은 이미 저번 수업에서 몸으로 깨달은 그들이다. 중간 이후부터는 대부분 마음을 비우고 몇 대 맞으면 잽싸게 누웠다.

그만큼 시간이 단축되어 드디어 최후의 상대인 마르텔의 차례가 되었다.

마르텔은 두 눈에 공포심이 떠올라 있으면서도 입으로는 이를 갈았다. 얻어맞는 것이 두렵기도 하지만 천박한 소왕국의 유학생에게 굴욕을 당한다는 사실을 참을 수 없는 듯했다.

"어쩔 수 없잖아. 너도 얼른 한두 대 맞고 쓰러져."

옆에서 쓰러져 있던 놈 중 하나가 살짝 눈을 뜨고 속삭였다. 그리고는 다시 눈을 감았다.

"비겁한 놈."

마르텔은 나중에 보자고 속으로 중얼거리며 디온의 앞으로 걸어나갔다. 눈에는 독기를 품고 있었다.

'지금은 힘이 모자라 얻어맞지만 내 명예를 걸고 네놈만큼은 죽여 버리겠다.'

생각이 기운이 되어 몸 밖으로 흘러나왔다. 이제는 악밖에 남지 않은 것 같았다.

디온은 차가운 눈으로 그런 마르텔을 보았다.

'나를 죽이고 싶은 건가? 반 아이들을 선동하고, 음식에 독을 쓴 것으로도 모자라 정말로 살기를 뿌리는 것인가?'

왠지 모르게 웃음이 나왔다.

이전에는 적당히 생활하는 데 크게 지장이 없을 정도로 신경 써서 손을 봐주었다.

그러나 이번에는 다르다. 디온은 진심으로 화가 났다.

꿈틀.

가슴속에 있던 무엇인가가 움직였다.

그것은 하나의 검이었다.

바로 디온의 살기가 뭉쳐져서 생겨난 검! 그것이 마르텔의 독기 어린 눈에 반응을 한 것이다.

'어, 이럼 안 되지.'

디온은 일단 마음을 안정시키며 심호흡을 했다. 아무리 그래도 검법시합 중에 상대를 때려죽일 수는 없지 않은가?

그런데 그때 마르텔이 디온에게 검을 겨누며 외쳤다.

"네놈이 감히 우리 마르텔 백작가에 검을 겨누고도 무사할 것 같으냐!"

"뭔 헛소리지?"

"흥, 이번 비무는 네가 나를 노리고 일부러 꾸민 일임에 틀림없다. 감히 신성한 수업을 이용해 사사로운 감정을 풀려 하다니! 내 아직 가문의 검법을 다 익히지 못해 지금은 당해도 이 일을 그냥 넘어가지는 않겠다. 가문의 명예를 걸고 이 일을 학교에 알려 너를 퇴학시키고야 말겠다!"

"아항, 그러니까 거꾸로 덮어씌우려고? 그것참, 임기응변이 상당한데?"

디온은 그때서야 마르텔의 의도를 알았다.

이 비겁한 놈이 상황이 좋지 않으니까 이번에는 협박을 하려는 것이다.

"맞아, 생각해 보니 이번 비무는 내가 신청한 거였지? 근데 저기 옆에서 보고 계신 선생님은 어떻게 회유할 생각인데?"

디온은 그렇게 말하며 살짝 눈을 돌려 제이슨을 보았다. 제이슨도 상당히 어이없는 표정을 짓고 있었다.

그러나 곧 디온은 마르텔의 눈에서 떠오르는 비열함을 느낄 수 있었다.

'생각해 보니 제이슨 선생님도 마르텔네 가문이 마음먹고 협박을 가하면 이 문제에 대해 말을 하기 어려워질지도 모르지.'

적어도 지금 제이슨의 눈을 보면 그럴 것 같지는 않았다. 그는 천성적인 무인이라 남의 협박에 쉽게 넘어갈 사람이 아니다.

하지만 그럴 경우 자칫 잘못하면 제이슨까지 도매금으로

안 좋은 일을 당할 수 있다.

'내 참, 권력이 좋긴 좋아. 그런데 정말 그렇게 좋은 권력을 이런 일에 써도 되나? 도대체 저 마르텔 백작가가 썩은 거야, 아니면 제국이 원래 그런 거야?'

디온은 한숨을 내쉬었다. 기분이 더러워질 대로 더러워져서 이제는 더 이상 이곳에 있고 싶지도 않았다.

"알았다. 네가 그렇게 말한다면 나는 방어만 하도록 하지. 네놈이 속이 풀릴 때까지 마음껏 공격해 봐라."

디온은 그렇게 말하며 검을 들어 올려 자세를 취했다. 전혀 힘이 들어가지 않은 자연스러운 자세였다.

"정말이냐?"

마르텔은 순간적으로 기분이 좋아진 듯 두 눈을 빛내며 물었다.

역시 노골적으로 협박을 하는 것이 가장 좋은 방법이었다. 사실 일을 벌이면 곤란하긴 그 역시 마찬가지이다.

그런데 이렇게 디온이 알아서 숙이고 들어오면 아주 편해진다.

공식적으로 실컷 패주면 되는 것이다. 나중에 누가 뭐라고 해도 신경 쓰지 않는다. 그런 말은 한 적이 없다고 해도 되고, 아니면 홧김에 한 말이었다고 해도 된다.

"좋아, 그럼 간다!"

마르텔은 디온의 몸에서 아무런 기세도 일어나지 않는 것을 확인하고는 즉시 방어를 포기하고 완전 공격의 자세를 취했다.

아무리 디온의 검술이 뛰어나도 그 역시 나름대로 수련을 한 몸. 공격에만 치중하면 틀림없이 성공시킬 수 있다고 믿었다. 그리고 일단 한 번이라도 공격에 성공하면 그 뒤로는 쉽다.

그가 들고 있는 목검은 안에 납덩이가 들어 있어 스쳐도 뼈가 부러질 정도다.

오늘 일을 계획하고 디온을 잔인하게 패주기 위해 일부러 만들어 온 것이다.

그런 만큼 한 대만 맞아도 상대는 거의 방어 불능의 상태에 빠질 것이다. 그 뒤로는 돼지 잡듯 마음껏 패도 된다.

'죽여주지. 운이 좋으면 불구로 끝날지도 모르지만 말이야. <u>흐흐흐</u>.'

마르텔은 마음을 독하게 먹고 한 발을 앞으로 내디뎌 디온의 팔을 노리려 했다.

그런데 그 순간 디온이 검을 살짝 들어 올려 검끝으로 마르텔의 목을 겨누었다.

"커컥!"

마르텔은 숨을 쉴 수가 없었다. 마치 목검으로 목젖을 찍힌 것과 같은 느낌이 들었다. 그는 참지 못하고 옆으로 피하려 했다. 그러나 디온의 검이 살짝 떨리자 이상하게 몸도 움직일 수 없었다.

'으으으, 왜 이런?

마르텔은 생전 처음 느껴보는 이상한 감각에 몸이 떨려오는 것을 느꼈다. 숨도 쉴 수 없는 상황에서 몸은 굳어 자신의 것이 아닌 것처럼 느껴졌다.

"왜 안 덤비지?"

디온은 차갑게 외치며 한 걸음 앞으로 나아갔다. 마치 때려보라는 듯한 표정이었다. 그러나 마르텔은 질린 얼굴로 조금도 움직이지 못했다.

디온의 살기는 외부로는 전혀 퍼지지 않고 완벽하게 하나로 모여 마르텔의 목을 누르고 있었다. 그리고 전신을 거미줄처럼 감아 손가락 하나 움직이지 못하게 하고 있었다.

그러다가 디온은 일순간 살기를 거두며 뒤로 한 걸음 물러났다. 그러자 그와 마르텔 사이에 연결된 힘의 역장이 깨어지면서 마르텔의 숨통이 트였다.

"으아아아아아!"

마르텔은 비명을 질렀다. 그러나 다른 사람에게 그것은 기합처럼 들렸다. 그리고 그의 몸이 디온 쪽으로 딸려 들어갔다.

이미 머리 위로 올려 든 목검은 무의식중에 디온을 향해 내려쳐졌다.

따따따딱!

디온은 마르텔의 공격을 가볍게 받아쳐냈다. 그리고는 한 걸음을 옆으로 옮겨 살짝 위치를 바꿨다. 둘은 검을 서로 맞대고 힘겨루기를 하고 있는 모양이 되었다.

"오옷, 마르텔! 힘내랏!"

"그놈을 쓰러뜨려!"

뒤쪽에서 마르텔을 응원하는 소리가 들려왔다. 그의 두 일당이었다.

하지만 그건 상황을 전혀 모르고 하는 소리였다.

마르텔은 또다시 디온의 살기에 꽁꽁 묶여 움직이지 못하는 상태가 되었다.

방금 전의 공격도 디온이 이끄는 대로 움직인 것에 불과했다. 목검을 부딪칠 때마다 손목과 팔목에 엄청난 충격이 느껴졌다. 아무래도 관절이 나간 것 같았다.

무엇인가 잘못되었다!

마르텔의 두 눈에는 다시 공포가 떠올랐다.

디온은 마르텔의 얼굴을 바로 앞에서 보며 그만 들을 수 있게 속삭였다.

"장난이 아닌 진짜로 상대를 해주지. 각오하는 게 좋아."

"으으으!"

마르텔은 디온의 눈에서 묘하게 빛나는 기운을 엿볼 수 있었다. 그것은 제어에서 풀려난 살기의 표출이었다.

슈각!

“……!”

디온의 검이 마르텔의 가슴을 베고 지나갔다. 목검으로 베었는데 진검처럼 가슴이 둘로 갈라지며 피가 튀었다.

마르텔은 비명을 질렀지만 그것은 입 밖으로 나가지 않았다.

팍!

다시 디온은 마르텔의 배를 검으로 찔렀다. 검은 배를 관통해서 등 뒤로 뚫고 나왔다가 순식간에 다시 거두어졌다.

그러나 이런 디온의 움직임은 마르텔의 눈에만 보일 뿐이었다.

다른 사람들은 그저 디온과 마르텔이 여전히 힘겨루기를 하고 있는 걸로만 보였다.

심상의 검!

디온은 지금 마음으로 마르텔을 베고 있었다. 살기를 두 눈으로 표출하여 마르텔과 정신적인 교감을 통한 살상을 행했다.

일 분도 되지 않는 시간 동안 마르텔은 수십 번이나 죽었다.

그것은 적어도 마르텔에게는 진짜 죽음과도 같았고, 오히려 현실의 죽음보다 잔혹한 면도 있었다.

현실에서는 한 번 죽으면 끝이지만 이렇게 심상으로 상대를 죽이기 시작하면 계속해서 죽음의 고통을 느껴야 한다.

제이슨은 그 광경을 바로 옆에서 보면서도 전혀 눈치채지 못했다.

그만큼 디온이 살기를 집중시키는 데에 능숙했고, 또 제이슨은 디온이 설마 그런 높은 경지에 도달했음은 꿈에도 몰랐다.

하지만 제이슨은 디온과 마르텔의 힘겨루기가 일 분이 넘어서자 앞으로 나와 한쪽 팔을 들며 외쳤다.

"이제 그만! 힘겨루기가 너무 오래 되면 근육이 상한다. 승부는 무승부로 하고, 오늘 수업은 끝내도록 한다."

디온은 그 말을 듣자 순순히 뒤로 물러서며 검을 거두었다. 그리고 마르텔 역시 멍하니 선 채 더 이상 디온에게 달려들지 않았다.

"이야, 마르텔! 아깝다. 확실하게 몇 대 패주었어야 하는 건데."

그의 일당들이 그에게 다가서며 말을 건넸다. 그러나 마르텔은 여전히 멍한 표정으로 서 있을 뿐이었다.

"어? 마르텔?"

이상함을 눈치챈 동료 중 하나가 마르텔의 어깨를 툭하고 쳤다. 그러자 마르텔은 그 자세 그대로 쓰러져 버렸다.

"아앗!"

그때서야 사람들은 크게 놀라 호들갑을 떨었다. 하지만 마르텔의 눈은 이미 극도의 공포와 죽음의 고통으로 인해 초점이 흐려져 있었다.

이미 정신은 회복하기 어려울 정도로 너덜너덜해져 깨어나도 당분간은 끝없는 악몽에 시달리며 정상적으로 생활을 하기 어려울 것이다.

디온은 그런 사람들의 소란을 뒤로하고 조용히 수업장을 나섰다.

"그럼 오늘은 여기까지 하도록 하겠습니다."

"수고하셨습니다."

요리부의 수업을 끝내는 던컨의 말에 학생들은 저마다 고개를 숙여 인사를 했다.

지난번 '견습요리사의 도' 사건 이래로 요리부의 분위기는 많이 달라진 상태였다. 던컨은 흐뭇한 미소를 지으며 문을 열고 밖으로 향했다.

"무슨 일 있어?"

"응? 왜?"

디온은 갑작스런 구스의 질문에 고개를 갸웃거리며 되물었다.

"뭔가 기분이 안 좋아 보인다, 너."

"음 그런가? 모르지. 향수병인지도."

디온은 별거 아니라는 듯 말했지만 억지로 웃지는 않았다.

벌써 세 번째로 당한 일이다. 거기에 이번엔 그 매개체가 음식이었다. 자신이 한 행동에 대해 후회는 하지 않았지만 기분이 좋을 리는 없었다.

조금 우울해지려는 순간 갑자기 시끌벅적한 소음이 들렸다.

"너희들 웬일이니?"

"부 활동 끝나고 남은 건 먹어도 된다면서?"

"기왕이면 따뜻한 걸로 얻어먹으러 왔지."

"궁금한 일도 있고."

"그렇다고 이렇게 예의없이 들어오면 어떻게 하니? 나 혼자만 쓰는 곳이 아니잖아."

리네는 갑자기 부실로 들이닥친 동생들을 보면서 난처한 표정을 짓고는 주위를 향해 양해를 구했다.

"내 동생들인데, 시끄럽게 굴어서 죄송해요."

리네의 말이 끝나기가 무섭게 부실 여러 곳에서 괜찮다는 말이 약속이나 한 듯 나왔다.

사실 요리부의 학생치고 리네의 도움을 받지 않은 이는 드물었다. 리네의 시선은 마지막으로 디온과 구스가 있는 곳을 향했다.

"우리도 괜찮아."

구스는 미소를 지으면서 흥미롭다는 듯 세쌍둥이를 보았다. 겉으로야 수더분한 성격으로 보이지만 누가 뭐라 해도 그는 황태자다. 현재 가장 빨리 기사 서임을 받을 재목으로 꼽

히고 있는 세쌍둥이에 대한 정보는 이미 알고 있었다.

누나의 엄한 표정에 찔끔한 세쌍둥이는 알아서 부실 이곳 저곳을 향해 꾸벅꾸벅 인사를 해댔다.

결국 디온과 시선이 마주친 셋은 누나 눈치를 보던 것은 까맣게 잊고 우르르 디온의 주위로 몰려들었다.

"와! 진짜 멀쩡하네?"

"너, 대단하다!"

"비결이 뭐야?"

저마다 한마디씩 하는 이들의 얼굴에는 걱정했었다는 표정이 숨김없이 떠올라 있었다.

디온은 그런 그들의 순박한 모습에 자신도 모르게 마음이 풀려 웃으며 대답했다.

"후훗. 괜찮을 거라고 말했잖아."

"너희들 정말!"

어느새 나타난 리네가 엄한 어소로 발하자 셋은 약속이나 한 듯 어깨를 움츠리고 고개를 숙였다.

리네는 자신의 동생들이 디온에게 아는 척을 하며 다가가자 깜짝 놀랐다. 거기에 우르르 몰려든 동생들 때문에 구스타프가 뒤로 밀려난 형상이 되자 사색이 되어 달려간 것이다.

"죄송해요. 동생들이 결례를……."

누나의 꾸중을 예상하면서 고개를 숙였던 셋은 자신들 때문에 뒤로 밀려난 이가 있다는 것을 깨닫고 하나같이 무안한 표정을 지었다.

"죄, 죄송합니다."

"잘못했습니다."

"누나는 그렇게 가르치지 않았습니다."

디온은 이들의 모습을 보면서 어쩐지 유쾌한 기분이 되었다. 분명 저 셋은 구스타프의 신분을 모른다. 하지만 구스타프의 신분을 안다고 해도 왠지 저 태도는 달라지지 않을 것처럼 보였다.

세쌍둥이에 대한 느낌은 구스타프 역시 비슷했다. 그는 대범한 미소를 지으면서 손을 내저었다.

"어휴, 그렇게 진지하게 사과할 필요는 없어. 사실 너희들 덩치 때문에 내가 미리 한 발 물러난 것뿐이니까."

구스타프의 말에 세쌍둥이는 금방 표정이 변해 헤헤거렸다.

일단 구스타프의 기분이 상하지 않은 것을 확인한 리네는 다른 의문을 끄집어냈다.

"그런데 너희가 어떻게 디온을 알고 있지?"

"아, 그게 아까 점심시간에 잠깐 이야기를 같이했거든. 그렇지?"

디온은 얼른 나서서 먼저 대답했다. 눈치가 없는 것은 아닌지 셋은 점심시간에 있었던 일에 대해 말하지 않으려는 디온의 의도를 알았다는 듯 입을 꼭 다물었다.

"호오, 그래? 디온, 그럼 나도 좀 소개시켜 줄래?"

구스타프는 마침 잘되었다는 듯 리네가 아닌 디온에게 부탁했다. 디온은 소개를 하려다 말고 난감한 표정이 되었다.

입을 열려던 디온이 머뭇거리자 구스타프는 의아한 표정을 지었고, 리네가 다시 한숨을 쉬며 나섰다.

"너희들, 또 소개도 안 하고 멋대로 떠들었구나?"

"그, 그게……."

"시간이……."

"상황이……."

쌍둥이들은 변명을 하다 말고 얼른 입을 다물었다.

사실 이 셋에게 걸리면 다들 정신이 없어지게 된다. 그러다 보니 이런 경우가 한두 번이 아니었다.

물론 오늘 점심에는 그럴 만한 이유가 있기도 하지만 디온이 이들의 이름조차 모르는 것은 사실이지 않은가?

리네의 눈초리가 점점 매서워지자 세 동생의 얼굴에 주눅 어린 표정이 깊이를 더해갔다.

이들 남매로서는 익숙한 상황이지만 사실 이를 보고 있는 이들은 전혀 달랐다.

여성으로서도 조금 작은 편인 체격의 리네 앞에 곰 같은 덩치의 세 명이 눈치를 살피고 있는 광경이라니!

디온도 구스타프도 터지는 웃음을 참기 위해 얼굴이 붉어질 지경이었다.

"흠흠, 저기, 사실 나도 내 소개를 제대로 못했어. 이 셋의 말이 너무 흥미있었거든. 내게 도움도 되었고 말이야. 자, 우리 예의를 못 지킨 사람끼리 다시 인사하자. 내 이름은 디온이야.”

디온이 셋을 구하기 위해 나서자 기다렸다는 듯이 입 세 개가 일제히 열렸다.

“난 마틴이야.”

“난 제이콥이라고 해.”

“난 존이야. 잘 부탁해.”

디온의 의도를 눈치챈 구스타프는 자신도 분위기에 편승해서 앞으로 나섰다.

“아, 나도 끼워줘. 난 구스타프라고 해.”

물론 분위기를 누그러뜨리면서 이들 셋과 안면을 만들려는 생각이었지만 그의 말을 들은 순간 세쌍둥이의 입은 크게 벌어졌다.

“화, 황태자… 님?”

순식간이 썰렁해진 분위기에 구스타프 또한 난처한 표정이 되어버렸다.

디온은 속으로 한숨을 쉬면서 다시 앞으로 나섰다.

“아카데미 안에서 신분은 묻지 않는 게 원칙이라지? 그냥 편하게 형이다 생각하면 되지 않을까? 아무래도 너희들 누나가 있으니 그냥 친구처럼 대하기는 좀 그럴 거구.”

“맞아. 그냥 구스 형이라고 불러. 나도 그게 편하거든.”

구스타프는 제때 나서서 사태를 수습해 준 디온에게 감사

하는 마음으로 서둘러 말했다.

"정말?"

"그래도 돼요?"

"구스 형!"

이 무개념 세쌍둥이는 상대가 괜찮다면 정말 괜찮은 줄 안다.

리네가 아무리 야단을 쳐도 변하지 않는 셋의 연계 발언이 이번에도 쏟아졌다.

구스타프는 이 모양이 재밌는지 활짝 웃는 얼굴로 고개를 끄덕이며 한마디 덧붙였다.

"참고로 디온과 나는 친구 사이니까 호칭은 통일해 주었으면 하는데?"

"넵."

"알았어요."

"디온 형이라고 부르면 되죠?"

황태자에 대한 이들 셋의 반응은 마치 병아리들 같다고나 할까? 동경의 눈빛이 가득한 것이 비굴함과는 또 다른 느낌이었다.

그도 그럴 것이, 이 셋의 꿈은 제국 황실의 기사단에 들어가는 것이다. 기사는 주군의 위해 목숨을 바친다. 이들의 꿈이 실현된다면 구스타프는 주군이 되는 셈이었다.

"후훗. 구스랑 친구 먹은 덕에 졸지에 동생이 셋이 생겼네?"

디온도 그들의 모습이 보기 좋았다.

어느새 리네를 포함한 이들은 한 무리가 되어 이런저런 이야기를 나누게 되었다.

시간이 좀 지나자 배가 고프다는 동생들의 재촉과 은근히 바라는 듯한 동료 부원들의 시선에 리네는 평소처럼 음식을 만들었다.

실전에서는 아직 미흡한 구스타프는 세 동생과 남았고, 디온이 자진해서 리네의 일을 거들었다.

지난 한 달여의 시간 동안 세 사람에게는 익숙해진 일이라 할 수 있었다.

*   *   *

'철저하군!'

제이슨은 의무실에서 보내준 의견서를 읽으면서 혀를 찼다.

그 또한 앞의 일들이 마르텔 삼인방의 주도하에 이루어졌음을 짐작하고 있었다. 하지만 별다른 근거가 없어 책망조차 할 수 없는 형편이었다.

다른 학생들은 전과 비슷하게 전치 2주에서 4주 정도의 상처를 입었다. 하지만 마르텔 삼인방은 최소 3개월은 누워 있어야 될 듯했다.

'확실하게 부러뜨렸군!'

뼈에 금이 간 학생은 여럿 있었지만 이 셋만큼은 확실하게 부러졌다. 거기에 부러진 부위가 매우 절묘해서 함부로 움직였다가는 평생 후유증이 남을 위험성마저 있었다.

무엇보다 마르텔 본인은 육체적인 상처보다 정신적인 충격이 더 크다는 의사의 소견이 있었다. 그 트라우마는 평생 갈 것이다.

정작 제이슨의 입가에는 웃음이 보이고 있었다.

물론 스승이 제자의 불행에 기뻐해서는 안 된다.

하지만 그가 보기에도 마르텔 삼인방의 전횡은 정도를 지나치고 있었다. 그러면서도 교묘하게 학칙을 피해갔기에 제이슨으로서도 그냥 보고 있을 수밖에 없었던 것이다.

더군다나 기사 지망생이라는 학생들이 몇 명의 말에 휩쓸려 양심에 찔리는 일을 행했다.

이는 기사도에 어긋날뿐더러 비겁한 일.

뼛속까지 기사로서의 자부심이 가득한 제이슨으로서는 가능하다면 자신이 직접 나서서 처벌하고 싶을 정도였다.

'아카데미 전체의 정화를 위해서 오히려 좋은 일일 수 있으니까!'

제이슨은 스스로의 감정을 이렇게 변명하면서 켈러핸을 만나기 위해 학장실로 향했다.

이미 2주나 수업이 중단되었고, 다시 한 번 같은 일이 반복될 형편이다. 담임에게 주어진 권한으로 덮기에는 일의 규모가 너무 커졌다.

이로 인해 아카데미에서는 임시로 일대일 대련을 금지시키고 새로운 규칙을 제정하기에 이르렀다.

그 첫 번째 내용은 일단 한 번 일대일 대련을 한 학생 중 승자는 패자에게 다시 대련 신청을 하지 못한다는 것이다.

반대로 패한 학생은 이긴 학생에게 대련 신청을 할 수 있었다. 이는 대련을 빙자하여 의도적인 괴롭힘을 할 수 없도록 예방하기 위함이다.

둘째로 일단 일대일 대련에서 패한 학생에게는 도전의 권한은 있으나 다른 학생들이 도전할 수 없게 했다. 이는 약자에 대하여 대련 신청이 몰리는 것을 방지하기 위한 조항이었다.

이렇게 새로운 규칙을 정하고도 검술 1반 자체 내에서는 학기가 끝날 때까지 전체적인 대련 연습을 제외한 일대일 대련의 신청 자체가 금지되었다.

이는 학생들의 자율권을 박탈한 것으로 어찌 보면 처벌의 의미를 가지는 조치였다.

드라켄 제국의 황실 아카데미. 수십 년 이상을 전통으로 내려온 기사의 대련 규칙을 한 학생이 바꾼 것이나 다름없었다.

이로써 디온은 아카데미의 전설이 되었다.

Chapter 09
내 이름은 투투

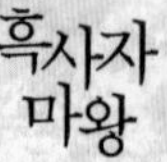
흑사자
마왕

　라이번은 천천히 스푼을 입으로 가져갔다. 디온은 그 모습을 눈도 깜박거리지 않고 지켜보면서 그의 입이 열리기만을 기다렸다.
　꿀꺽.
　목젖이 움직이는 모습과 함께 곤두세운 청각에 무언가를 삼키는 소리가 아주 작게 났다.
　음식이 목으로 넘어갔는데도 라이번의 입은 한참 동안 열리지 않았다. 아니, 오히려 눈까지 지그시 감고 있어 전혀 표정을 읽을 수 없었다.
　'설마, 별로인가?'

디온은 두근거리는 자신의 감정을 느낄 수 있었다.

불안함과 기대가 뒤엉켜 스스로의 심장 뛰는 소리가 선명하게 들려왔다. 그러면서도 이러한 선명한 감정이 전혀 기분 나쁘지 않았다.

드디어 라이번은 감았던 눈을 살며시 떴다. 굳게 다문 입이 열릴 듯 살짝 움직이더니 입꼬리가 슬며시 위로 올라간다. 올라가는 입매를 마중이나 하려는 듯 눈꼬리는 아래로 살짝 내려오고 있다.

"정말 황홀한 맛입니다!"

말로 표현하지 않더라도 라이번의 표정이 이미 그의 감정을 말해주고 있었다. 디온은 활짝 웃으면서 말했다.

"다행이야. 난 또 입맛에 안 맞을까 걱정했잖아!"

"그럴 리가요. 여태껏 하신 요리 중 최고의 맛입니다!"

라이번은 그렇게 말하면서 자신도 모르게 다시 스푼을 움직이고 있었다.

디온은 그 모습을 보면서 마음 깊은 곳에서부터 기쁨이 차오르는 것을 느꼈다. 그러면서도 벅찬 감정을 애써 자제하면서 자신 몫의 수프를 먹기 시작했다.

달그락달그락.

라이번의 말은 번지레한 겉치레가 아니었다.

자신이 만든 수프임에도 디온은 맛을 음미하면서 먹기에 여념이 없었다. 맞은편에 자리를 잡은 라이번 또한 비슷한 처지여서 한동안 스푼이 내는 아주 작은 소리만 났다.

라이번은 마지막 한 방울까지 깨끗하게 그릇을 비운 후에야 무언가 떠오른 듯 무릎을 쳤다.

탁!

"이런, 내 정신이! 저, 이 수프 더 남아 있는지요?"

"응? 더 먹으려고? 저녁은 다른 걸 만들려고 하는데?"

지금은 늦은 오후, 수프는 살짝 출출할 시간에 맞추어 간식으로 내놓은 요리이다.

평소 아무리 맛있어도 정량을 넘기는 법이 없는 라이번이기에 디온은 의아한 표정을 지었다.

"그게 아니라, 여황 폐하께도 좀 드리는 것이 어떨까 해서요."

혼자만 맛있는 요리를 먹었다는 생각에 라이번의 표정에는 약간의 죄책감마저 떠올라 있었다.

'후훗, 오늘 요리는 정말 대성공인걸.'

평소의 라이번이라면 처음 맛을 보았을 때 할 법한 소리다.

그렇지 않았다는 건 그만큼 음식이 맛있어 자신도 모르게 먹어치워 버렸다는 의미가 된다.

여기까지 생각한 디온은 환하게 웃으며 그의 걱정을 한마디로 일소했다.

"염려 마. 어마마마께는 만들자마자 보냈으니까."

"아! 잘하셨습니다!"

라이번은 웃으면서 고개를 끄덕였다.

멀리서 바라보는 이 두 모자는 황족다운 우아함과 예의를 갖추면서도 서로를 아끼는 모습이 참으로 아름답다.

막상 가까이서 이들의 대화를 들어보면 가끔 기가 막히는 말들이 오가곤 하지만 여황과 황태자 사이에는 일반인의 그것을 벗어나는 상식이 있는 법이다.

예를 들어, 둘이 함께 사비너의 새로운 젊은 애인에 대한 감평을 한다던가, 뭘 하고 놀아야 즐거울지 여황제가 아들에게 칭얼거리는 등이 있다.

예의를 중시하는 고루한 귀족들이 보면 놀라 뒤로 넘어갈 대화가 이들 모자 사이에서는 자연스럽게 행해진다.

하지만 그것도 표면상의 모습일 뿐이다. 눈과 귀를 열고 활짝 열린 마음으로 이들을 보면 세상 누구보다 서로를 소중히 하는 어머니와 아들을 볼 수 있다.

'주방에서 또 한바탕 난리가 났겠군!'

황실요리사인 고든은 절대 이런 요리를 보고 그냥 지나칠 사람이 아니다. 분명 지금쯤 디온의 요리를 따라잡기 위해 불타오르고 있을 것이 틀림없다.

지금은 아카데미의 방학 기간이다.

오가는 길이 만만치 않기 때문에 방학은 일 년에 삼 개월이며, 아카데미 내에 남는 것도 가능하다.

사실 디온도 남을 생각이 있었지만, 던컨이 방학을 기회로 여행을 간다는 것을 알고 귀국을 결심했다.

황궁으로 돌아온 디온은 곧바로 요리 실습에 들어갔다.

예전과는 달리 특별한 요리를 만든다기보다 흔한 요리를 더 맛있게 만드는 데 주력하는 것처럼 보였다.

이는 리네의 솜씨에 자극을 받았기 때문이다.

그 덕에 신이 난 것은 황태자 주변의 사람들이었다.

보통 디온의 요리는 라이번과 사비너를 우선적으로 하고, 여기저기 생각나는 이들에게 보내어졌다.

지금은 디온의 요리가 맛있다는 것이 알려지면서 남은 음식이라도 맛보려고 벼르는 사람이 한둘이 아니었다.

이런저런 생각을 하면서도 라이번의 손은 재빨리 탁자 위의 식기들을 정돈하고 있었다.

＊　　　＊　　　＊

디온이 사비너에게 보낸 수프는 일인분이 아니었다. 사비너는 제국 최고위급의 귀족들과 오전부터 회의를 진행하고 있었기에 대신들 몫까지 보내야 했다.

대부분의 문제는 독단적으로 결정하는 편인 사비너지만 그것이 저절로 되지는 않는다.

사비너가 늘 '깐깐한 늙은이'라고 부르는 세 명이 있다.

이들이야말로 작위뿐 아니라 실제적으로 나라를 운영하는

각 분야의 최고 책임자라 할 수 있다.

실무에서 한 걸음 물러난 듯 보이지만 실제로는 아직도 그 후계자나 제자, 자손들이 하는 일을 은근히 관망하고 있는 것이다.

실제로 이 노인들이야말로 사비너가 여황이 된 후 국정을 훌륭히 수행해 낼 수 있었던 힘이다.

늘 투덜대면서 상대하기 어렵다는 듯 말해도 사비너 스스로 이들에 대해서 상당한 애정을 가지고 있었다.

귀족회의가 늘 사비너의 의도대로 진행되는 것은 바로 이 세 노인의 절대적인 지지가 있기에 가능하다. 하지만 그 뒤에는 피를 말리는 자체 조율의 현장이 있으니 바로 오늘의 사전 협의 회의가 그것이었다.

'어머? 이게 어찌 된 일이지?

아무래도 오늘 내로 끝나기 힘들다고 거의 포기했건만 재개된 회의는 너무나 쉽게 끝나 버렸다.

좀 전까지만 해도 바득바득 우기던 세 노인이 사비너가 내놓은 절충안에 갑자기 동의를 했기 때문이다.

"그럼 이것으로 내년의 예산 책정은 결정된 것으로 하겠소."

사비너는 황망한 와중에도 혹시나 저들이 마음을 바꿀까 싶어 황급히 말했다. 그런 여황의 모습에도 세 노인은 웃음 띤 얼굴로 고개를 끄덕이며 사이좋게 회의장을 나섰다.

그들 셋을 배웅한 사비너는 석연치 않은 표정을 지으며 다시 자리에 앉아 중얼거렸다.

"휴식 전까지는 다들 전혀 양보할 태세가 아니었는데 도대체 어떻게 된 거야?"

제국의 예산은 한정되어 있다.

사적인 이익을 챙기지 않더라도 행정 관료들은 자신들의 계획을 관철하기 위해 더 많은 예산의 책정을 바란다.

어찌 보면 나라를 위한 애정의 표현이라고도 할 수 있다.

많은 예산은 그만큼 많은 일을 가져오게 마련이니까.

평상시에도 서로 부딪치는 것은 물론이고 사비너의 정책 추진에도 이것저것 따지는 것이 많은 노인들이다.

내년 예산을 정하는 회의가 단 하루 만에 끝났다는 것은 기적에 가까웠다.

"작년에는 서로 수염이라도 잡아당길 기세로 싸웠는데……."

작년의 경우 셋 중 둘의 의견이 정면으로 충돌했다. 처음에야 점잖게 의견을 주고받았지만 점점 언사가 과격해지더니 나중에는 아예 말다툼이 되어 버렸었다.

수십 년을 알고 지낸 사이인만큼 온갖 과거사를 꺼내면서 인신공격에 가까운 말들을 퍼부어댔던 것이다.

이때만큼은 사비너는 소녀의 모습이 되어야 한다.

어린 손녀 같은 모습으로 애교를 떨어가면서 화해를 시키는 한편 적절한 타협안을 내놓는 것이 그녀의 역할이다.

그렇게 겨우겨우 진정시켜 놓으면 다시 점잖게 말하다가 누군가 신경을 건드리는 발언을 하곤 한다.

그럼 다시 화해의 분위기는 끝장나고 회의장은 격렬한 말의 전장으로 변하는 것이다.

그렇게 몇 번을 반복하여 완전히 진을 뺀 후에야 끝나는 것이 당연한 절차가 되어버린 지 오래다.

"가만! 그리고 보니?"

이와 비슷한 사건이 근래에도 몇 번 있었다.

모두 해결하려면 힘든 상황이었는데 기적처럼 사람들이 사비너의 말을 따라주었다.

"저번에 영주들 분쟁 건도, 그리고 그것도. 아!"

이해할 수 없을 정도로 순조롭게 자신의 의도대로 되었던 문제들. 그 장면 안에는 하나의 공통점이 있었다.

"디온의 요리!"

생각해 보니 오늘도 역시다.

엄청난 기세로 자신의 주장만 되풀이하며 전혀 사비너의 말을 들어주지 않던 이들이 휴식 시간이 지난 후 태도가 싹 변했다. 그 휴식 시간에 그들은 디온이 보낸 수프를 함께 먹었다.

무엇인지는 몰라도 디온의 요리에는 특별한 힘이 있는 것이 분명했다.

"아직은 아무것도 밝혀진 것이 없으니 일단 실험을 해보는 것이 좋겠군."

아무것도 모르는 디온은 요리를 만들면 꼭 보내달라는 어머니의 말에 무척 기뻐했다.

*　　*　　*

쿠어어어!

그야말로 꼼짝달싹 못하도록 거대한 돌 침상에 굵은 사슬로 꽁꽁 묶인 오우거는 분노의 포효를 했다.

"자자, 악쓰지 말고 아 해봐."

거대한 오우거 앞에 선 사비너는 전혀 두려워하는 기색 없이 말했다. 하지만 그녀의 손에 들린 스푼이 다가오는 순간 소리를 지르느라 크게 벌어졌던 오우거의 입이 순식간이 꾹 다물어졌다.

"어휴, 정말 말도 참 안 듣네."

사비너는 마치 길들인 애완동물에게 하듯 투덜거리고는 젖은 수건을 오우거의 뻥 뚫린 코 부분에 슬쩍 올려놓았다.

그렇게 잠깐을 기다리자 결국 숨을 참지 못한 오우거의 입이 벌어졌다.

콸콸! 꿀꺽! 꿀꺽!

사비너는 그 틈을 타 얼른 오우거의 입안으로 음식물을 들이부었다. 그리고 음식물이 목으로 넘어가는 것을 확인한 후에야 젖은 수건을 걷어냈다.

잠시 후 사비녀는 멍한 표정으로 입을 딱 벌린 채 오우거 쪽을 보고 있었다.

그녀의 시선이 닿는 곳에는 포효하던 몬스터는 이미 보이지 않았다. 아니, 분명 오우거는 있었지만 도대체 세상 어디에 저런 눈빛을 한 오우거가 있단 말인가?

"이건 꼭……."

강아지 같다.

사비녀는 말끝을 잇지 못하고 속으로 생각했다. 큰 눈을 뒤룩거리며 애처로운 표정에 입가엔 침이 질질 흐른다.

묶여서 움직일 수는 없지만 오우거의 시선이 닿는 곳에는 사비녀가 억지로 먹였던 음식 그릇이 자리 잡고 있었다.

누가 보아도 더 달라는 표정이다.

끼잉, 끼잉.

"헉! 강아지 밥 달리는 울음소리?"

눈빛 공격이 통하지 않자 이번에는 애원하는 듯한 소리를 낸다. 사비녀는 이 황당한 상황에 놀라 입이 다물어지지 않았다.

약간의 시간이 흘렀다.

"손!"

여인의 음성이 떨어지기가 무섭게 그녀의 흰 손 위에 거대한 무언가가 올려졌다.

　성인 장정의 머리통만 한 크기, 오므리긴 했으나 그 섬뜩함을 숨길 수 없는 날카롭고 강인한 발톱이 달린 앞발이다.

　"기다려!"

　사비너는 음식 그릇을 앞에 놓고 오우거의 행동을 살폈다.

　이미 사슬을 풀어준 지 오래건만 오우거는 잘 길들인 강아지처럼 얌전히 앉아 있다. 그러면서도 시선은 그릇에서 떨어질 줄을 몰랐다.

　뚝, 뚝.

　오우거의 입에서 나온 침이 바닥으로 떨어져 소리가 날 지경이 되었다. 사비너는 기가 막힌 표정으로 다시 말했다.

　"좋아, 먹어!"

　말이 떨어지기가 무섭게 오우거는 음식 그릇으로 달려들었다. 그 모습을 보며 사비너는 자리를 떠났다.

　지난 회의 때 이상을 알게 된 후 디온이 요리를 보낼 때마다 사비너는 남몰래 이런저런 실험을 해보았다. 그리고 그 결과는 너무나 놀라웠다.

　디온의 요리를 먹은 사람은 사비너의 의도대로 기꺼이 따랐다. 마치 그것이 처음부터 자신의 생각이었다는 듯.

　결국 사비너의 실험은 길들여진 애완동물에서 가축, 그리고 몬스터까지 이르게 되었다. 그 마지막 절정이 바로 오늘 보았던 오우거이다.

익힌 음식이나 곡류라곤 입에 대지도 않던 오우거가 디온의 요리에는 거의 환장하는 수준이었다.

'그뿐이면 그냥 맛이 있어서라고 억지를 쓸 수 있겠지만……'

디온의 요리의 이상한 효능은 몬스터에게도 그대로 먹혀들어 갔다. 마치 10년은 길들인 애완동물처럼 요리를 제공하는 이의 말에 절대적으로 복종을 한다. 이는 결코 그냥 맛으로 일어날 수 있는 일이 아니다.

'이게 무슨 일인지 꼭 알아야겠어.'

오우거를 가두어놓은 지하 감옥에서 돌아온 사비너는 자신의 침실로 향했다.

확실한 근거를 얻기 위해 여러 가지 실험을 했지만 역시 결론은 하나였다.

디온의 요리가 가진 힘은 확실했다.

요리를 먹은 존재는 그것이 무엇이든 다들 사비너의 의사에 맞추어 최선을 다하려는 모습을 보였다. 그것이 마치 자신의 기쁨인 것처럼 생각하는 것이다.

사비너가 기뻐하면 덩달아 자신도 즐거워하고, 사비너가 화를 내면 어쩔 줄을 모른다.

'이건 최상급 현혹 마법의 수준을 넘어서는 위력이야!'

그녀는 물질계에 존재하는 최강의 현혹 마법을 알고 있다. 그런데 그녀가 보기에 디온의 요리는 거의 그 정도의 마력을 지닌 듯했다.

더군다나 복잡하게 주문을 외울 필요도 없고, 몸 안의 마나를 죽기 직전까지 박박 긁어서 집중하지 않아도 된다.

그냥 비스킷 하나만 먹어도, 현혹이 된다.

그런 점에서 디온의 요리는 절대 현혹 마법 이상이라 할 수 있었다.

사비녀는 속으로 생각하면서 침실 문을 걸어 잠그고 자신의 침대 쪽으로 걸어갔다.

침대 머리맡에는 천사 같은 아기를 안은 아름다운 여인의 그림이 걸려 있다.

바로 사비녀와 디온의 초상화이다.

사비녀는 그림 속의 자신의 눈동자 부분을 손으로 살짝 어루만지며 무언가 중얼거렸다. 그러자 돌연 그림이 사라지고 초상화가 있던 자리에 거울이 하나 생겨났다.

"이봐요, 얘기 좀 해요!"

어쩐지 새치름해 보이는 목소리로 사비녀가 거울을 향해 말을 걸었다. 왠지 모르게 지금의 그녀는 토라진 소녀 같았다.

잠시 후, 거울 속에서 굵직한 남자의 웃음소리가 흘러나왔다.

[크하하하, 그 녀석이 이런 재미있는 능력 발현을 하다니! 과연 내 아들이다. 낳은 보람이 있군!]

"이봐욧!"

사비녀의 날카로운 목소리가 남자의 웃음을 틀어막았다. 그 뒤로는 둘이 열심히 대화를 나누었다.

＊　　　＊　　　＊

똑똑.

'음?'

찻잔을 정돈하던 라이번은 살짝 미간을 찌푸렸다.

디온의 처소에서 일하는 시종들은 모두 라이번이 직접 관리하고 있다. 방문을 두드릴 때 내는 소리 하나까지 신경에 거슬리지 않도록 연습을 시킬 정도이다.

그런데 지금 울린 노크 소리는 평소의 절제가 보이지 않는다. 누군지 단단히 교육을 시켜야겠다고 작심한 라이번은 쟁반을 든 채로 살짝 문을 열었다.

"무슨 일인가?"

문 앞에 서 있던 시종은 라이번의 엄한 말투에 움찔하면서 얼른 옆을 바라보았다. 라이번이 시종의 시선을 쫓아보니 기사 한 명이 서 있었다.

"이분이 저하를 뵙게 해달라고 하셔서……."

"넵! 저는 니커라고 합니다."

차렷 자세로 크게 대답하는 기사의 태도에 라이번은 살짝 인상을 쓰며 방 안쪽을 살폈다.

"목소리를 낮추게. 실내에서는 그게 맞는 예절이니까."

"넵! 죄송합니다!"

니커는 당황함이 역력히 드러나는 표정으로 다시 말했으나 여전히 목소리는 크기만 했다. 라이번은 고개를 살짝 저으며 어쩔 수 없다는 듯 말했다.

"됐네. 무슨 일이지?"

"그게, 황태자 저하를 찾아온 자가 있습니다."

"누구라고 하던가?"

"투투라고 하는데, 혹시 아시는 분인지 확인하려고 왔습니다."

"투투?"

라이번으로서는 처음 듣는 이름이었다.

"투투? 난 처음 듣는데?"

이미 이야기를 다 듣고 있던 디온이 불쑥 방 밖으로 나서면서 대신 대꾸했다.

철컹, 탁!

"황태자 저하를 뵙습니다!"

니커는 바닥이 울릴 정도로 후다닥 한쪽 무릎을 꿇으며 예를 취했다. 갑옷이 덜컹거리는 소리가 조용한 복도에 요란하게 울려 퍼졌다.

"응, 일어나도 괜찮아. 투투라고 했다고? 다른 말은 없고?"

“넵.”

다짜고짜 정문에서 황태자를 만나겠다고 하는 사람이 흔할 리가 없다.

물론 귀족이라면 황궁에 출입할 수 있고, 시종을 거쳐서 알현을 요청할 수도 있다. 하지만 어떤 신분의 증명도 없이 황태자를 만나겠다고 하니 정문을 지키는 기사들로서는 난처하기 짝이 없었다.

격식을 따르자면 당연히 밖으로 내쳐야 하고 상대도 할 필요가 없다. 하지만 문제는 황태자가 장기간 황궁을 떠나 있었다는 점이다.

만약 찾아온 사람이 정말 황태자의 지인인데 홀대를 한다면 문제가 될 수 있다. 이래저래 어쩌지 못하고 사실을 확인하기 위해 직접 내궁까지 들어오게 된 것이다.

“모르는 자입니까?”

라이번은 디온을 향해 확인하듯 물었다. 디온은 살짝 고개를 젓고는 호기심 어린 표정으로 말했다.

“응, 그렇긴 한데, 무슨 일인지 만나보지.”

“알겠습니다. 안내하게.”

말이 끝나기가 무섭게 발을 떼놓는 디온을 향해 정중히 대답한 라이번은 기사를 향해 엄격한 어조로 채근했다.

“네, 넵!”

어쩔 줄 모르는 표정으로 서 있던 니커라는 기사는 허둥지

등 디온의 앞쪽으로 달려갔다.

"쯧쯧."

라이번은 못마땅한 표정으로 혀를 몇 번 차고는 잰걸음으로 디온의 뒤에 따라붙었다.

황실 정문을 지키는 기사들은 하나같이 난감한 표정을 짓고 있었다.

"만나러 왔다! 투투, 황태자님 만나야 한다!"

기사들의 시선을 한 몸에 받고 있는 자는 바닥에 털썩 주저앉아 있다. 그럼에도 그 앉은키라는 것이 좀 작은 성인 남자의 키와 비슷할 정도이다.

'하프 오우거인가?'

기사들은 질린 표정으로 자칭 투투라는 남자와 성문 기둥을 번갈아 바라보았다.

황궁의 정문을 지탱하는 기둥이 허술할 리가 없다. 표면은 대리석으로 장식되어 있지만 안쪽에는 강도가 가장 센 돌로 되어 있다. 거기에 만약의 경우를 대비하여 물리력과 마법 공격에 대한 방어 마법도 걸린 상태이다.

지금 그 돌기둥의 윗부분은 동그랗게 파여 있었다.

붉은 더벅머리를 날리며 앉아 있는 거인, 자칭 투투라고 하는 저 사내의 작품이다.

작정하고 부순 것도 아니고, 기다리기 지루한지 하품을 하면서 기지개를 펴다가 주먹이 기둥에 닿았을 뿐이다.

정문 경비 책임자인 애들러 경은 속으로 갈등에 갈등을 거듭하고 있었다.

황태자 저하의 손님이라 하여 일단 연락을 취했지만, 저 터무니없는 무력을 보니 위기의식이 들었다.

'저자가 만약 딴마음이라도 먹는다면……'

호의로 찾아온 인물이 아니라면 저 거인은 엄청난 위험인물이다. 그런 자를 황태자 저하와 곧바로 대면하게 하는 것은 위험하다는 판단이 들었다.

'그렇다고 신원도 확인하지 않고 무력으로 제압할 수도 없고……'

단순히 잠시 보인 힘만 보더라도 쉽지 않은 일이 될 수 있다. 거기에 만약 정말 황태자가 아는 사람이라면 더욱 큰일이다.

'아무래도 황태자 저하의 신변이 가장 중요하지.'

애들러 경은 조용히 주위 기사들에게 투투라는 자를 지키게 한 후 내궁 쪽으로 가려 했다. 그 순간 저쪽에서 빠르게 다가오는 사람들을 볼 수 있었다.

"황태자 저하를 뵙습니다."

정문이 보이는 위치에 이르렀을 때, 저쪽에서 달려온 기사 하나가 디온에게 예를 취했다.

"나를 찾아왔다는 사람은?"

"아시는 분입니까?"

질문에 질문으로 답하는 것은 결코 윗사람에 대한 예의가 아니다. 이를 알면서도 애들러는 묻지 않을 수 없었다.

"무엄하군. 굳이 물어야 할 이유라고 있는 것인가?"

어느 틈에 라이번이 앞으로 나섰다. 그는 애들러의 태도에서 심상찮은 기미를 느끼고 이야기를 할 기회를 주어야겠다고 생각했다.

"그 투투라는 사람의 무력이 심상치 않습니다."

애들러는 굳은 얼굴로 대답했다. 그리고 빠른 어조로 그사이 일어났던 기둥 파괴에 대해 설명했다.

"그냥 손을 뻗었는데 그렇게 되었다고?"

라이번이 기가 막힌다는 듯 되물었다.

한때 제국의 모든 병력과 안전이 그의 손아래 있었다. 황궁 외벽과 기둥이 얼마나 튼튼한지 누구보다 잘 아는 이가 바로 라이번이다.

"네, 그저 지겹다고 툴툴거리다가 하품을 하면서 기지개를 켰을 뿐입니다. 그 한쪽 주먹이 기둥과 부딪쳤는데 별안간 큰 소리가 나면서 동그랗게 파여 나갔습니다."

애들러는 당시 상황을 상세히 보고했다.

지금 정문 앞에서 황태자를 기다리는 자의 위험성을 일깨우려면 꼭 해야 할 이야기였다.

"라이번, 정문 기둥에도 방어 마법진이 가동되고 있지 않나?"

디온이 재차 확인하듯 묻자 라이번은 심각한 표정으로 고개를 숙이며 대답했다.

"분명히 물리력과 마법력에 대해 방어진이 작동되고 있는 것으로 알고 있습니다."

"헉! 그걸 그냥 맨손으로 힘도 안 주고 그렇게 만들었다는 거야?"

디온은 믿어지지 않는다는 표정으로 자신도 모르게 음성을 높였다. 그것도 잠시, 디온의 얼굴에는 확연한 호기심이 나타났다.

"저하, 위험할지도 모릅니다."

라이번은 대충 대답을 예상하면서도 경고의 말을 했다. 하지만 디온은 역시 상관없다는 듯 웃으면서 앞장을 섰다.

"그 정도의 무력을 가졌다면, 벌써 기사들을 해치우고 들어왔을 거야. 아마 나쁜 뜻을 가진 사람은 아닐 것 같아."

말을 하면서도 이미 디온의 발은 정문을 향하고 있었다.

라이번은 애들러 경을 불러 정문을 지키는 기사들이 황태자를 호위할 준비를 하도록 하라고 일렀다. 그는 다시 올 때보다 더 빠른 속도로 정문을 향해 뛰어갔다.

"화아, 정말 엄청 크다!"

투투의 모습이 보일 정도의 거리에 이르자 디온은 감탄하

며 말했다. 그때 마침 투투라는 자가 두리번거리다가 디온 일
행의 모습을 보게 되었다.

쿵쿵쿵쿵!

철컹, 쿠다당!

"으악!"

"헉!"

"어이쿠!"

땅이 울렸다.

투투는 디온의 모습을 보자마자 무조건 앞으로 뛰기 시작
했다. 당황한 기사들이 그의 앞을 가로막았지만, 투투는 무시
하고 그들을 가로질러 나아갔다.

파파팍!

"커헉!"

투투와 부딪친 기사들이 좌우로 쓰러졌다. 심지어는 투투
의 팔에 걸려 하늘로 날아오르는 기사도 있었다. 그야말로 바
람에 가랑잎 날리는 모습과 다를 바 없었다.

다만 무거운 갑옷을 입은 채로 공중에 붕 떴다가 떨어지는
바람에 여기저기 금속 부딪치는 소리가 요란하게 울리는 것
만 다를 뿐이다.

"막아!"

"멈춰랏!"

바로 앞의 기사들과 병사들이 가로막으려는 의도로 검이

나 창을 들이댔다면 그 후의 기사들은 실제로 공격하려는 의
도로 투투에게 달려들었다.

하지만 결과는 이러나저러나 똑같았다.

마치 멧돼지같이 앞을 보고 돌진하는 투투의 몸에는 칼과
창이 어떤 타격도 주지 못하는 듯 보였다.

오히려 검을 들이댄 자들이 속속 나가떨어지고 있었다.

'대단하군!'

디온은 순식간에 눈앞으로 다가오는 투투의 모습을 보면
서 속으로 감탄했다.

지금 저자에게 느껴지는 기세는 자신보다 높았다. 그럼에
도 불구하고 위기감은 전혀 들지 않았다.

'적의가 느껴지지 않는군.'

투투는 그저 일심으로 앞으로 나올 뿐이라고 디온은 느꼈
다.

불쌍한 기사들은 땅에서 기어다니는 개미와도 같은 모양
이었다. 길 가는데 밑에 개미가 지나다니는 것을 신경 쓰면서
가는 사람은 없다.

이 모든 일은 순식간에 일어났다. 라이번은 어느새 디온의
옆으로 바짝 붙어서 있었다.

쿵!

거구의 사내는 디온의 한 발 앞에서 우뚝 멈추어 서더니 털
썩 무릎을 꿇었다. 그 과격한 동작에 땅이 비명을 질렀고, 디

온과 라이번에게도 진동이 전해졌다.

"나는 투투다!"

투투는 이미 수없이 반복한 말을 외쳤다. 디온은 재밌다는 듯 그의 말투를 흉내 내어 말했다.

"나는 디온이다!"

다음 순간 투투의 머리가 쿵 소리를 내면서 땅에 닿았다. 다시 고개를 든 투투가 한층 더 높아진 소리로 외쳤다.

"투투는 디온의 부하다!"

"뭐?"

이 엉뚱한 소리에는 디온도 놀라지 않을 수 없었다.

라이번은 투투의 정체를 대충 짐작하고는 한 손을 올려 머리를 짚었다. 잠시 당황한 표정을 짓고 있던 디온은 마음을 가다듬고 다시 물었다.

"네가 왜 내 부하라는 거지? 난 널 처음 보는데?"

"투투도 디온 처음 본다!"

부하라고 자처하는 자가 꼬박꼬박 반말을 해대니 이 또한 황당하지 않을 수 없다.

디온은 도무지 이해할 수 없는 낯선 거인을 보면서 다시 물었다.

"그런데 네가 왜 내 부하라는 거지?"

"투투는 디온의 부하가 되어야 한다!"

디온의 말에도 투투는 그저 자신의 말만 했다. 몇 번 말이

오갔지만 전혀 소용이 없었다.

투투라는 자는 그저 같은 말만 반복하면서 자신이 디온의 부하라고 우기고 있었다.

디온은 결국 태도를 바꾸었다.

"그러니까, 투투 너는 내 부하가 되고 싶은 거지?"

"투투는 디온의 부하다!"

"음, 그럼 넌 내 명령대로 해야 하는 거 알지?"

"안다. 투투는 황태자 말 잘 들을 거다."

"넌 강한가?"

"강하다. 싸우고 또 싸운다. 그래서 내 이름이 투투(鬪鬪)다."

"좋아, 그럼 먼저 나랑 한번 싸워보자."

디온의 말에 놀란 것은 투투만이 아니었다.

"그건 너무 위험합니다!"

평소 느긋하고 온화하던 라이번마저 안색이 변하여 디온을 말렸다.

라이번이 보기에도 투투는 지나치게 강했다.

거기에 그의 움직임이나 행동으로 보아 디온을 배려해서 대련을 한다고 기대하기는 어려웠다.

의외로 투투도 디온의 말에 난색을 표했다. 그는 이해가 안 간다는 표정으로 고개를 좌우로 붕붕 흔들면서 말했다.

"투투, 디온이랑 안 싸운다. 투투, 적이랑 싸운다. 디온은 투투의 적이 아니다!"

라이번은 투투의 거부에 속으로 안도의 한숨을 쉬었지만 일은 그것으로 끝나지 않았다. 이번엔 디온이 고집을 부리기 시작한 것이다.

"네가 나랑 안 싸우면 난 너한테 돌아가라고 명령할 거야. 그래도 좋아?"

"그건 안 된다!"

투투는 다급하게 외쳤다. 그는 정말로 디온의 옆에 있고 싶었다. 그 마음이 부릅뜬 큰 눈을 통해 그대로 드러나고 있었다.

"넌 내 부하니까 내 명령대로 한다면서? 그런데 싸워보자니 안 되고, 돌아가라니까 그것도 안 하면 네가 내 부하인가?"

"……."

디온의 조리있는 말에 두두는 둥방울 같은 눈동자를 굴리면서 대답을 하지 못했다.

그는 평생 달리는 지능과 말발을 주먹으로 대신해 왔다. 그의 앞에서 그가 이해할 수 없는 말을 하는 자는 모두 적이다. 그것이 투투의 생각이었다.

하지만 지금 주먹을 휘두를 수는 없었다. 디온은 적이 아니다. 주인이다.

"따라와."

디온은 그대로 몸을 돌려 대련장으로 갔다.

결국 투투는 울며 겨자 먹기 식으로 앞장선 디온의 뒤를 따라가야 했다.

자신의 허리께를 간신히 넘기는 디온의 뒤를 따라 걸어가는 투투의 어깨는 축 처져 있었다.

자리를 떠나는 그들의 뒤에서는 부상을 당한 기사들과 병사들이 동료들에 의해 응급처치를 받거나 옮겨지고 있었다.

디온이 투투를 데려간 곳은 최상급 기사들을 위한 대련 공간이었다.

일정 경지 이상의 기사들이 겨룰 경우 대련장은 물론이고 그 주위 기물의 파괴가 필연적으로 생기게 마련이다. 이를 대비하여 이곳에는 몇 겹의 보호 마법과 방어 마법이 걸려 있었다.

꽤나 넓은 공간의 중앙까지 나아간 디온은 투투와 몇 발 떨어져 선 후 검을 들고 자세를 취했다.

"자, 이제 공격해 봐!"

투투는 디온의 말에 머뭇거리며 움직이지 않았다.

그로서는 언감생심 감히 디온에게 무력을 휘두를 엄두를 낼 수 없었다.

주먹을 쓰는 것은 적을 만났을 때뿐이다.

디온은 완전히 주눅이 든 얼굴을 한 투투를 보고 할 수 없다는 듯 혀를 차고는 자신이 먼저 달려들었다.

"차앗!"

검과 창을 튕겨낸 것을 보았기에 디온의 손속에는 일말의 사정도 없었다. 단지 오러만 두르지 않았을 뿐 정신이 번쩍 들라는 듯 투투의 머리 위로 온 힘을 다한 일격을 내려쳤다.

깡! 아아아아아앙!

마치 쇠가 마주치는 듯한 청명한 소리가 울려 퍼졌다.

'헉! 뭐야? 어떻게 머리를 쳤는데 쇳조각을 때린 것 같은 느낌이?'

디온은 황급히 뒤로 물러서면서 투투의 표정을 살폈다.

긁적긁적.

투투는 방금 디온이 친 부위를 손으로 긁으면서 멋쩍은 표정을 짓고 있었다. 금속 투구를 쓰더라도 충격이 전해질 정도였건만 타격을 받은 흔적은 전혀 나타나지 않았다.

그런 투투의 모습을 확인한 디온은 속으로 오기가 치밀어 올랐다.

검의 길, 무의 길을 가지 않기로 했지만 호승심은 남아 그를 자극했다. 사실 검을 든 이후로 자신이 넘기 힘든 벽처럼 느껴지는 존재는 이자가 처음이었다.

'좋아, 그렇다면!'

디온은 마음을 가다듬고 기운을 집중했다.

우우우우웅!

디온의 검이 묘한 소리를 내며 울렸다. 그와 동시에 피처럼 붉은 기운이 검끝으로부터 일어나 점점 굵어지더니 곧 검신 전체를 감쌌다.

"오러 블레이드!"

대련장 밖에서 관전하던 이들 중 디온의 검을 둘러싼 기운을 알아챈 누군가가 자신도 모르게 외쳤다.

투투의 표정도 살짝 변했다.

히죽.

거인의 얼굴에 웃음이 번져 나갔다. 하지만 그것은 적수를 만난 기쁨이라고 표현하기엔 힘들었다.

어쩐지 대견하다고 생각하는 표정이었다.

'역시 그분의 아들!'

투투는 평범한 인간의 모습을 한 디온의 기운이 생각보다 세다는 것을 느끼며 진심으로 기뻐했다.

타타탁!

디온은 경쾌한 스텝을 밟으면서 투투의 주변을 돌았다. 그리고 다음 순간 오러를 머금은 검이 보이지 않을 정도로 빠르게 움직이기 시작했다.

깡. 깡. 깡. 깡.

디온의 검이 움직이는 것과 동시에 셀 수 없을 정도로 빠른 박자의 소리가 대련장에 울려 퍼졌다.

'이럴 수가!'

―오러블레이드로 베지 못하는 것은 없다.

이는 기사라면 누구나 인정하는 사실이다.

오러를 머금은 검을 막을 수 있는 것은 같은 오러밖에는 없다. 일반적인 모든 물질들은 오러 블레이드에 의해 소리도 없이 베어지게 마련이다.

드래곤의 비늘조차 벨 수 있는 것이 바로 마나로 이루어진 검, 오러 블레이드가 아닌가?

오러를 사용하는 기사들이 대련을 할 때 소리가 나는 경우가 있다. 이때 들리는 소리는 폭발음에 가깝다. 말하자면 '쾅쾅쾅' 이래야 정상이다.

뿐만 아니라 응축된 마나와 마나가 부딪치며 발생한 엄청난 탄성에 약한 자의 몸이 산산조각나기도 한다.

'뭐야? 이놈의 몸이 드래곤의 비늘보다 더 단단하다는 거야?'

물론 모든 일에는 예외가 있는 법.

본래의 강도로서 오러의 검에 맞설 수 있는 것은 드래곤의 뼈나 오리하르콘, 혹은 아다만타이트 등 몇 개의 특수한 금속에 한한다.

디온의 수많은 검격 중에는 겉으로 드러난 투투의 피부에 직접 닿은 것도 있었다.

하지만 여전히 들리는 소리는 깡깡깡이다.

오러에 의한 폭발음은 어디로 갔단 말인가? 그것이야말로 풀리지 않는 수수께끼였다.

그때, 사고가 일어났다.

투투는 정신없이 이어지는 검 세례에도 별다른 타격을 받지 않았다.

처음엔 그냥 슬쩍 스치는 느낌이 났고, 그다음엔 가끔씩 따끔거리는 느낌도 있었다. 인간의 통증으로 치자면 웃으면서 누군가 찰싹 때리는 정도의 느낌이랄까?

정신없이 맞고 있는 와중에 투투는 아무 생각 없이 손을 들어 방금 맞은 어깨 뒷부분을 긁으려 했다.

하지만 운이 없어서 그랬는지, 바로 그 순간 다시 주위로 접근했던 디온의 검이 그 손에 맞았다.

펑!

폭발음이 사방으로 퍼지며 디온의 몸이 하늘로 날았다.

'어, 어째서?'

디온은 투투에게서 아무 투지도 읽지 못했다.

아무에게도 말하지 않았지만 그는 보통 자신을 공격하려는 상대의 기운을 쉽게 읽을 수 있다. 뻔히 보이는 공격이기에 미리 대비하고 당하지 않는 것이다.

그런데 이번 투투의 공격에서는 아무 조짐도 읽지 못했다.

'이, 이놈은 혹시 그랜드 마스터인 건가!'

마스터가 천혀 인식하지 못하는 공격을 하다니? 디온의 상식으로는 그렇게밖에 생각할 수 없었다.

물론 투투는 공격하려는 의도 따위는 전혀 없었다.

부웅 떠서 날아가는 디온의 눈에 마지막으로 보인 것은 어깨를 긁적이는 투투의 모습이었다.

"저하!"

"황태자 저하!"

멀쩡하게 상대를 공격하던 디온이 갑자기 하늘로 붕 뜨는가 싶더니 경기장 구석 벽에 처박혀 버렸다.

투투가 공격을 하지 않는 것을 보고 한시름 놓았던 기사들이나 라이번은 경악에 차서 디온 쪽으로 달려들었다.

"응?"

어깨를 긁던 투투는 사람들의 음성에 비로소 디온이 날아간 것을 볼 수 있었다.

"으허헝! 안 돼!"

거리를 두고 보기에도 디온은 크게 상처를 입은 듯 꼼짝도 하지 않았다.

투투는 순간적으로 두려움에 휩싸였다. 자신이 그분의 아들을 죽였다고 생각하자 하늘이 노랗게 보였다.

인간의 몸으로 그의 주먹에 닿고 살아남을 수 있는 존재가 있다고는 믿지 않았다. 아무리 주인이라고 해도 아직까진 인간인 것이다.

"으허허헝! 죽지 마라! 죽으면 안 된다!"

콰쾅쾅!

쩌적저적!

키가 2미터도 훨씬 넘는 거인이 대련장 한가운데서 발버둥까지 치면서 우는 모습이라니!

문제는 모습이 아니라 땅을 치는 주먹이다. 땅이 소리를 내며 깊은 균열을 일으켰다. 황궁 전체에 지진이 일어났다.

"이런, 마법사들을 불러라!"

"사람들을 대피시켜!"

기사들은 급히 방어진을 짜서 투투를 둘러쌌다.

또한 한편으로 그들은 모두 디온의 상태를 살피기에 바빴다. 그때 내궁 쪽에서 일단의 사람들이 나왔다.

"모두 물러서라!"

"여황 폐하를 뵈옵니다!"

어느새 대련장에 나타난 사비너는 디온 주위의 사람들을 물리친 후 직접 앞으로 나섰다. 그리고 잠시 아들을 살펴보고는 빠르게 지시를 내렸다.

경황을 잃고 우왕좌왕하던 사람들은 사비너의 지시에 따라 움직이기 시작했다.

"우허허헝… 엉어엉!"

들것에 실려 나가는 디온을 본 사비너는 한숨을 쉬면서 아직도 어린애처럼 울고 있는 투투 쪽으로 향했다.

"울지 마라. 저 아이는 죽지 않아."

투투는 작지만 부드럽게 울리는 목소리에 눈물이 그렁한 눈을 들었다.

"……!"

다음 순간 그는 털썩 앞으로 엎드려 뭐라 뭐라 인사를 했다. 사비너는 속으로 한숨을 쉬면서 작게 속삭였다.

"그 아이가 절대로 죽지 않는다는 걸 너도 알 텐데? 그렇지?"

"아!"

투투의 얼굴이 순식간에 활짝 펴졌다. 맞다. 그가 아무리 인간이라도 그분의 아들이다. 절대 죽지 않는다.

너무 놀라서 그 사실을 잊었던 투투는 허둥지둥 디온을 데려가는 이들의 뒤를 따라가기 시작했다.

사비너가 미리 지시해 놓은 덕분에 투투의 앞을 막아서는 이는 아무도 없었다. 그나마 다행인 것은 황궁답게 문의 크기가 투투가 지나갈 수 있을 정도로 크다는 점이었다.

만약 문 크기가 작았다면 벽이 뚫려 나가는 재해를 피할 수 없었을 것이다.

보통의 경우 황태자가 다쳤다면 신관이 불려오는 것이 정상이다. 하지만 옮겨진 디온의 상태를 살핀 것은 사비너였다.

"괜찮겠군. 그냥 충격을 받아 정신을 잃은 것뿐이니 깨어날 때까지 그냥 두도록 하세요."

"예, 폐하."

라이번은 대기 상태로 있는 시종들을 모두 물러나게 하고 디온의 침상에 커튼을 치려 했다.

찌이익!

그 순간 솥뚜껑 같은 손이 나타나 두터운 커튼 천을 종잇장처럼 찢어버렸다.

"이런!"

돌아보지 않아도 손의 임자가 누구인지는 짐작할 만하다. 라이번은 천천히 몸을 돌렸다.

과연 거기에는 커튼을 손에 쥔 투투가 멀뚱거리는 표정으로 서 있었다.

"안 보인다!"

라이번은 척 봐도 사고뭉치인 이 미지의 존재를 보면서 크게 한숨을 쉬었다.

"휴우, 그럼 미리 말씀하시면 되지, 왜 커튼을 찢으시는 겁니까?"

"그냥 잡았다."

투투는 주인의 물건을 망가뜨릴 생각이 없었기에 이번에는 약간 미안한 표정을 지어 보였다.

"투투라고 했지?"

라이번으로는 해결이 되지 않을 것이라 판단하고 사비너는 직접 투투에게 말을 걸었다. 그녀의 말이 끝나기가 무섭게 방 안이 울리는 소리가 났다.

쿵!

라이번은 깨진 대리석을 보면서 한숨을 삼켰고, 사비너는 속으로 누군가에게 이를 갈았다.

'쟨 뭐지? 이런 놈을 보낸다는 얘기는 없었잖아!'

이 남자는 움직이는 흉기이며 살아 숨 쉬는 사고 제조원이다.

고개를 든 투투는 다시 울상이 되었다.

이쪽 세계의 물건들은 너무 약하다.

투투는 속으로 약한 물건들을 원망하면서 어찌할 바를 모르는 표정으로 사비너를 쳐다보며 말했다.

"위대한……."

"그만!"

사비너는 황급히 투투의 말을 가로막고는 물었다.

"내가 누군진 아는 것 같고, 내 명령에 따를 건지만 대답해."

투투는 당연하다는 듯 나름대로 순종적인 모습으로 고개를 끄덕였다.

"투투 한다!"

그럼에도 절대 존대는 하지 않는다. 누가 보면 마치 윗사람을 놀리는 듯한 모양이지만 어디에도 그런 기색은 없다.

"존댓말이라는 걸 아예 모르는 거군."

사비너는 다시 한 번 이를 아드득 갈고는 차분한 목소리로 말했다.

"좋아, 일단 네가 이 아일 다치게 한 건 알지?"

"투투가 잘못했다!"

투투는 금방이라도 울 듯한 표정으로 말했다.

그때, 침대 위에서 디온의 목소리가 들려왔다.

"괜찮아. 공격한 건 나니까."

"디온!"

"황태자님!"

"주인!"

디온은 천천히 몸을 일으키며 말했다.

"라이번 경, 계란 한 판을 가져와 줘."

"네, 전하."

라이번은 군말없이 디온의 명에 따랐다.

어리벙벙한 표정의 투투가 눈치를 보는 잠깐의 시간이 지 난 후 돌아온 라이번의 손에는 어김없이 계란이 들려 있었다.

"투투, 여기에 있고 싶지?"

"응, 투투 여기 있을 거다."

대답을 받은 디온은 라이번에게 건네받은 계란을 투투의 앞에 내려놓았다.

투투는 뭐가 뭔지 모르겠다는 표정으로 계란과 디온을 번 갈아 쳐다보았다.

디온은 투투의 손을 내밀게 하고는 계란 하나를 들어 그의 손 위에 올려놓고는 말했다.

"그걸 깨뜨리지 않고 쥐어서 옮길 수 있을 때까지 절대 살아 있는 생물의 몸에 닿거나 잡지 않도록 해."

퍽.

디온의 말이 끝나기가 무섭게 투투의 손에서 계란이 터져 나갔다.

"너의 주먹에 검이 닿을 때 느꼈어. 너의 주먹은 선천적인 오러피스트다. 그런데 제어가 안 돼. 제어가 안 되는 오러는 정말 큰 문제를 일으킬 수 있으니 먼저 제어를 하도록 해."

디온은 자신이 마스터가 될 때의 깨달음에 따라 투투에게 힘 조절을 익히게끔 지시를 내렸다.

사비너는 그런 광경을 조용히 지켜보다가 말했다.

"그럼 정리가 된 거군."

사비너는 울상이 되어 터진 계란을 바라보고 있는 투투를 다시 한 번 힐끗 보고는 자리를 떠났다.

따질 상대가 있었다.

"으, 근데 온몸이 다 아프군."

디온은 자신도 모르게 투덜대면서 침대에서 몸을 일으켰다.

어제 받은 충격이 하루 지나고 일어나자 통증으로 변해 온몸을 진동시켰다.

“주인, 깼냐?”

디온은 머리가 쩡쩡 울리는 소리에 살짝 인상을 찌푸렸다.

디온은 라이번의 시중을 받으면서 목소리의 임자를 눈으로 찾았다.

거기에는 투투가 못마땅한 표정으로 라이번을 노려보면서 주저앉아 있었다.

사실 투투는 자신의 주인인 디온을 함부로 만지는 라이번이 마음에 들지 않았다. 무엇보다 주먹의 힘을 제어할 때까지 생명체에 닿지 못하는 자신과 비교가 되었기 때문이다.

잠시 라이번을 노려보던 투투는 시선을 옮겨 디온 쪽에 애절한 눈빛을 쏘아 보냈다.

“이미 아침이 된 거지?”

“그렇습니다. 일부러 깨우지 않았습니다.”

디온은 투투의 간절한 시선을 무시하고 라이번을 향해 물었다. 라이번은 약간 걱정스러운 눈빛으로 디온을 살피면서 대답했다.

“응.”

“시장하실 테니 요기할 것을 준비시키겠습니다.”

“응. 고마워.”

디온이 일어날 기미를 보이자 라이번은 손을 내밀어 자연스럽게 부축했다.

디온은 바닥에 발을 내려놓은 상태로 침상에 걸터앉았다.

그리고 마치 잡아먹을 기세로 자신을 간절하게 바라보는 투투를 향해 입을 열었다.

"어제는 묻다 말았는데, 넌 누구지?"

"난 투투다. 싸우고 또 싸운다. 그래서 내 이름은 투투(鬪鬪)다."

기억에 남은 것과 동일한 대화가 이어지자 디온은 한 손을 이마로 가져갔다. 그사이 라이번은 디온의 음식을 준비하기 위해 잠시 자리를 떠났다.

심호흡을 하면서 마음을 가라앉힌 디온은 다시 생각을 정리하여 물었다.

"그러니까 너, 인간 맞아?"

"에? 그야 당연히 마족이다."

투투는 그런 것도 모르냐는 듯한 태도로 대답했다.

"마족?"

디온은 황당한 표정으로 되물었다.

상식적으로 도저히 이해될 수 없는 힘, 그리고 오러를 사용하지 않고도 타격도 받지 않는 특이한 체질에 혹시나 하는 마음으로 물었을 뿐이다.

하지만 마족이라니?

마계의 마족이 계약도 하지 않고 세상에 나올 수 있는지 황당하기 짝이 없다. 거기다가 그 마족이 자신에게 주인이라고 하니 얼떨떨할 수밖에 없었다.

'난 마족과 계약한 적이 없는데?'

'어마마마의 생일 선물인가?'

'설마?'

디온의 생각이야 어떻든 투투는 신이 나서 떠들어댔다.

"그건 그렇고, 디온은 과연 그분의 아들답다. 외모도 그렇지만 어떤 마족도 따를 수 없는 그 엄청난 내구력은 어떤 마족에도 뒤지지 않는다."

'자신의 손길에도 죽지 않는 인간이라니?'

투투는 진심으로 감동하고 있었다.

'역시 인간과 같은 모습을 하고 있지만 그가 주인으로 섬기려는 존재답지 않은가?'

"그분의 아들이라고? 그분이 마족인가? 내가 마족의 아이인 거야?"

디온은 기가 막혀서 소리를 높여 물었다. 내 아버지가 마족이었어? 그럼 나는 반마족?

디온으로서는 꿈에도 생각하지 못했던 일이다.

"응? 마족? 절대 아니다!"

투투는 말도 안 된다는 듯 자신도 언성을 높였다. 그의 반응에 디온은 더욱 의아해져 재차 확인하듯 물었다.

"아니야?"

"당연히 아니다. 위대한 마신이다!"

"어헉! 내, 내가 마신의 아이라고?"

산 넘어 산이라고 했다. 반마족이라고 해도 기가 막힐 노릇
인데, 아버지가 마신이란다.

투투는 신이 나서 말했다.

"위대하신 마신 팔마시온의 적자인 마왕 디온, 아크데빌
투투는 주인을 모셔서 행복하다."

"……."

디온은 말을 하지 못했다. 너무나도 큰 충격이 머리를 강타
해 세상이 빙글빙글 돌 정도였다.

"그랬었군. 어쩐지 우리나라 같은 소국이 제국이라고 해도
다른 나라들이 가만히 있더라니!"

마신은 마족과는 차원이 다른 존재이다. 인간의 신이 천신
이라면 마족의 신이 마신이다.

천신이 천족이 아니듯 마신도 마족은 아니다.

그래도 신은 신. 힘으로 치자면 천신과 동등한 위치라 할
수 있다.

아니, 단순히 힘을 따져 보자면 강함을 숭배하는 마신의 힘
이 더 윗길이라고 봐야 한다.

그런 마신이 지상계에 자신의 자손을 만들었다.

그 이유는?

디온의 생각은 이제 사건의 근원에 점점 가까워지고 있었
다. 디온이 다시 투투에게 질문을 하려는 순간 사비녀의 음성
이 들려왔다.

"거기까지. 다음은 내가 설명할 테니 너는 물러가 있거라. 부를 때까진 꼼짝하지 말고 라이번이 지정해 준 자리에 있도록."

"어마마마."

사비너는 의문이 가득한 디온의 시선에 살짝 고개를 끄덕여 보이고는 투투를 내보냈다.

하루는 짧은 시간이지만, 라이번은 이미 투투가 머물기에 알맞은 처소를 준비해 놓은 상태였다.

투투는 마지못해 라이번의 뒤를 따라나섰다.

"궁금한 점이 많겠지? 여태까지 비밀로 해서 미안하구나."

사비너는 디온의 옆에 앉으면서 먼저 사과를 했다.

"원래는 네가 성인식을 치르고 난 후에 말해줄 생각이었는데……."

사비너의 목소리는 약간 서글퍼 보였다.

사실은 평생 숨기고 싶은 것이 그녀의 솔직한 기분이었기 때문이다. 하지만 이렇게 알려진 이상 아들에게 진실을 숨기고 싶은 마음은 없었다.

16년 전, 드라켄 제국은 호시탐탐 노리던 레이어스에 개전을 선포했다. 소왕국인 레이어스로서는 패망의 선고나 다름없는 일이라 할 수 있었다.

당시 디온의 할아버지 되는 국왕은 병으로 자리를 보존한 지 오래 된 상태였고, 모든 국정은 유일한 후계자인 사비너가 맡고 있었다.

왕국의 멸망을 코앞에 둔 사비너는 결국 최후의 방법을 사용하기로 결심한다. 그것은 바로 흑마법사의 비전으로 마신을 소환하여 계약하기로 한 것이다.

다행히 그 계약은 성공했다.

"그 뒤 전대 왕인 아바마마가 승하하시고 내가 여황의 자리를 이었지. 이 사실을 알게 된 드라켄과 비잔티움의 두 황제는 약속이라도 한 듯 전 대륙에 공동으로 선포했고."

"아, 그렇게 해서 우리나라가 제국이 된 거군요."

"그렇지."

레이어스가 제국이 된 과정은 이제 다 이해할 수 있었다. 하지만 아직 의문은 남아 있다.

"어마마마, 그런데 소환된 마신에게 어떤 계약 조건을 거신 거예요?"

사비너는 정곡을 찌르는 디온의 질문에 살짝 흠칫하는 표정을 짓더니 곧 냉정을 되찾고 입을 열었다.

"나는 그에게 어비스게이트를 열 후계자를 낳아주겠다고 제안했단다."

"어비스게이트요?"

디온은 그 후계자가 자신이라는 사실은 알았지만 어비스게이트가 무엇인지는 알 수 없었기에 다시 물었다. 사비너는 진지한 표정으로 대답했다.

"마신과 인간의 후예는 마계와 물질계를 잇는 존재란다. 어비스게이트는 바로 마계와 물질계를 연결하는 하나의 문과 같은 것이지."

"마계와 물질계를 연결… 헛!"

디온은 설마 하는 표정으로 사비너를 쳐다보았다. 그녀는 무언의 질문에 고개를 끄덕임으로써 긍정을 표시했다.

그것으로도 부족하다고 생각했는지 곧바로 다시 디온의 짐작을 직접 말하기 시작했다.

"어비스게이트가 열리면 모든 마족은 본신의 힘을 간직한 채로 물질계로 올 수 있단다. 그들과 맞설 수 있는 존재라면 드래곤 정도겠지만 마족의 수를 생각한다면 그야말로 계란으로 바위 치기라고 봐야겠지. 어비스게이트가 열린다는 건 곧 이 세상의 멸망을 뜻한단다."

디온은 순간적으로 멍해졌다.

"어쩔 수 없었다. 왕국이 멸망하고 나도 치욕적인 삶을 살 바에야 대륙 전체를 멸망시키는 게 공정하다는 게 당시 나의 심정이었으니까."

사비너는 새침한 표정으로 말했다. 일이 벌어진 이상 후회는 하지 않겠다고 몇 번이나 각오를 다진 그녀였다.

디온은 그런 사비너의 심정을 이해할 수 있기에 아무 말 하지 못했다.

"……"

"하지만 이제 상황이 달라졌으니 그건 좀 곤란하겠구나. 그러니 가능하면 너도 참아줬으면 하는 게 이 어미의 솔직한 심정이란다."

"참으란 말은, 어비스게이트를 열지 말란 말이군요."

"그런 거긴 한데, 그게 쉽지는 않을 것 같다. 어쩌면 너 자신의 행복을 위해서라면 마왕이 되는 게 나을지도 모르니까. 중요한 건 네가 인간으로서 행복하게 살 수 있는가 하는 점이거든."

마왕으로 태어난 자가 인간의 삶에 적응할 수 있을까? 육체는 어디까지나 껍질에 불과하다.

마왕이란 존재는 물질계에서 생각할 땐 아주 사악한 존재이지만 사실은 고위 영격체 중 하나로 신의 바로 아래 단계인 셈이다.

당연히 마왕에겐 인간의 희로애락이 별 의미를 주지 못한다. 디온 역시 그럴 가능성이 크다는 것이 알 만한 사람들의 의견이다.

'그런 거였군. 난 세상을 위해 즐기면서 행복하게 살아야 하는 거였어!'

어비스게이트를 열 당사자는 바로 자신이다. 즉, 디온이 세상을 멸망시킬 마음을 품는다면 그렇게 되는 것이다.

디온은 이제 어렸을 때부터 밤에 자신을 찾아온 붉은 눈동자의 정체를 알아차렸다.

그것은 다른 마왕들이나 투투와 같은 상위의 마족들이었
다. 그들의 사념이 공간을 뚫고 디온에게 소환을 요청하는 것
이다.
"쩝, 어떻게 해야 하지?"
디온은 복잡한 심정으로 고개를 저었다.

외전

대미족회의

흑사자
마왕

그오오오오오옹!

대륙 한가운데에 위치한 거대한 암석으로 만든 종이 울렸다. 마계에서 가장 큰 산을 통째로 깎아 만든 돌 종이 울리니 그 소리가 공기를 찢고 땅을 갈랐다.

마계에 사는 모든 생물들은 모두 이 둔탁하면서도 장엄한 소리를 들었고, 그들은 그 순간 모두 자신들의 소굴로 돌아가 몸을 웅크리고 머리를 조아렸다.

대마족회의.

마신을 빼고는 마계에서 가장 강한 존재이자 절대적인 지배자로 군림하는 두 명의 마왕이 서로 합의를 해야 열린다는 대회합이 열렸다.

마족 전체의 운명과 관련된 일을 결정할 때에만 열린다는 회의다. 도대체 무슨 일이기에 서로 앙숙인 두 명의 마왕이 의견을 모으려고 하는 것일까?

마계의 로드 격인 72명의 고위 마족은 두려움에 떨면서도 기대감에 들뜬 눈으로 서둘러 회의에 참석할 준비를 했다.

곧 종이 매달려 있는 지점을 중심으로 어둠과 혼돈의 공간이 형성되기 시작했다.

이것이야말로 마왕의 권능 중 하나인 혼돈결계!

어둠에도 대낮과 다름없이 사물을 볼 수 있는 마족도 이 안에서는 한 치 앞을 구분할 수 없다. 또한 수도 없이 일그러진 공간과 아공간의 연결에 모든 마력과 힘은 사용이 불가능하다.

마왕 자신도 이 공간 안으로 들어오면 대부분의 능력을 쓰지 못한다. 공간 자체를 붕괴시킬 정도의 절대적인 힘을 쓰면 통하겠지만 마신의 허락 없이 그런 짓을 했다가는 그 결과는 참혹할 것이다.

마왕 헥사도스의 혼돈결계가 쳐지자, 그 위로 다시 마왕 스워갈의 혼돈결계가 겹쳐졌다. 두 마왕의 힘이 합쳐져 형성된 이중의 혼돈결계는 밖에서 보면 검은색의 구체와 비슷했는데, 가끔씩 힘의 융합이 흐트러져 마력의 벼락이 생성되는 경우도 있었다.

하급 마족들은 근접하기만 해도 찌그러져 버릴 것만 같은 압력이 느껴졌다.

하지만 고위 마족이라면 이 정도는 버틸 수 있다. 단단히 준비를 한 72명의 고위 마족은 조심스럽게 그 안으로 들어갔다.

일단 들어가면 서로 볼 수도 없고, 누가 누군지도 구분할 수도 없게 되는 것이 바로 이 혼돈결계의 효능이다. 그들은 조용히 허공에 몸을 띄운 채 회의가 시작되기를 기다렸다.

그러나 정작 회의의 주재자인 마왕은 모습을 드러내지 않았다.

"또 늦는군."

한 고위 마족이 작은 목소리로 투덜댔다.

"언제 시작하려는 건지……."

"대충 하고 나오면 서로 편한데 말이야. 크크크."

불만은 곧 들불처럼 번졌다.

마왕이 안 나타나는 이유를 이들은 아주 잘 알고 있다.

상대보다 조금이라도 빨리 나타나는 것은 스스로를 낮추는 일이다. 두 마왕은 그렇게 생각하고 있는 게 틀림없다.

"이러다 그냥 시작도 못하고 끝나는 거 아냐?"

"그건 아닐걸. 그렇게 되면 진짜 개망신이니까."

회의는 무조건 하루 안에 끝내는 것이 규칙이다. 결계가 쳐지는 것을 시작으로 치니까 그 후 하루가 지날 때까지 두 마왕이 나타나지 않으면 그대로 회의가 끝나는 셈이다.

그럴 경우 두 마왕의 위신은 땅에 떨어질 것이 틀림없다. 그래도 로드 급인 72명의 고위 마족을 소집해 놓고 나오지도 않았다면 앞으로 회의 따위는 연다고 말하기도 힘들어질 터, 나오긴 꼭 나온다고 봐야 했다.

그때 한 마족이 웃으며 말했다.

"클클클, 염려 마라. 이런 것도 다 이미 사전에 규정을 만들어놨다. 회의가 시작된 후 열두 시간 안에 마왕은 꼭 회의에 참석하게 되어 있지. 만약 늦으면 먼저 온 마왕에게 사과를 해야 한다."

"이런 제기랄. 그럼 열두 시간을 기다려야 회의가 시작된다는 소리잖아!"

"그렇겠지. 아마 열두 시간이 되기 천분의 일초 전쯤 나타날 거다."

"크으으, 그럼 난 앞으로 열한 시간 오십구 분 오십구 초에 와야겠군."

"배짱이 있으면 그러던가. 우리가 이곳에 들어오면 누가 누군지 알아볼 수 없지만, 밖에서 들어오기 전에는 충분히 알아볼 수 있지. 네놈이 누군지는 모르지만 정말 그 시간에 들어온다면 아마 알게 되겠지. 클클클."

"으윽."

안에 있는 마족들은 절대로 자신의 이름을 말하지 않았다.

말해도 남의 이름을 말하는 게 상식인 곳이 바로 이 혼돈결계 안이다.

목소리도 다 변조를 했고, 심지어는 말투나 습관 같은 것도 바꿨다.

그래서 이 회의는 뒤끝이 없다. 어떤 의견을 내도 전혀 상관이 없기에 고위 마족들은 아무런 거리낌 없이 자신이 하고 싶은 말을 할 수 있는 것이다.

아직 회의가 시작되기 전이지만 이곳저곳에서 서로 욕하고 싸우는 마족들이 점점 늘어났다. 하지만 이것도 모두 말싸움뿐으로 절대로 남에게 원한을 사지 않는다.

어느 순간, 우우웅 하고 공간 전체가 울렸다.

혼돈결계 속에서도 존재감이 느껴질 정도의 누군가가 결계에 들어오고 있는 현상이다.

순식간에 모든 대화가 멈추고 정적이 공간을 점령했다. 아무리 신분비밀이 보장되는 공간이라고 해도 마왕이 나타났는데 쓸데없는 말을 할 간 큰 마족은 없나 보다.

마왕 헥사도스와 마왕 스워갈은 정말로 동시에 나타났다. 등장하는데 천분의 일초만 늦었다면 규정에 따라 상대에게 사과를 해야 했을 것이다.

"오랜만이군."

스워갈이 먼저 인사를 했다. 그러자 헥사도스는 짐승처럼 거친 숨소리를 내며 말했다.

"그르르르, 영원히 안 만나는 게 서로에게 좋다고 생각했
는데 말이야."

"동감이다. 하지만 이번에는 만날 수밖에 없었지."

"그르르르, 빨리 끝내자."

"그런데 그 숨소리 좀 안내면 안 될까? 마왕쯤 되는 자가
너무 품위가 없군."

"그르르르, 마족이 품위 따지면 천족 된다."

"뭣, 천족! 네놈이 나에게 그런 모욕을 주다니."

"그르르르, 띠꺼우면 덤벼라."

"오냐! 네놈을 죽여주마!"

파앗!

스워갈이 날카롭게 외치자 혼돈결계가 크게 흔들렸다. 스
워갈이 싸움을 위해 자신이 친 혼돈결계를 해제해 버린 것이
다.

그러나 대마족회의의 혼돈결계는 이중으로 쳐져 있는 것,
스워갈이 해제를 했다고 해도 핵사도스가 친 혼돈결계는 그
대로 남아 있었다.

스워갈이 외쳤다.

"혼돈결계를 거둬라! 이번이야말로 끝장을 보자!"

그러나 핵사도스는 코웃음만 칠 뿐, 혼돈결계를 거둘 생각
은 없어 보였다.

"그르릉! 내가 미쳤냐? 우리가 서로 싸우면 나중에 혼돈결

계를 거둔 쪽이 70%의 책임을 지게 되어 있지. 5대 5도 아니고 7대 3에서 7의 책임을 져야 하는 일을 내가 할 거라 생각하는 네가 미친놈이다."

"으으, 비겁한 놈, 네놈이 나와 같은 마왕이라는 게 창피할 뿐이다."

"그르르르, 그건 나도 그렇다. 너처럼 흥분은 잘하면서도 정작 싸움이 날 거 같으면 이리저리 뒤로 빼는 놈은 마왕의 자격이 없다."

"이놈아, 싸움을 빼는 건 네놈이지 내가 아니다!"

"그르르르. 그럼 다시 결계 쳐라. 내가 먼저 풀 테니, 그다음에 네가 풀고 싸우자."

"내가 미쳤냐? 일단 내가 먼저 풀었는데 뭐 하러 번거롭게 또 치고 풀고 그러냐?"

"그르르르, 정말 창피하군. 회의나 하자."

"으음, 좋다. 장난은 이만 하지."

스워갈은 갑자기 흥분을 가라앉히고 헥사도스가 아닌 다른 마족들에게 들으라는 듯 회의 내용을 말하기 시작했다.

"모든 고위마족들은 이미 알고 있을 것이다, 마신께서 세 번째 마왕을 탄생시켰다는 것을. 그것도 이곳 마계가 아닌 변화의 공간인 물질계에 말이다."

"알고 있습니다. 차원을 초월한 게이트의 마왕 디온 팔라 주니어 레이어스."

"인간이면서 마왕인 자."

"마계 소속이지만 물질계에서 태어나 우리를 물질계로 이끌 위대한 마왕!"

이곳저곳에서 찬양이 끊이지 않았다.

고위 마족들이 저마다 다투어 디온에게 충성맹세와 아부성 찬양을 해도 헥사도스와 스워갈은 전혀 화를 내지 않고 오히려 잠시 회의 진행을 멈췄다.

그도 그럴 것이, 세 번째 마왕은 곧 가장 강한 마왕을 뜻하기 때문이다.

마신이 탄생시킨 마왕이라는 존재는 각성하는 순간부터 온전한 힘을 발휘하는데, 늦게 탄생하면 그만큼 강하다고 마신이 선언한 바 있다.

기존의 마왕인 헥사도스와 스워갈은 동시에 탄생했기에 서로 힘의 성격은 정반대지만 크기는 같다.

둘은 서로를 인정하지 못하고 서로 싸우게 되었고, 그 결과 마계가 황폐화될 정도로 심한 타격을 입었다가 마신의 근신 명령에 의해 싸움을 멈춘 상태였다.

그렇기에 마계의 72 고위 마족들은 둘로 나뉘어 서로 견제를 하고 있는 상황인데, 만약 디온이 마왕으로 각성을 한다면 마계는 하나로 통일될 것이고, 덤으로 물질계까지 이쪽으로 넘어올 가능성이 거의 확실히 커진다.

이런 사실을 잘 알고 있는 대부분의 고위 마족들은 힘의 손

실을 감수하면서까지 디온에게 자신의 사념을 보내 열심히
아부를 해왔다.

두 마왕도 그걸 알고 있지만 자신의 수하들이 다른 존재에
게 충성 맹세를 해도 탓하지 않았다.

마족은 아주 단순해서 자신보다 강한 존재에게는 무한한
존경심과 충성심을 보이고, 약한 존재는 사정없이 부려먹게
되어 있다.

두 마왕도 자신들의 형제라 할 수 있는 디온이 정식으로 각
성을 한다면 그를 윗사람으로 받아들일 각오를 했다.

물론 다른 고위 마족들처럼 완전 종속은 아니고, 마계의 대
표자로 인정하는 정도이지만 그것만 해도 이 둘에게는 정말
큰일이다.

어느 정도 시간이 흘러 더 이상 참신한 아부의 말이 나오지
않고 한 말을 또 하는 단계에 이르렀을 때, 스워갈이 입을 열
었다.

"이제 그만. 게이트의 마왕을 찬양하는 건 좋지만 그는 아
직 각성을 안 했다. 미래에는 몰라도 현재에는 마왕이 아니
다."

"그르르르, 그렇다. 그러니 미래의 마왕보다는 오늘의 회
의에 집중해라."

"알겠습니다. 그럼 회의가 열린 이유를 말씀해 주십시오."

한 용기있는 마족이 요청하자 스워갈은 고개를 끄덕이며

말을 이었다.

"회의 목적은 간단하다. 어떻게 하면 게이트의 마왕을 빨리 각성시킬까 하는 점이다."

"그건 시간이 지나면 당연히 그렇게 되지 않겠습니까?"

"그게 그렇지 않다. 놀랍게도 게이트의 마왕은 단 하나뿐인 인간의 길을 찾아냈다. 일차 각성도 파괴의 힘이나 게이트의 힘이 아닌 그쪽으로 풀려 버렸지. 이와 같은 일이 또 있어서는 안 된다. 그러니 지금부터라도 우리가 적극적으로 개입해서 게이트의 마왕을 폭력과 파괴의 길로 인도하자는 게 이번 회의의 목적이다."

"하지만 우리가 적극적으로 개입하면 천족들도 그만큼 적극적이 될 것입니다. 물질계에 마왕을 탄생시킨 것은 놀라운 마신의 은총인데, 여기에 자칫 잘못해 천족이 끼어들 여지를 만들어서 아직 힘을 얻지 못한 게이트의 마왕께서 잘못되시기라도 하면 문제가 커지지 않겠습니까?"

"그르르르, 그 점은 염려 마라. 이번 일에 대해 천족은 개입하지 않을 거라는 마신의 계시가 있었다."

"그게 어떻게 가능합니까?"

"그르르르, 그건 나도 모른다. 어쨌든 우리는 우리가 할 일만 하면 된다. 그러니 의견을 내라."

헥사도스의 설명에 고위 귀족들은 모두 크게 놀랐지만 일단 마신이 그렇게 계시를 내렸다면 그건 무조건 믿어야 한다.

이윽고 고위 마족들은 저마다 의견을 내기 시작했다. 그런데 그 의견이라는 것이 거의 대부분 '어떤 마족을 제물로 바쳐 마법 의식을 행하면 이런 효과가 있으니 합시다' 라던가, 어느 지역 전체를 완전히 파괴하여 그 결과 생기는 어둠의 기운을 디온에게 전송한다는 등의 것이었다.

여기서 제물로 바쳐지는 마족이라던가 파괴될 어느 지역이라는 게 마족들 개인의 원한 관계에 의한 선정이라는 것은 거의 확실하다고 볼 수 있다.

그때마다 표적이 된 고위 마족들은 어떤 놈이냐고 크게 화를 내며 길길이 날뛰었지만 이곳에서는 확인을 할 방법이 없었다. 오히려 두 명의 마왕에게 조용히 하라고 경고를 받고 깨갱하고 입을 다물 뿐이었다.

그래도 거의 대부분의 고위 마족들은 악마적인 두뇌를 소유하고 있기에 제법 쓸 만한, 그리고 모두가 공감할 만한 의견도 몇 개가 나왔다.

헥사도스와 스워갈은 그러한 의견 몇 개를 채택하고 그 일을 담당할 마족을 지정했다.

이때가 되자 진짜 회의 같은 분위기가 되고 진행도 착착 되어 마침내 회의는 끝을 맺게 되었다.

그러나 아직 혼돈결계는 거두어지지 않았다.

정식 진행이 끝나면 고위 마족들이 평소 두 마왕에게 하고 싶었던 말을 자유롭게 할 수 있는, 이른바 '야자타임' 이 주어진다.

이 야자타임이 바로 모든 고위 마족들이 대마족회의에서 가장 기다리던 순서라 할 수 있다.

"헥사도스 마왕님, 저번에 물질계에 직접 현신하신다고 대지에서 끌어다 쓰신 마력은 언제 채워 넣으실 겁니까? 본인의 영지만 다시 채워 넣으시고 외곽 지역은 그대로 놔두신 지 이미 한참 지났습니다. 더 이상 마계가 황폐화되기 전에 어서 반환 하시지요."

"그와앙, 너 이 새끼! 어떤 놈이기에 감히 나한테 그런 걸 따지는 거냐? 이리 안 나와?"

파앗!

헥사도스의 결계가 사라졌다. 그러나 스워갈은 웃으며 헥사도스를 말렸다.

"크하하핫, 이봐, 바른 말 하는 마족에게 왜 화를 내고 그러나. 어서 반환하시게."

잠시 후, 겨우 진정한 헥사도스가 다시 결계를 치자, 이번에는 다른 마족이 나서서 스워갈의 비위를 건드렸다.

파앗!

"이눔 시키! 누군지 몰라도 걸리면 박제로 만들어서 내 왕궁에 장식해 버리겠다."

"그르르르, 성격 더러운 티 내지 말고 진정해라. 왜 피곤하게 자꾸 결계를 끄고 그러나?"

"헥사도스, 내 나중에 선물 하나 줄 테니 잠깐 결계 좀 거둬
봐라."

"그르르르, 싫다. 신성한 회의규칙을 네놈의 화풀이 때문
에 깰 수는 없지. 그리고 지금 결계 풀어봐야 이미 저놈이 누
군지는 못 찾는다."

"으으으."

고위 마족들은 두 마왕의 대화를 들으며 긴장을 하면서도
속으로 안도의 한숨을 내쉬었다. 평소에 쌓인 불만을 이렇게
라도 해소할 수 있다는 게 얼마나 다행한 일인가!

이번에 회의가 끝나면 언제 또 대마족회의가 벌어질지 알
수 없다. 이번 기회에 할 말 못할 말을 모두 다 해야 한다.

마족들의 발언은 끝이 없었다. 한 번에 한 명씩만 발언을
하도록 되어 있지 않다면 엄청난 소란이 일어났을 정도다.

이에 따라 두 마왕은 서로 번갈아가며 결계를 껐다 켰다를
반복했다. 그러나 한쪽이 욕을 먹고 화를 내면 다른 한쪽은
몹시 기뻐하며 절대로 결계를 거두지 않았기에 이 야자타임
은 계속해서 진행될 수 있었다.

그러나 모든 일에는 시작이 있듯 끝도 있다.

한 마족이 헥사도스에게 통렬한 비판을 하고 있을 때였다.

갑자기 헥사도스와 스워갈이 동시에 외쳤다.

"회의 끝, 24시간이 지났다."

파앗, 팟!

갑자기 공간이 환해졌다. 두 명의 마왕과 72명의 고위 마족의 모습이 적나라하게 드러났다.

헥사도스의 눈은 그중 한 명에게 고정되어 있었다. 한참 신나게 말을 하고 있는 마족은 놀라서 네 개의 손을 포개어 입을 가렸지만 이미 늦었다.

"어, 어떻게? 아, 아직 한 시간 정도 남은 줄 알았는데."

"그르르르, 혼돈결계에서는 시간 감각이 좀 틀어지지. 몰랐나?"

파지지지직!

헥사도스의 손에서 검은색의 전격이 날아가 발언을 하던 마족의 입과 그것을 가린 네 개의 손바닥을 꿰뚫었다.

"으아아아아아아!"

"마왕 모독죄! 네놈은 소멸이다."

꽈드드등!

입을 뚫고 지나갔던 전격이 돌아오면서 수백 가닥으로 흩어져 마족의 몸을 완전히 분해해 버렸다.

그러자 마족의 몸에 담긴 막대한 힘이 터져 나와 사방으로 흩어졌다.

다른 마족들은 얼른 정신을 집중하여 그 힘을 전신으로 흡수하기 시작했다. 고위 마족 하나가 완전소멸을 하며 토해내는 힘은 결코 적은 양이 아니다.

71명의 마족은 백 년 동안 쌓을 힘을 일순간에 얻을 수 있었다. 또한 이 자리에는 없지만 그동안 72 고위 마족의 자리를 얻고 싶어 노력하던 다른 일반 마족들에게 하나의 희망이 생겼다.

"흠, 너의 희생은 헛되이 하지 않겠다."

"크흐흐흐, 나만 아니면 돼."

그들은 저마다 만족한 웃음을 터뜨리며 각자 자신의 영역으로 돌아갔다.

이것으로 마계의 가장 큰 행사 중 하나인 대마족회의가 무사히 치러진 셈이다.

『흑사자마왕』 2권에 계속…

魔君豪湯 마도종사

백일
新무협 판타지 소설

문피아 연재 시 화제를 불러일으켰던 바로 그 작품!
비장미로 감싼 전율적인 마도의 영웅 서사!

화산을 불태우고 무당을 짓밟았노라.
소림을 멸문시키고 대정(大正)의 뿌리를 멸종시켰노라.
강호는 이런 나를 잔인하다고 말하지 말라.
참된 용사는 마인으로 배척되고
위정자가 영웅이 되는 세상이라면,
나는 아귀의 심정으로 칼을 들어 이 세상을 열 번도 더 파멸시키겠노라.

아비의 혼을 가슴에 품고 무너진 마도의 뜻을 바로 세우기 위해
훗날 위대한 마도의 종사가 될 무인이 일어선다!

마도종사 능비, 그의 전설에 주목하라!

Knight Reload

마검전생

김재한 판타지 장편 소설

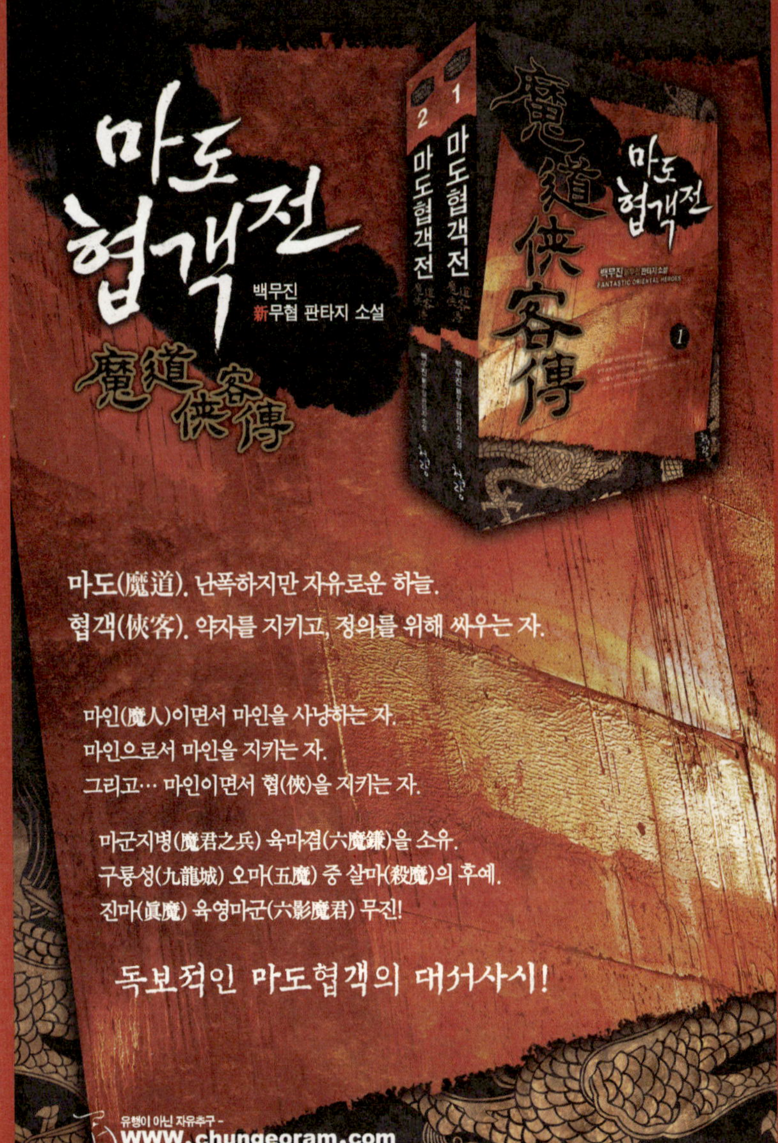
마도협객전
백무진 新무협 판타지 소설
魔道俠客傳

2 1 마도협객전

魔道 마도협객전
侠客傳
백무진 新무협 판타지 소설
FANTASTIC ORIENTAL HEROES
1

마도(魔道). 난폭하지만 자유로운 하늘.
협객(俠客). 약자를 지키고, 정의를 위해 싸우는 자.

마인(魔人)이면서 마인을 사냥하는 자.
마인으로서 마인을 지키는 자.
그리고… 마인이면서 협(俠)을 지키는 자.

마군지병(魔君之兵) 육마겸(六魔鎌)을 소유.
구룡성(九龍城) 오마(五魔) 중 살마(殺魔)의 후예.
진마(眞魔) 육영마군(六影魔君) 무진!

독보적인 마도협객의 대서사시!

유행이 아닌 자유추구 -
WWW. chungeoram.com
Book Publishing CHUNGEORAM